終の棲家

仙川 環

ハルキ文庫

角川春樹事務所

終《つい》の棲家《すみか》

1

午後九時五分。大日本新聞社の四階にある編集局の中央テーブルに、疲れた顔をした中年男が一人、また一人と集まってきた。デスクと呼ばれる男たちだ。正式な役職名は次長。現場の記者からあがってくる原稿に手を入れ、一面、政治面、社会面など自分が担当する面に過不足なく押し込むことが、彼らの仕事だ。翌日の朝刊の担当面がそっくりそのまま印刷されている「大刷り」を手にした彼らの表情は様々だった。口元に不敵な笑みを浮かべているもの、胃痛に苦しんでいるかのように顔をしかめているもの。中央テーブルでこれから始まる紙面検討会は、編集局次長が閻魔《えんま》大王よろしく各紙面の出来栄えを裁く場だ。担当面の原稿にケチがつくと、デスクはまず局次長の罵声《ばせい》を浴びる。会議が終わり次第、自分の部に飛んで帰り、次の版の大刷りが出る十一時ごろまでに記事を手直ししなければならない。記者に一から書き直させるかそれとも自分で書き直すか——。最悪の場合、最終版のデータを送信する午前二時近くまで、手直し作業は続く。

麻倉智子《あさくらともこ》は中央テーブルのそばにある書棚にそっと近づいた。社会部記者に過ぎない智子は、検討会に参加する資格などもちろんないが、成り行きが気になったので、資料を探すふりをしてここに来てみた。

この冬まで上司だった経済部の旗田《はただ》デスクが、智子に気付いて右手を軽く上げた。軽く会釈をすると、旗田は白い歯を見せて笑った。相変わらず洒落《しゃれ》ている。他のデスクはワイシャツ姿でネクタイをだらしなく緩めているし、サンダル履きのものもいる。そんななか、三つ揃《ぞろ》いをピシッと着込んだ旗田はひときわ颯爽《さっそう》として見えた。

「そろそろ始めるか」

川崎《かわさき》局次長の野太い声が響いた。太った体を椅子《いす》の背に預けるとまずは一面の大刷りを手に取った。よくそこまで曲がるなとびっくりするぐらい、唇を曲げている。

そのとき社会部の的川康弘《まとかわやすひろ》デスクが巨体を揺らしながら駆け込んできた。頭をかきむしりすぎたせいか、天然パーマの髪の毛が逆立っている。智子はあわてて目をそらしたが、運の悪いことに視線が交錯した。的川はぼさぼさの太い眉《まゆ》を寄せ、色の悪い唇をゆがめた。

怒声が響いたのはその時だった。

「なんだ、このへなちょこなアタマはっ！」川崎は左手に持っている一面の大刷りを右手でバシッと叩《たた》くと銀縁眼鏡の奥から一面担当のデスクをにらみつけた。「自治体の財政調査だぁ？　こんな寝ぼけた原稿を一面アタマになんかできるか。話にならん」

「それは昨日、アタマで行くことが決まっていたんですが、昨日、例の鹿児島の男児誘拐殺人事件の犯人逮捕のニュースが飛び込んできたので」

一面デスクが説明を始めたが、川崎は拳《こぶし》でテーブルを叩いて彼の言葉を遮った。

「ふんっ、俺は独自モノ以外は、嫌なんだよ。一面のアタマは独自モノでいけといつも言っているだろうが。却下だ、却下！」

一面デスクがうつむいた。地方部のデスクも怒りをこらえるように唇を引き結んでいる。

調査の結果をまとめた原稿は独自モノだ。調査自体を大日本新聞が独自に実施しているのだから、記者会見やニュースリリースを元に書く発表記事とは違う。自治体調査は世間の人の関心も低くはない。だからこそ、前日の局次長は一面アタマでいけると踏んだのだろう。それを一声で一蹴《いっしゅう》してしまう神経が智子には分からなかったが、次期編集局長、そしていずれは社長の椅子をも狙《ねら》っているといわれる川崎は、デスクたちの反応などお構いなしに政治部のデスクに顎《あご》を突き出した。

「となると二番手を格上げするか。政治部がワキで出している新党構想はどうなんだ。アタマにはならんのか」

「ちょっと……」

政治部のデスクが口ごもった。なるほどね、と智子は状況を把握した。まだ固まっていない話を「なりそうだ」や「見通しだ」をふんだんに盛り込んで原稿に仕上げたに違いない。

そんなことは川崎にもお見通しだった。川崎は政治部デスクに向かって鼻を鳴らしてみせると、中央テーブルに集まっている面々をじっとりした目つきでにらみまわした。

「どいつもこいつも！　連休ボケなんじゃないか？」

垂れ下がった頰《ほお》の肉がぶるぶると震えていた。色白の頰がキューピーのようなピンク色に染まっている。ニュースがないときはない。それでも毎日、新聞は発行される。ニュースがない日は、別の切り口で紙面を作るしかない。だが、そんなことを口に出せる雰囲気はまるでなかった。共同通信がニュース配信を告げる電子音が、沈黙する中央テーブルをあざ笑うように響いた。

「おい、社会部。お前らは何をやってる。最近、大きな話は他紙に抜かれっぱなしじゃないか」

突然、矛先を向けられた的川が、大きな体を縮めるようにした。

智子はスクラップブックに見入っているふりをしながら、祈るような気持ちで川崎を横目で盗み見た。どんなにわめいたってかまわない。ばんばんテーブルを叩いてくれていい。このまま検討会を終わらせてくれさえすれば……。

「あの、局次長」

そのとき、旗田の声がした。嫌な予感がして智子は振り返った。

「例の合併話、最終版で入ります」

額に落ちかかる前髪をはらいながら旗田が言うと川崎が体をテーブルに乗り出した。さっきまでとは打って変わったような、生き生きとした目をしている。

「電機メーカーの話だったよな。二番手と五番手がくっつくとか」

「はい。今しがた記者から連絡が入りました。確認が取れたので最終版で突っ込みます。合併しても国内トップにはならないので、アタマにしていいものか迷いますが」

川崎は大きくうなずいた。鼻の穴が大きく膨らんでいる。

「アタマはそれでいく。中の面に解説を入れろよ。派手にやってくれてかまわない。ミクロ経済は最近他紙もどんどん扱いを大きくしているからな」

「業界動向の解説の予定稿は、グラフつきで記者からすでに出稿されています」

「おお、いいねえ。じゃあ最終版までは調査モノがアタマでもよしとするか。次に政治面はだなあ」

嬉々《きき》として指示を出し始めた川崎の声を聞きながら、智子はスクラップブックを書棚に戻した。検討会の議題は次に政治面に移ったが、智子はその場を離れた。自分でも気づかないうちに、大きなため息を吐《つ》いていた。一面に四十五行程度の短い原稿を出していた。アタマ、ワキに続く三番手の原稿の候補として出したが、大刷りの段階では五番手に格下げされていた。それでも一面に残ればかまわなかった。だが、情勢は絶望的になった。五番手など、特ダネが入れば吹っ飛ばされてしまう。三月に経済部から社会部に移って二ヶ月ちょっと。今日も、一面には手が届かなかった。

階下にある社会部のセクションに戻ると、夕方コンビニエンスストアで買っておいたおにぎりとペットボトルのお茶を取り出した。こんな味気ない食事を続けていると美容にも健康にも悪そうだ。かといって、駅の立ち食いそばにも劣る味のそばを社員食堂ですする気にもなれなかった。

「麻倉女史、原稿はどうなった?」

ソファで寝そべって週刊誌を読んでいた同期の記者、原島大吾《はらしまだいご》が声をかけてきた。智子と同じ遊軍で記者としては二番手の地位に当たるサブキャップを務めている。だが、今、遊軍のキャップは激務のせいか新聞記者に向かない性格であるためか、鬱病《うつびょう》の治療に取り組んでおり、ほとんど出社していない。大吾は実質的に十数人の記者の取りまとめ役だった。他の全国紙と比べて少ない人数で戦わなければならないこともあり、最近いつも気がたっている。

聞こえないふりをしようかと思ったが、大吾はがっちりとした体をソファに起こし、隆々とした筋肉がついている腕を組んだ。話を聞こうという体勢だった。仕方なく「特ダネが入るみたい」と言うと、大吾は皮肉っぽく笑った。大吾はぱっと見たかんじはさわやかなスポーツマンだが、こうした表情を浮かべると、新聞記者にしか見えない。大吾は週刊誌をテーブルにどさっと放り投げ、大きなあくびをした。

「だろ。あんな解説じみた気取った原稿、一面にいきっこないよ。経済部から出すならともかく、ウチは社会部なんだからさ」

智子は冷えた飯の塊をお茶で喉《のど》に流し込みながら、耳かきを使い出した大吾を横目でにらんだ。今に見ていろよ、と思う。だてに十年も経済部にいたわけじゃないし、向こうでは難なく仕事をこなしていた。この部の仕事に慣れていないから、エンジンがかかっていないだけなんだ。いくらのおにぎりをレジ袋から出しかけたとき、大吾がそばにやってきて肩に手を置いた。体に触るのはセクハラだと何度も伝えたのに。髪を払いながら、体をよじると大吾は、はっとしたように手を放して片手拝みをした。

「悪い。それより飯に行こうぜ。そんなしょぼいもの食ってないでさ。俺、中華食いてぇ」

彼と食事に行くと必ず酒が入る。少なくとも三時間は付き合わなければならない。明日は朝から取材が入っていた。それに大吾の話ときたら、警察担当に戻りたいという愚痴と、自分がいかに警察に食いこんでいたかという自慢話ばかり。聞くだけ時間の無駄だ。

「私はいい。調べものがあるし」

大吾の目が犬のように尖《とが》った。

「何、勘違いしてるんだよ。一刻も早くこの部の仕事を覚えなけりゃいけない立場だろうが。今は事件も起きていないから時間がある。いろいろ話をしてやる」

智子は黙っておにぎりの包装シートを小さく畳んだ。話なら今、ここですればいいのに。酒が入らないと意思疎通ができないなんて、時代錯誤もはなはだしい。

そのとき、巨体を揺すりながら的川が部屋に入ってきた。的川の顔は真っ赤だった。頭から湯気が噴き出しそうだ。

「麻倉ぁ！」デスク席に着くなり、的川は怒鳴った。智子は反射的に立ち上がると直立不動の姿勢を取った。またやってしまった。まるでパブロフの犬だ。自分でも情けなかったが、的川の怒声にはいつまでたっても慣れることができない。大吾が笑いをこらえるように肩を揺らしている。惨めな気分でデスク席に行くと、的川がぎょろりとした目で睨《にら》みつけてきた。

「会議の後、旗田の野郎に文句を言われたぞ。お前が書いたあの記事。取材先は経済部時代の知り合いなんだって？」

「ええ……」

「どうして後任者に取材先を引き継がなかったんだ。他人の領分にちょこまか出かけていって記事をかすめ取るなんてまねは、俺は許さんぞ。一面アタマを張れるような記事ならまだ分かるが、あんなゴミみたいな記事のために、なんで卑怯《ひきょう》なことをするんだ。おかげであんなしゃらくさい奴《やつ》にねちねち言われた俺の立場にもなってみろってんだ。だいたいあいつだってせこすぎる。今日だって、もったいぶった原稿の出し方をしやがって……」

自分でも怒りの矛先が妙な方向に向かっていることに気づいたらしい。的川は咳払《せきばら》いをした。

「とにかく、おかしいんだよ、お前のやり方は。何年この会社で飯を食ってんだ。自力でもっとまともなネタをとってこい。今度同じようなことをやったら、俺は許さんからな」

一面の記事を絶対今週中に一本出せと言ったのは、あんたじゃないか。要求にこたえようとしたのに、ここまで言われるなんて納得できない。だが、そんなことを言えば、怒声が再び降ってくることは間違いない。

「ったく使えねえな」的川はそう言いながら、突っ掛けを脱いで、机の上に足をどさっと投げ出すと、ソファに座っている大吾に声をかけた。「お前も大変だなあ。キャップは倒れた。ろくな手下もいない。お前に同情するね、俺は」

大吾はちらっと智子を見ると、わざとらしいほど明るい声で言った。

「ほんとにやってられないですよ。的川さん、筆頭デスクの権限で俺を警察に戻してもらえないですかね」

「ははっ、お前は警察、好きだもんな。ま、しばらくは我慢せい。そのうち考えてやるから」

的川はようやく機嫌を直したように、鼻の下をごしごしと掻《か》くと、足を机の下に戻し、端末の画面をスクロールさせはじめた。

「麻倉女史のヘナチョコ原稿はどうするかな。社会面もいっぱいだから大幅に削るぞ」

こんな部に来てしまったことが恨めしい。下品で騒々しくて、インテリジェンスのかけらもない。自分にはてんで向かない部署だ。

そのとき外線電話が鳴った。デスク番の席に座っていた松江《まつえ》信二《しんじ》が受話器を上げた。今年の春に宇都宮支局から本社に来たばかりの若手だ。松江は一言、二言、相手と言葉を交わすと受話器を置いた。立ち上がり、的川に向かって細い声で言う。

「ええっと、今、これからファクスで詳しい説明が来るそうですが、厚生労働省クラブの森《もり》さんが……」

「早く結論から先に言え！」

的川が怒鳴り、松江は顔をこわばらせながら、首をすくめた。

「アメリカからの輸入牛肉で、ＢＳＥ対策で輸入が禁じられている危険部位が、食品メーカーの工場で見つかったそうです。これから厚労省で会見なんですが、農水省でも同時に会見があるから、そっちを遊軍で誰かにカバーしてほしいって。農水省クラブに登録している北川《きたがわ》さんは、夜回りで遠くに行っているので間に合わないそうです」

ＢＳＥ問題は厚生、農水両省の管轄で、農水省のクラブには社会部記者が常駐していなかった。

的川が顔をしかめた。

「森が厚労省の会見を聞いて原稿を書けば十分なんじゃないか。まあ、農水省には一応、誰かに行ってもらうとして……。扱いは小さくていいよな。もう何回も出ている話だし」

的川は確認するように、その場にいたデスクや記者の顔を見回した。約二十年に及ぶ記者時代の大半を警察担当としてすごした的川は、社会部の担当領域であっても医療や教育といった分野のニュースの価値を判断するのが苦手なのだ。その場に流れる白々とした空気に耐えかねて、智子は口を開いた。

「これまで空港の検査で危険部位が見つかったことはあるけれど、工場まで行ってしまったのは初めてだと思います」

的川は顔色を変えた。

「ホントかよ。社会面アタマじゃないか。下手をすると一面に入るぞ。大吾、誰かを連れてすぐに行け」

大吾はすでに上着と鞄《かばん》を手にしていた。ハイヤーの運転手を電話で呼び出し、本社の入り口に車を着けるようにと指示している。智子も自分の鞄を取りに走った。農水省には若い頃、経済部記者として常駐していたことがある。そのときの知識があるから、役に立てると思った。「一緒に行く」と大吾に言おうとしたとき、大吾が松江の名を呼んだ。「お前、一緒に来てくれ。レコーダーを忘れるなよ」

松江がはじかれたように立ち上がった。

「おう、青年。しっかりやれよ」

的川がどやしつけるように肩を叩くと、松江は緊張をにじませた表情を浮かべて、うなずいた。「あたしも……」と言いかけた智子を大吾が目で制した。「麻倉女史は、写真部に電話してカメラの手配をしてくれ。念のために会見場所の地図もファクスして」

その場には智子より年次が低い記者があと二人もいた。なんで自分がそんなことを、と思いながら、智子は急ぎ足で部屋を出る大吾と松江の背中を見送った。

「的川さん、ちょっと面倒なことになるかもしれませんね」

的川と向かい合わせの席で電話をしていたデスクの村沢《むらさわ》が受話器を置きながら立ち上がった。的川が目を瞬《まばた》く。

智子も村沢の言葉に耳を傾けた。村沢は無精ひげを撫《な》でると、軽く目をしばたたいた。濃い眉がぎゅっとひそめられている。

「麻倉には識者コメントを取らせましょう。解説も準備しておいたほうがいい。あ、写真部には僕が今、連絡をしておきましたから」

「識コメは消費者団体と食品安全委員会のトップでいいですかね」と智子が言うと、村沢は首を横に振った。「研究者のコメントもとっておけ」

「それは科学部がやってるんじゃないか?」

「期待するのは危険ですね。この間、北海道で大きな地震があったとき、科学部に研究者のコメントを頼んだんですが、あいつら取り損ねたんですよ。面白いコメントで、他紙は全部載っていたんですけどね」

的川が顔をぐしゃりと歪《ゆが》めた。髪に太い指を突っ込みかき回す。

「うへっ、そりゃたまらねえな。麻倉、とりあえず識コメ。それから解説。超特急!」

智子は背筋を伸ばした。

2

目覚まし時計代わりの携帯電話が鳴っている。智子は気を抜くと落ちてきそうになるまぶたを意思の力でこじ開けた。呼び出し音はちょうど一分間鳴り続けた後、ぷつっと切れた。それを合図にベッドのスプリングで弾みをつけると上体を起こす。だるい。大きく伸びをすると、体の節々が鳴った。

四時間寝たんだから大丈夫だろう。でも忘れずにビタミンCの錠剤とコラーゲン入りドリンクを飲んでおこう。大枚をはたいて買ったスーツを着たって、肌がヨレヨレでは意味がない。汚い格好をしているのが新聞記者らしいなんていう幻想は、もう何年も前に消え去っているはずだ。

パジャマ代わりのジャージの上にカーディガンを羽織ると、サンダルを履いて部屋を出る。今日は風がずいぶん暖かい。一階まで降り、郵便受けから大手三紙を引き抜いた。オートロックのマンションは新聞を部屋まで持ってきてくれないのが不便だけれど、この自分が設備が整っていないマンションになんか住めるわけがない。今はフリーだけどそのうち訪ねてくれる人もできるだろう。それなりのクラスのマンションでないと、格好がつかない。

廊下でスーツ姿のサラリーマンとすれ違った。非難がましい一瞥《いちべつ》をもらったけれど、関係ない人の目なんてどうでもよかった。それにもしかするとあの一瞥は非難ではなく羨望《せんぼう》のまなざしかもしれない。新聞三紙をとっている女性なんて、そうそういないはずだ。

ＮＨＫのニュースを聞きながら新聞を広げ、菓子パンをコーヒーで流し込む。各紙の主要記事の見出しをチェックした後、昨夜、飛び込んできたＢＳＥの話がどう扱われているのかを見てみた。各紙ともに一面に原稿を掲載。社会面にも大きく受けを展開していた。大日本新聞も同じ構成だ。ニュース原稿そのものは大吾が松江の手を借りながらまとめあげた。手が空いた厚労省の森が解説を担当した。智子が書いた原稿も載っていた。ただし、十行の識者コメントのみ。一年生でもできる仕事だと思うと、ちょっと傷ついた。智子が一面に出稿していた記事は跡形もなかった。悔しがる気にもなれなかった。

経済部に戻りたいと智子はしみじみ思った。あの部は人の使い方を知っていた。智子に振られるのは企画、インタビュー、解説記事などの仕事が中心だった。経済部でももちろん官僚や銀行トップなどを追い回さなければならない担当は多い。だが智子は何年もその手の取材にはかかわらずにすんでいた。他人の尻《しり》を追い回すような泥臭い取材は自分には向かないし、やる必要もない。専門知識がある人間はそれなりに、ない人間はそれなりに働けば、新聞社の仕事はうまく回るのだ。

それに引き換え社会部ときたら、記者全員が不格好にどたどたと走り回っている。人事異動の慣例からいって少なくともあと二年は社会部に籍を置かなければならないことを考えると気が滅入ってきた。ピーチ味のコラーゲン入りドリンクを一気飲みして憂さを晴らす。

食器を流しに下げると、クローゼットを開けた。天気予報で今日は六月上旬並みの気温になると言っていた。カーキ色の薄手の麻のジャケットとスリット入りの黒いタイトスカートを選んだ。靴はバックベルトの黒いピンヒールでいいだろう。

自宅がある駒場東大前から大手町の本社までは私鉄と地下鉄を乗り継いでおよそ三十分の道のりだが、今日は午前中、虎ノ門にある厚生労働省傘下のシンクタンクに直行して取材を一本こなす予定だった。テーマは高齢者が長期入院している療養病床の削減。社会面で介護に関する企画を連載したいと思っており、そのための情報収集だった。大吾に指図されながら動くなんてまっぴらだった。自分から企画を提案すれば自由に動き回れるようになる。そして今、介護が得意分野という記者が部内にいないことも調査済みだ。何年も前、多少、医療制度改革を取材したことがあったので自分には土地勘があると言ってしまったし、とりあえず早目に原稿を掲載してもらうことだ。とりあえずは、それが今の目標だった。

取材に対応してくれた四十代の主任研究員は理路整然としゃべるタイプだったので、取材はスムーズに進んだ。彼の説明によると、政府は現在四十万床近くある療養病床を六年後までに約六割削減する計画だという。それによって、国の医療費が数千億円削減できる。

「これからますます少子高齢化が進むわけでしょう? 当然の措置ですよね」という彼の説明をメモに取りながらうなずいた。

「病床が少なくなると、入院が必要な人はどうなるんですか?」

「在宅介護サービスを利用してもらうとか、有料老人ホームを活用してもらうとか。そのへんは、政府もきちんと考えていますからね」

主任研究員はそこで深刻そうに眉《まゆ》をひそめてみせた。

「だいたい、日本は社会的入院が多すぎるんです。病状が安定していて入院の必要のない人まで入院させるんですから。このままでは医療財政がもちませんよ」

もっともだと思った。そして、企画の柱が智子の頭の中で固まった。膨らむ医療費を削減するための試みをまとめればいい。海外でも同じようなことが起きているはずだから、比較してみるのも悪くない。

取材が終わった後、地下鉄の駅の近くにあるコーヒーショップに入った。簡単に昼食をすませておくつもりだった。午後は特に予定は入っていなかったので、企画の案を練ろうと思っていた。

トレーを席に運んでいるとき、携帯電話が鳴った。大吾からだった。トレーを席に起き、外に出てから通話ボタンを押した。

「今、どこにいる？」

「虎ノ門。これから社にあがるところだけど」

「すぐに内幸町《うちさいわいちょう》に行ってくれ。明星《みょうじょう》電気で十二時半から緊急会見だ。松江も派遣するけどあいつ一人じゃ夕刊に原稿を突っ込めるかどうか不安なんだ」

大吾は内幸町にある明星電気の住所を告げると、電話を切ろうとした。

「ちょっと待ってよ。明星電気で何があったの？」

一瞬の間があった。そして、大きなため息が聞こえてきた。

「お前なあ、新聞読んでないのかよ。今朝、毎朝新聞の一面に顧客十二万人の個人情報流出って出ていただろうが。そのことについて役員が出てきて釈明するんだよっ。今日は地裁や警察でも応援を要請されていて、お前ぐらいしか余ってないんだよ」

記事には見覚えがあった。だが、自分には関係がないことだと思っていた。大吾が不機嫌さを隠そうともしない声で言った。

「原稿は社で俺が見る。会見が始まり次第、コメントや雑感を送稿してこい。電話で状況も逐一報告しろよ」

時計を見た。十二時ちょっと前。とっくに初版の締め切りは過ぎている。十二時半からの会見だと、最終版に入れるにしても出稿時間は締め切りの間際になる。角を曲がってくるタクシーが目に入った。手をつけていないホットドッグとコーヒーのことが頭を掠《かす》めたが智子は手を大きく振ってタクシーを止めた。

壁にかかった時計を見ると午後八時半を回ったところだった。明星電気の件以外には大きな事件はなかったせいか社会部のセクションは比較的落ち着いていた。大吾は半時間ほど前、若手記者を二人ほど引き連れて飲みにでかけてしまった。

智子はまとめあげたばかりの企画の概要をプリントアウトした。療養病床群を効果的に減らすシナリオについて、識者の意見をベースにまとめ、海外の状況などのデータをふんだんに盛り込む。一般の人の声もネット調査をかけて拾うつもりだ。これだけ充実した内容なら、文句はないはずだ。

自分のデスクで週刊誌を広げている的川に声をかけた。

「おっ、昨日はご苦労さん」

的川は珍しく機嫌よさそうに言うと、一・五リットルのペットボトルに直接口をつけ、喉《のど》を鳴らしてお茶を飲んだ。濡れた唇の端を指でぬぐうと盛大なげっぷをした。顔をしかめたくなるところをこらえ、智子は的川に微笑《ほほえ》みかけた。

「あの、これ……。企画を考えてみたんですが」

ほう、というように、目を丸くすると、的川はにやりと笑った。

「麻倉女史もこっちに来て一ヶ月だものな。ようやくエンジンがかかってきたか。本来ならキャップを通せと言いたいところだが、どれ、見せてみろ」

A4紙二枚を手渡すと的川は赤ペンを手にすぐにそれを読み始めた。ぜひ通してほしいと思った。企画を抱えていれば、今日のように無意味に振り回されることは、多少は少なくなる。そうでないとやっていられない。

的川は一枚目にざっと目を通し終えると、熊《くま》のように首を横に振り、赤ペンを耳に挟んだ。

「なんかこう、ぐっとくるものがないんだよな。生き生きしていないっていうか……。既視感もあるし」

「関心の高いテーマはある程度、既視感が出るのはしかたないことだと思います」

的川が企画の趣旨を理解できていないのではないかと思った。経済部のデスクならすんなりと通してくれるはずだ。警察のことしか分からないような石頭に、社会福祉の企画を見てもらわなければならないなんて、この部はやっぱりどこか間違っている。

「まあそういう考えはある。だけど、これを読む限りだな」と言いながら、的川は智子が渡した紙を太い指先でこつこつと叩いた。「役人の言い分を丸写しにしているようにしか見えない。医療費削減のために療養病床群とやらを減らすって言われて、おっしゃるとおりっていうのは芸がなさすぎだな」

「そんな……」

「というわけでボツ！」

的川は雑巾《ぞうきん》を絞るように、紙をひねるとゴミ箱に捨てた。費やした何時間かが消えた。

そのとき、隣の席で夕刊をめくっていた部長の蓑田《みのだ》守彦《もりひこ》が顔を上げた。

「的川君、麻倉が提案している企画は、介護関係なんだろう。内容は練り直すとしてなんとかできないものかね」

援軍の登場だ。智子は期待をこめて蓑田の顔を見た。蓑田は七三に分けた前髪をかきあげた。的川が渋い顔で椅子《いす》を回し、蓑田と向き合った。

「うちの部から出稿する介護や福祉分野の原稿を増やしたい。麻倉が手をあげたのなら、やってもらいたい。こういうことはやりたいやつにやらせるに限るからね」

「ですが部長、ちょっと内容が……」

「だったら、君が一緒に考えればいい。それがデスクの仕事だろ」

的川は黙るしかないと思ったようで、わざとらしくため息をついた。だが、蓑田はそんなことを気にするそぶりを微塵《みじん》も見せず、智子に笑顔を向けた。

「それじゃ麻倉さん、よろしく。俺はちょっとこれから外で人と会う用事があるから。何かあったら携帯で呼んで」

蓑田はデスクに載せてあったあめ色のつやが美しい鞄《かばん》を手に取り、敬礼のようなしぐさをすると出て行った。智子は蓑田の背中に向かって深々と頭を下げた。掃き溜《だ》めにも鶴はいる。自分の企画だって、見る人が見れば分かるのだ。だが、胸がすくような気分は長くは続かなかった。

「俺はやらんぞ」

うなるように言うと、的川はペットボトルをわしづかみにした。五分の一ほど残っていた。お茶は、瞬《またた》く間に的川の胃袋の中へ消えていった。

「でも部長が……」

「知るか、そんなこと。まあ、テーマは介護でかまわん。だが、もっと地に足をつけた取材をしてこい。そうしたら考えてやる。ああ、なんか胸糞《むなくそ》悪いぞ。俺はもう帰るっ」

的川はそう言うと空になったペットボトルを紙くず用のゴミ箱に放り込んだ。

いくら的川が荒れたって、部長命令を無視できるはずがない。智子はできるだけ涼しい声で「じゃ、的川さんよろしくお願いします」と言うと席に戻った。

一応、的川の顔を立てるために彼の言い分も聞いてやらなければなるまい。地に足をつけた取材か……。考え始めたところで、右隣の席に座っている小笹美智子《こざさみちこ》に名前を呼ばれた。コツコツと地味な記事を積み上げるタイプの記者で、智子より二つ年次が下だが、いつも眉間《みけん》に皺《しわ》を刻んでいるせいか年上に見える。小笹は小柄な体をさらに縮めるようにすると、眉毛さえ整えていない顔を近づけてきた。

「この部で企画なんてやっても意味ないですよ。的川のバカと付き合わなきゃいけないから不愉快になるだけですよ」

「そうかしら……。でも私はどっちかっていうと企画が得意だから」

「ダメダメ、ニュースを抜かないと。大吾さんもそう言っていました。いっそのこと、警察でも希望してみたらどうですか。麻倉さんだって支局時代には、サツ回りをやっていたんでしょう」

「私……。実は支局に行ってないの。ＭＢＡを持ってる初めての記者だってことで、すぐに経済部に配属になったから」

小笹が細い目を見開いた。

「そんな楽をしていたんですか？　っていうか、それって女性だから特別扱いされたっていうことですか？　よく男性記者から不満が出ませんでしたね」

「女性だからってわけじゃないわよ。ＭＢＡを持っているから」と言いかけた智子を小笹が遮った。

「この際、初心に戻って警察、希望してみたらどうですか？　キャップの岩谷《いわたに》さんはいい人だから面倒見てくれますよ。私も支局時代はいまひとつぱっとしなかったんですが、あの人にバリバリ鍛えられたから、なんとか仕事ができるようになった口ですもん」

大吾ばかりでなく小笹にも見下されているのか。この私が。惨めな気分を振り払うように智子は顎《あご》を上げた。知らないうちに言葉が口をついて出た。

「ニュースっていうけど、小笹さんって何か最近、ニュースを抜いたっけ？」

反撃されるとは思っていなかったようだ。小笹は目をぱちくりとさせると、大げさに身震いをしてみせた。

「さすが、麻倉女史。厳しいですねえ。一応、先週、一本一面に出しましたけど」

聞こえよがしに言う小笹を無視すると、智子はパソコンの画面に視線を向けた。

インターネットで療養病床について調べているうちに、いつの間にか時計は一時を回っていた。小笹はすでに姿を消していた。周りを見回しても、泊まりの記者と遅番デスクの村沢が残っているぐらいだった。今日もまともな食事を取ることができなかった。せめてコンビニで大サイズのサラダを買って帰ろう。デスク席で最終版の大刷りを待っている村沢に「お先に失礼します」と声をかけると、「ちょっと待て」と呼び止められた。

村沢は煙草《たばこ》を咥《くわ》えた。フロアは禁煙で、廊下の隅にある喫煙室に行くのがルールだが、この時間になるとうるさいことを言う人間はいなかった。百円ライターで煙草に火をつけ、うまそうに煙を吐き出すと、村沢はぼそっと言った。

「的川さんにだいぶんやられていたみたいだけど、あなたなんで自分が嫌われているか分かってる?」

やわらかい口調だったけれど、村沢の言葉は智子の胸をえぐった。嫌われているとは……。一番信頼できると思っていた村沢からそんな言葉を聞くことになったことに智子はショックを隠せなかった。

「あの、それはどういう……」

「麻倉ってさ、自分の経歴を自慢に思っているでしょう。MBAだとか英語が達者だとか」

村沢は唇をすぼめ、煙をふうっと吐いた。無精髭《ぶしょうひげ》さえなければ、村沢はかなり男前だ。整った顔立ちが、今は冷たく見えた。

経歴を自慢に思っている。確かに自分はそうだ。それはいけないことなのだろうか。経歴は自分が努力して勝ち取ってきたものだ。氏素性や家柄を自慢するのは浅ましいけれど、経歴は自分の手で積み重ねた人生そのものであり、プライドを持たないほうがおかしいのではないか。

そう言おうと思って口を開きかけたとき、村沢が笑みを浮かべた。

「あなたの原稿ってさ、たぶんあなたと同じように何でも大局的にモノを見られる人には、すらすらと読めるんだよ。でも、そうでない人には物足りない。的川さんは絶対気に入らないと思うね。ま、俺も実はあなたの原稿はあまり使いたくないね。少なくともこの部にいる限りは」

そのとき、整理部の記者が新しい大刷りを手にしてやってきた。

「村沢さん、最終版の刷りです」

「お、サンキュ」

村沢は早く帰れ、というように智子に手を振ると、短くなった煙草を指に挟んだまま大刷りの見出しをチェックし始めた。何を言いたかったのだろう。浪花節《なにわぶし》っぽい原稿を書けば的川の気に入るということなのか。でも、的川はともかく村沢がお涙ちょうだいの原稿が好きだとは思えない。いつも冷静で他人を静かに窺《うかが》っているようなこの人が……。

村沢は顔を上げようとしない。もう話をするつもりはないようだった。結局、この人も意味不明。理解不能。深く考えることはやめにして、智子はタクシーに乗るために地下の車両部へ降りた。

最終版の原稿に手を入れた箇所が、きちんと直っていることを確認すると、村沢は煙草に再び火をつけた。

麻倉智子の表情を思いだすと、苦笑いがこみ上げてきた。「経歴を誇って何が悪い」と顔に書いてあった。確かに経歴にプライドを持つのは悪いことではない。語学が堪能だと外国人の取材や海外出張の際に有利だし、経営などの知識にしてもないよりはあったほうがいいに決まっている。

しかし、それらはあくまでも仕事をするための道具に過ぎない。彼女には新聞記者にとって一番大切なものが欠けているから、立派な道具を持っていても使いこなせていない。しかも、道具を周囲に見せびらかすようにするから、浮いてしまう。

よくもまあ、あの年まで自分に欠けているものに気付かずに来たものだ。それは同情すべきことでもあった。誰かが早い段階でガツンと言ってやれば、案外、いい記者に育ったかもしれない。おそらく知識を振りかざして論理的に反論する彼女に対して、強く出る上司がいなかったのだろう。経済部には的川のように頭ごなしに「ダメなものはダメ」と理屈抜きで言う人間は少ない。少なくとも部長ぐらいにならなければ、そんなことをすれば石頭のレッテルを貼られ、よほど能力がぬきんでていない限り、出世競争に勝ち残ることはできない。今では暴君と陰口される川崎局次長にしても、キャップ時代はそこそこ論理的だった。

あるいは、入社の経緯を慮《おもんぱか》って、彼女を必要以上に甘やかしたのかもしれない。触らぬ神にたたりナシ、といった具合にニュースを追う重要な担当をはずし、企画が得意な記者に祭り上げたのだろう。

吸い終わった煙草を空き缶に放り込むと、パソコンの電源を落とした。

経済部でずっと過ごせるなら、それでもなんとか生き延びることができたかもしれない。だが、この部では自分の欠点に気付かない限り、いずれつぶれる。

森を見るのは大切なことだが、そこに生えている木の一本一本に目を向けなければ、まともな記事は書けない。森には同じ種類の木ばかりが生えているわけではない。背の高い木の陰に隠れてひっそりと立っている木もあれば、今にも倒れそうな老木もある。そういうことは、駆け出しの頃、支局で泥臭い取材をしていると自然に身につく。だが、政治やマクロ経済などを取材し、要人と言われる人物ばかりに会っていると、自分で意識をしていない限り、忘れてしまうものだ。ましてや、泥臭いことを何一つしてこなかった麻倉は、木を見ようと思ったことすらないだろう。

麻倉智子と的川がこれからどうなるのかには、少々、興味をそそられていた。麻倉が自分の欠点に気付くのが先か、それとも的川が匙《さじ》を投げるのが先か。久しぶりに面白いものを見られそうだ。

3

ごみごみとした商店街を抜けて十分ほど歩いたところに岩崎清三《いわさきせいぞう》の自宅はあった。かなり年季の入った木造二階建てで、ボロ家という言葉がぴったりだった。岩崎清三という木製の表札も風雪にさらされて、文字がかすれている。

秋本直己《あきもとなおみ》が振り返った。

「お年を召した方ですから、ちょっと気難しいところはありますけどいい方です。奥さんと二人暮らしなんですが、奥さんのほうは今、病院に行っているそうなのでお一人で待っていらっしゃいます」

秋本は四十を過ぎているように見えたが妙に初々《ういうい》しく、中性的な雰囲気を持つ男だった。髭《ひげ》がほとんど目立たず、眉《まゆ》が薄いせいかもしれない。話し方にしても、なんだか歌っているようで力が抜けてくる。切れ味というものが、全く感じられないのだ。官僚や企業の役員といったおなじみの取材相手とは、勝手が違う。

「よろしくお願いします」

　智子は素直に頭を下げた。岩崎清三は八十三歳の老人で心筋梗塞《しんきんこうそく》を二年前に発症していた。一命は取り留めたものの不整脈や息切れがひどいということだった。最近まで入院していたのだが症状が安定しているとみなされ、在宅療養に切り替わって一ヶ月が経《た》つ。

　患者を取材してみようと思ったのは、村沢の言葉が心に引っかかっていたからだった。自分とは違うタイプの相手を取材しろ、という意味ではないかと思った。介護の場合、官僚やシンクタンクの研究員ではなく、介護の現場で働く人や高齢者だろう。そこで手当たり次第に介護事業者に電話をかけて取材を申し込んだが、いい返事はなかなか返ってこなかった。ようやく話を聞かせてくれたのが、杉並区、世田谷区など都内西部を中心に介護サービスを手がけている銀愛会という社会福祉法人だった。秋本はその法人で統括部長という職にあった。ラッキーなことに取材の後、おそるおそる高齢者を取材したいのだと打ち明けるとその場でサービスの利用者に電話をかけてくれたのだった。近くですよ、というから喜んでついてきたら、駅前の事務所から二十分も歩かされたのには閉口したが……。

「岩崎さん、こんにちは。銀愛会の秋本です。お邪魔しますよ」

　秋本は明るく声をかけた。家の中にいる岩崎に聞かせるためというよりは、近所の住人に自分が怪しいものではないと主張するためのように思えた。

　さび付いた門を秋本が押すと、耳障りな音がした。秋本は気にする様子もなく、木製のドアを軽くノックして再び声をかけると、合鍵《あいかぎ》を出して差し込んだ。

家にあがるなり、すえたような匂いがした。玄関には女ものの突っ掛けと、小学生の上履きのような布靴が出しっぱなしになっていた。それを脇《わき》にどかすと靴を脱ぎ、秋本に続いて廊下に上がった。板張りの廊下は埃《ほこり》じみていた。ストッキングを通して、床のべたつきが足の裏に伝わってくる。洗面所らしきドアが開いていたのでなにげなくのぞくと、二層式の洗濯機に汚れ物が山盛りになっていて、思わず目を背《そむ》けた。

秋本は廊下の突き当たりのふすまの前で立ち止まると、もう一度、声をかけ、ふすまを開いた。そのとたんにアンモニア臭が鼻をついた。智子は歪《ゆが》みかけた頬《ほお》の筋肉を必死に元の位置に押し戻した。そこは六畳の和室だった。黄ばんだレースのカーテンを引いた窓際に布団が敷かれており、岩崎清三と思われる老人がやせ衰えた体を仰向《あおむ》けに横たえていた。枕元には吸い飲み、薬の袋、コードレス電話の子機などが乱雑に置かれている。

岩崎は黄色く濁った眼で秋本の顔を見上げると、干からびた唇をかすかに動かした。秋本は畳に座ると、布団から出ている秋本の手を軽く叩《たた》いた。

「岩崎さん、さっきお話しした記者さんですよ。岩崎さんのお話が聞きたいって」

智子は頭を下げると、秋本の隣に正座をした。

「ああ。お待ちしていました」

案外、しっかりした受け答えだったので智子は胸を撫《な》で下ろし、「よろしくお願いします」と挨拶《あいさつ》した。

「とりあえず申し訳ないが水……。水を飲ませてくれんかの。今日はばあさんが昼からずっと病院でいないもので」

「はい。それでは体を起こしますね」

秋本は布団と岩崎の背中の間にすっと腕を差し込むと岩崎の体を軽々と起こした。「ゆっくり飲んでくださいね」と言いながら吸い飲みを手渡して、岩崎の体を支えるように背中に手を添える。無駄のない動きだった。岩崎は大きな喉仏《のどぼとけ》をせわしなく動かした。吸い飲みを口から離すと秋本がすかさず彼の口元をタオルでぬぐった。岩崎は息をつくように肩を上下させると智子に視線を向け、はだけていたパジャマの前を掻《か》きあわせた。智子は名刺を差し出した。

「大日本新聞社会部の麻倉といいます。介護の取材をしていまして、お話を伺えたらと」

岩崎は気弱そうに笑った。細い目が皺《しわ》に埋もれて線のようになった。

「こんな死に損ないのじいさんの話なんて、役にたつのかね」

「ぜひ聞かせてください。岩崎さんは先月まで入院されていたんですよね。ご自宅に戻っていかがですか。不便はありませんか」

「これは……新聞に載るってことかい？」

岩崎は不安そうな目をして秋本をちらっと見た。

「思うとおりのことを言っていただいていいんですよ、岩崎さん。うちのヘルパーが作る料理がまずいとか」

秋本がおどけるように言ったが、岩崎は生真面目《きまじめ》な表情を崩そうとはしなかった。

「いや、あんたのところのヘルパーさんにはよくしていただいておる。毎日来てくれて、ありがたいと思っておる。ばあさんも三度三度、飯の支度をするんじゃ参ってしまうからな。まあわしも足腰が弱っているとはいえ、トイレに立つぐらいは自分でできる。飯さえ用意してくれれば、なんとかやっていけるものだ」

「自宅のほうが病院より落ち着くということはありませんか？」

岩崎は考え込むように首を傾けた後で、ゆっくりとうなずいた。

「そうだな。やっぱり我が家が一番だ。たまに近所の友達も顔を見せてくれるし」

「では、もっとこうしてほしいとか、要望はありませんか」

「別にこれといって……。まあ、費用がもうちょっと安けりゃありがたいが」

そのとき、秋本が口を挟んだ。

「岩崎さん、本当に遠慮をしなくていいんですよ。病院にいたほうが安心だったんじゃないですか？　夜、何かあってもすぐに職員が部屋に駆けつけられますからね。そのほうが奥さんの負担も少なかっただろうし」

皺に埋もれそうな岩崎の目が、ぎらっと光ったような気がした。

「わしは満足しておる。自分の家の畳の上で死ぬのが一番だ。いまさら施設に入りたいとは思わんね。記者さん、新聞にちゃんとそう書いておいてくれよ。わしは家におりたいんだ。ご覧の通りのあばら家だがね」

岩崎は疲れたように布団に体を横たえ目を閉じた。

「ちょっと休みたい。最近、めまいがひどくて起きていると疲れる。これぐらいでいいかね」

　智子はうなずいた。短い取材だったけれど、欲しかったコメントはもらえた。自宅が一番いい。そうだろうと予想していたけれど、高齢者本人の言葉で裏づけが取れたのは収穫だった。岩崎に丁寧に礼を言うと、智子はノートを閉じて立ち上がった。

　外に出ると新鮮な空気が肺を満たした。爽快《そうかい》な気分がする。もうすぐ五月。空はどんどん青さを増していく。へこんでなんかいられない。とりあえず今日のところは好調、好調。この調子で取材をすれば、汚名なんかすぐにそそげる。

　駅に向かって秋本と肩を並べて歩き出した。住宅街はすぐに終わり、大通りに出る。タクシーを拾いたいところだったが、秋本が一緒にいるので気まずかった。足の指の付け根が痛かった。靴がいけない。先が尖《とが》っていてリボンが可愛いけれど、見せるための靴で歩くための靴ではない。ピンヒールなど履いてくるのではなかったけれど、こんなに歩かされるなんて予想もしていなかったのだからしょうがない。

　秋本が話しかけてきた。

「せっかくですから、もう一人、二人取材をしませんか？　今日は無理ですが、明日、あさってぐらいなら手配できますよ」

「そうですね。機会があればそのうちにまたお願いします。岩崎さんに理想的な受け答えをしていただけたから、今回の記事は大丈夫だと思います」

「しかし、さっきの岩崎さんの話。あれが本心かどうかは……。奥さんが帰ってくるのを待っていたほうがよかったですかねえ。状況をもっとよく分かっていただけたかもしれない」

「岩崎さん、しっかりしていたじゃないですか。問題ないですよ」

「でも、念のためにもう一人ぐらい」

秋本はしつこく食い下がってきた。原稿をできるだけ早く書いて出すつもりだったから、もう一人取材する時間はないが、取材しておけば今回の原稿はともかく、将来、別の記事を書くときに役に立つかもしれないと考えて、智子はうなずいた。

秋本が、ふわりと笑った。そんな顔をすると、本当に少年のようだった。

交差点の向こう側に商店街の入り口が見えた。

「じゃあ、僕はここで左に行きます。そのほうが事務所へ近いものですから。それでは取材の件、近いうちに連絡しますよ」

「いろいろお世話になりました」

この男とはもう会う必要はないかもしれない。内心そう思いながら、智子はにっこり笑って頭を下げた。

4

夕刊の最終版を送り出した後、編集局の各部はつかの間の休息に入る。朝刊のメニューをそろえるまでの約二時間、大きな事件や事故、あるいは他社と「抜き抜かれ」を繰り広げている案件を抱えていない限り、デスクは息を抜ける。

この日も朝刊に続報を掲載しなければならないような大きな案件はなかった。早番に入って夕刊の紙面を仕上げた的川は、遅めの昼食を取るために外に出ることにした。

的川は食べ物にこだわるほうではない。いや、そうともいえないかもしれない。大衆的な味しか、的川の舌は受け付けなかった。これも一種のこだわりだろう。今日は牛丼にするか。大盛りにして生卵をつけようと頭の中で算段をつけた。生唾《なまつば》がわいてきた。

デスク席を立ったときだ。夕刊の早版を読んでいた蓑田が彼の名を呼んだ。的川は反射的に顔をしかめた。だが、無視するわけにもいかず、蓑田のほうに体を向けた。

「麻倉から企画の原稿が出ているようだな。今夜、入れられそうか?」

今朝、デスク端末を開くと、麻倉の原稿が送られてきていた。受信時間は昨夜三時過ぎだった。熱意は買うが、原稿の一段落目に当たる「前文」を読んだだけで、このまま使えるような代物ではないことが分かった。現在の制度の問題点を拾い上げ、具体例として提示したうえで、問題を解決する処方箋《しょほうせん》をいくつか挙げてほしかった。具体例さえ拾えれば、後は自分が引き取って書いてもいい。そのぐらいは作文できるし、識者に追加取材を命じてもいい。だが、問題を提起するためのファクツが何もないのだから、話にならない。

「いや、ちょっと……。再取材を命じようと思っています」

蓑田は眉《まゆ》を少し上げると「モニターを出してくれないか」と言った。モニターとは原稿を打ち出す細長い用紙だ。紙面と同じ一行十一文字で原稿がプリントアウトされる。的川は釈然としない気持ちのまま、デスク端末を操作して、麻倉智子の原稿のモニターをプリントアウトした。

蓑田は普段、紙面作りで細かく指図することはない。出来上がった紙面に対して注文をつけることはあるが、原稿の段階から興味を示したことは的川の知る限り一度もなかった。しかも、それが麻倉智子の原稿だというのが、奇異に感じた。あんなプライドばかり高いダメ記者の原稿をどうしようというのだろう。

機械から吐き出されたモニター用紙三枚を渡すと、蓑田はすぐに原稿を読み始めた。ペン先で文字をなぞりながら真剣に目を通している。的川はシャツのボタンをいじくりながら蓑田が顔を上げるのを待った。デスクの森下《もりした》が席から立ち上がり、昼食に行こうと手振りで誘いかけてきた。顔をしかめて首を横に振り、顎《あご》で蓑田を指す。森下は首をすくめてお気の毒、というように笑い、チノパンのポケットに両手を突っ込んで廊下に出て行った。

蓑田は三枚目を読み終えると、再び最初から文字を追い始めた。

的川には、決まりきったことしか書いていないつまらない原稿にしか見えなかったが、蓑田の目には違って映るのだろうか。にわかに不安になった。

文章はこなれていて読みやすい。その点は的川も認めていた。体言止めを連発する大吾とは大違いだ。データも細かく盛り込んである。だが的川の目から見ると、麻倉の原稿には問題提起に必要なファクツがなく、生の人間の呼吸のようなものが少しも感じ取れなかった。

文中に出てくる高齢者のコメントにも引っかかった。施設から自宅に戻ったことを喜んでいる。文章の流れの中に不自然なほどぴったりと納まっているが、そこに的川は胡散臭《うさんくさ》さを感じてしまう。取材をしたというより、誘導尋問のように自分が欲しい答えを相手の口から言わせただけなのではないか。

ようやく蓑田がモニター用紙をテーブルに置いた。眉を軽く上下させ、額に垂れ落ちてくる前髪を指で払った。それは何か指示を出す前に彼が決まってするしぐさだった。的川の勘は、それがろくでもない指示だと警告した。

「一から取材させ直させますよ」

蓑田が口を開く前にそういったが、彼は軽く首を横に振った。

「確かにちょっと薄いかんじはする。だが、まあいいじゃないか。今夜、使ってやろう。ほかに囲みもないしな」

的川は呆《ほう》けたように口を半開きにした。そのまま動くことができなかった。使うだって？　このヘボ原稿を……。しかも、記事の周囲をぐるりと線で囲む囲み記事にするというのか。囲みは目立つから妙な原稿は使いたくない。蓑田が返してきたモニターを受け取りながら、的川はあわてて言った。

「それを使うぐらいなら、囲みは入れずに雑報で埋めたほうがいいと思いますが」

「君は今晩、出番ではないよな。夜番は……森下か。森下に使うように言っておくから君はいい」

「ちょっと待ってくださいよ、部長。その原稿は僕が面倒を見るってことになっていましたよね」

蓑田は冷ややかな目をした。

「見る気がないんだろう？　森下にやってもらう」

「ですが、こんな原稿……。はっきり言ってクズですよ。こんなものを囲みで使ったらウチの部の恥だ」

つい声が大きくなってしまった。蓑田が唇をぐっと曲げた。怒りを飲み込むように、鼻から息を吐く。そのとき的川と向かい合う席に座っている女性派遣社員の口元に、うっすらとした笑みが浮かんでいることに気づいた。筆頭デスクと部長の喧嘩《けんか》。今日の休憩時間のネタにされるのも癪《しゃく》だったので、的川は蓑田に目配せをした。蓑田もすぐに状況を把握したようで、ブースで仕切られた談話スペースを指差した。

「俺だって、これが完全原稿だとは思わん。だけど、どうしても今夜使う」

ソファに腰を下ろすなり、蓑田は言った。

「なぜですか？　理由を教えてください」

「この前も話したと思うが、介護や医療といったテーマをできるだけ取り上げたい。で、ここだけの話だが、経済部が介護関係の企画を考えている。週明けに連載するとかしないとか。昨日の夜、ちょっとそんな話を聞いた。むこうが提案してきたらやりにくくなるから、多少の不出来には目をつぶってでも紙面化しておきたい」

部の間で守備範囲がかぶるテーマで企画をやる場合、先に手を上げるか、それとも部の力に任せて相手をつぶすしかない。経済部と綱引きをするなら、先に手を上げたほうが無難だ。部の力関係というより、川崎局次長のゴリ押しで負けてしまう恐れがある。

「しかし、部長。この原稿ではとても……。麻倉がさくっと直せるとも思えないんですよ。せめて明日にしませんか。大吾にやらせますから。厚労省詰めの森をサブにつければいい。あいつらだったら一日あれば、麻倉の原稿よりはまともなものを持ってきますよ。すぐに呼び出してみます」

的川は腰を浮かせかけたが、蓑田が目でそれを制した。

「いや、麻倉の原稿でいく。囲みの差配は君の担当だが、今回は特例として森下に任せてくれないか。中身のない原稿をもっともらしく仕立て直すことに関しては、あいつは一流だ」

　中身のない原稿をもっともらしく仕立て直す能力なんて、意味があるのかどうか。だが、蓑田は大真面目《おおまじめ》にそう言っているようで、表情を崩さなかった。そんな馬鹿なことがあるか、と憤慨しかけた的川の腰を折るように、蓑田は腰を上げると的川の肩を軽く叩《たた》いた。

「ま、そういうことだから、ここは折れてくれ」と言いながら、軽やかな足取りで去っていく。的川は鬱屈《うっくつ》した気持ちをどこにぶつければいいのか分からず、拳《こぶし》で自分の太ももを殴りつけた。

　そのとき、入り口から麻倉智子が入ってくるのが見えた。今日も髪をこしゃくな格好にカールさせている。化粧もまるで米国のニュースキャスターのように妙に濃い。何を勘違いしているのか。あんなふうに身づくろいするには時間がかかるだろうに。それとも、何か取材で役に立つとでも思っているのだろうか。的川には、彼女が異星人のように思えた。渋谷のセンター街などで見かける、下着が見えそうなスカートを穿《は》き、髪の毛を金色に染めた若い女と同じぐらい理解不能だ。

　あんな女と関わるのは金輪際、ごめんだ。こっちまで調子が狂ってくる。担当をはずされて却《かえ》ってよかったかもしれない。的川はソファに寝そべると、手近にあった週刊誌を開いた。

「えっ、ほんとですか」

デスク会から帰ってきた森下が自分の原稿を使うと告げたとき、麻倉智子は自分の耳を疑った。昨日の夜、書き上げたばかりの囲みが、まさか今日、使われるとは。どうせ的川にねちねちと書き直しを命じられると思っていた。しかも、原稿は森下が見るという。デスク席に的川の姿は見当たらなかった。早番だったから早々に引き上げたらしい。笑いがこみ上げてきた。

「よろしくお願いします。足りないデータがあればすぐに補強しますから」

森下は茶色く染めた髪を揺すると、その必要はないと言った。

「ただ、もうちょっとニュースっぽい雰囲気を出したほうがいい。適当に書き直すから後でモニターを確認して」

「了解です」

森下は原稿を手直しするのが抜群にうまいと記者の間で評判だ。任せておいて間違いはない。

モニターが出てくるまでの間に夕刊を読んだり、取材のアポイントを取ったりした。だけどモニターはなかなか出てこなかった。そんなに手直しが必要な原稿だっただろうか。でもとにかく掲載されればなんだってかまわない。内容より記事の大きさと扱われる紙面で記者の評価なんて決なるのだから。そのとき大吾が外から戻ってきた。だらしなくシャツのボタンをあけている。席についてパソコンの電源を入れるとデスクの引き出しから扇子を取り出し、しきりに扇《あお》ぎだした。彼の額に浮き出している汗が蒸発して自分のところに飛んできそうな気がして、智子は顔をしかめた。パソコン画面にヌード画像が表示された。ああ、もう。そういう画像を背景に使うのは、ヌードカレンダーを貼るのと同じでセクハラだとこの間、注意したのに。このデリカシーゼロの男は、少しも分かっていない。でも、今日は文句を言うのはやめておいた。

「原島君、聞いてよ。今日、いきなり私の囲み使うんだってさ。突然だから参るわ」

大吾は驚いたように扇子を動かす手を止めた。すぐににやりと笑った。

「紙面を埋めてくれるなら、どんな原稿でも歓迎だ」

なんてえらそうな言い方。こういうときぐらい、よかったなと言ってくれればいいのに。本当に性格が悪い。そのとき、アルバイトの学生に名前を呼ばれた。電話がかかってきたようだ。

電話は先日、取材に同行した秋本からだった。あれから何度か不在のときに電話をもらっていたようだが、取材先を紹介するとしつこく言われそうだと思ってコールバックをしていなかった。

「どうも。先日はお世話になりました。岩崎さんを取材したときの原稿、近々掲載されることになりましたので、掲載紙、あとで送りますね。二部でいいですか？」

余計なことを言われないように早口で話し始めた。だが、すぐに秋本の硬い声がさえぎった。

「その記事、掲載中止にしてください」

智子は息を呑《の》んだ。柱にかかっている時計を見た。七時半をすでに回っていた。雑報ならともかく囲みを取り下げるとなるとひと悶着《もんちゃく》あることを覚悟しなければならない時間だ。いったんデスク会で報告された記事を白紙に戻すことは容易ではない。それに、記事掲載の是非を外部に云々《うんぬん》されるわけにはいかなかった。報道の自由というものがある。

「申し訳ないですが、ご要望にはこたえられません」

「昨日、岩崎さんが、亡くなったんです」

目の前が真っ白になった。秋本は同じ言葉を繰り返した。

「心臓発作を起こしたのに誰も気がつかなかったんです。それでそのまま……」

岩崎の顔を思い出そうとしたがうまくいかなかった。三日前の取材では元気とは言えないまでも、しっかりとした受け答えをしていたことは覚えているのだが。しかし、そんなことより今は善後策を考えるべきだった。記事には岩崎が実名で登場している。死んだ人間のコメントを生きているかのように扱うのはまずい。遺族に知れたら文句を言われるかもしれない。キーボードを叩《たた》いている森下を見た。亀のように首を突き出し一心不乱に作業している。智子の原稿の手直しは終わったか、少なくとも終盤に差し掛かっているはずだ。掲載を取りやめてくれなんて言えない。智子は覚悟を決めた。

「岩崎さんの自宅の電話番号を教えてください。奥様の了解を取るようにします」

一瞬、間が空いた後、「よくそんなことが言えますね」と秋本が声を荒らげた。

「こっちにも事情がありまして。交渉だけでもさせてください」

「お断りします。奥さんは相当、ショックを受けています。岩崎さんは昨夜、亡くなったんです。隣の部屋で寝ている奥さんは普段は夜中に一度、異常がないかどうか見に行っているそうなんですが、昨夜は体調が悪くてそれができなかった。風邪薬を飲んでいたのでぐっすり寝込んでしまったらしい。そして彼女は朝も起き出せなかった。今朝、うちのヘルパーが行ったときに冷たくなっている岩崎さんを見つけたんです。発作のときすぐに対処していれば、もしかしたら岩崎さんは死なずにすんだかもしれない。夫にそんな死に方をさせてしまった奥さんの気持ち、あなたには分からないんですか」

智子はため息をついた。確かに遺族にとっては後味の悪い別れだ。岩崎は自宅で死にたいと言っていた。希望通りになったわけだけれど、こういう形を理想としていたわけではあるまい。

岩崎はなぜ明日まで死ぬのを待てなかったのか。見当違いだと分かっていたけれど、腹立たしい気持ちを抑えることができなかった。折り返し電話をすると伝えて受話器を置くと、智子は席を立った。

デスク席では、森下が猛烈な勢いでキーボードを叩いていた。

「森下さん、ちょっとまずいことになりまして」

森下は画面から目を上げると眉を寄せ、この忙しいときに面倒なことは言うなよ、と目で語りかけてきた。

「今、連絡があって、その記事に出てくる岩崎さんが亡くなったそうなんです」

「なんだよ、それ」

森下は茶髪をかきむしりながら天井を仰《あお》いだ。膝《ひざ》がかたかたと動き出す。

「仮名にしてはどうでしょう」

「それは無理」森下は即座に言った。「今日の局番は川崎さんだ。あの人は実名でないとコメントは意味がないってうるさいから絶対にケチがつく。それに仮名だとしても倫理上、まずいよ。岩崎って人が死んだと書くとしたら、原稿を根本から変えないといけないし。まいったな……」

森下は立ち上がってフロアを見回した。蓑田の姿を探しているようだ。森下がこんなふうに落ち着きをなくすのを見るのは初めてだった。

「畜生、的川さんも帰っちまったし、どうするかな」

そのとき、村沢が自分の席からデスク席に寄ってきた。森下が救われたような目をして現状の説明を始めた。

「ふーん。それは災難だねえ。でも簡単だよ」村沢はのんびりとした声で言った。「コメントを丸ごと別人に差し替えればいい。麻倉だってもう一人ぐらい取材してるでしょ、当然。最近、企画を頑張るんだとか言って、ほかの取材をろくにしてないみたいだったしさ」

森下がぽんと手を鳴らした。

「そりゃそうだ。さすが村沢さん。麻倉、年寄りのコメントを出せ、コメント。今すぐ口で言え。打ち込んじゃうから」

森下は前傾姿勢で座り、キーボードに指を載せた。早くしろと背中が言っている。

「それは……取材していません」

智子は惨めにうつむいた。森下が顔をしかめて振り返る。

「はっ、手持ちはなしかよ」

お手上げだというように森下は背もたれに体を預けた。

「森下君、白旗を揚げるなら早いほうがいいよ。穴も埋めなきゃならないし」

村沢はそう言い残して去っていった。去り際に、軽蔑《けいべつ》したような目で見られたのが、身を切られるように痛かった。森下は腕組みをするとうつむいた。唇を嚙《か》んで眉根を寄せている。ようやく上げた顔は硬くこわばっていた。

「整理部に説明に行ってくる。原稿はボツだ」

吐き棄《す》てるような言葉が、智子にとどめをさした。その場に立っているだけでも辛《つら》い。裁判官に判決を宣告されるとき、こういう気分になるのだろうか。整理部のデスクそして川崎から森下が罵倒《ばとう》される様子が目に浮かぶ。

「大吾！」森下は立ち上がると、怒ったような声で大吾を呼んだ。「原稿を二本出してくれ。八時二十五分までに合計九十行」

「明日の夕刊用の原稿がなくなっちゃいますね」

「そんなこと知るか。お前、麻倉女史とは同期だろ。尻拭《しりぬぐ》いをしてやれ」

森下は背中を丸めながら小走りに部屋を出て行った。

ふと、デスク端末の画面が目に入った。森下が手を入れかけている自分の原稿だった。出稿したものとはまるっきり違っている。出だしから一行も自分の書いた原稿が残っていない。それを見ていると、気が抜けてきた。振り回されて原稿をずたずたにされて……。何か歯車が狂っている。やることなすこと裏目に出ている。

おぼつかない足取りで席に戻った。隣で大吾が忙しくキーボードを叩いている。音が止まったかと思うと、ふうっというため息が聞こえてきた。原稿を送稿し終えたのだろう。自分の不手際から彼の仕事を増やしてしまったのだから、礼を言うべきなのだと分かっていたけれど素直に言葉は出てこなかった。智子は手帳を広げた。

「お前、明日、アポあるの?」

突然、大吾が聞いてきた。首を横に振ると、大吾は椅子《いす》を回して、智子に向き直った。

「だったら、そのじいさんの通夜か葬式に行ってみれば?」

「どうして」

「取材に決まっているじゃないか。介護の囲み、これで終わりってわけではないんだろう?　記事に出てくるじいさん、気の毒な死に方だったんだって?」

「うん」

「面白そうじゃないか。遺族の話を聞いておけば、別の企画で使えると思う」

面白そう……。なんて不謹慎な。他人の不幸を覗《のぞ》き見するような下品な記事を書きたいとは思わない。そういうニーズがあるのは分かる。美容院で見かける雑誌にその手の情報は満載されている。でも、そういう世界はこの自分とは関わりがないものだ。「時間があったらね」と言うと、智子は空白の予定欄にじっと視線を落とした。

5

読経が終わると空気が緩んだ。会葬者たちは喪主席に座っている小太りの男に頭を下げると斎場の出口に向かって一人、また一人とゆっくり歩き出した。総勢で四十人ほどだろうか。八十三歳の老人の葬式として、会葬者が多いほうなのか少ないほうなのか、智子には分からなかった。

結局、来てしまった。昨夜の失態はさすがにこたえた。すぐに巻き返さないといけないと思ったけれど、その術《すべ》を思いつかなかった。大吾の言うことを信じたわけではないけれど、何かとっかかりがほしくて、こうしてのこのこ葬儀にやってきた。

銀髪が美しい岩崎の妻は、顔を伏せて長男に体をもたせ掛けるようにしていた。すすり泣くように細い肩が時折揺れる。遠目にもかなり参っている様子が見て取れた。秋本が昨夜言っていたように、長年連れ添った夫が隣の部屋で苦しんでいるのに何も気付かずに寝ていた自分を責めているのだろうか。取材と称して声をかけられるような雰囲気ではなかった。いや、大吾だったらかけるのかもしれない。いかにも同情しているような顔をして、彼女の今の心境を聞きだすことを彼ならためらわないだろう。でも、自分にはとても無理だと思った。そんなあざといまねができるわけがない。でも、一方で岩崎の妻の姿をもう少し見ていたい気がした。彼女が何かを訴えたがっているような気もしたからだ。智子は外で出棺《しゅつかん》を待つことにした。

粘りつくような空気が全身を包んだ。頭上には白く濁った空が広がっていた。近くを走る青梅街道から車両が忙しく行き来する音が聞こえてくる。

駐車スペースの端でぼんやり立っていると喪主席の近くに座っていた中年女が、連れ合いと思われる男と二人で出てきた。二人は壁際にある灰皿のそばによると、並んで煙草《たばこ》に火をつけた。女は着物の胸元を苦しそうに広げた。葬式にしては赤すぎる唇を熱帯魚のようにすぼめると心持ち顔を仰向《あおむ》けて、うまそうに煙を吐き出した。

「いい葬式だったな。おとうさんも八十三なら一応、大往生って言えるし」

男のほうが、ヘアクリームでオールバックに撫《な》で付けた髪を指ですきながら言った。

岩崎の親族だろうか。盗み聞きは嫌だと思ったが、どうせ来てしまったのだ。智子は二人の会話に耳を傾けることにした。

女は横目で男を見ると唇の端をゆがめた。白い煙が一筋、唇から流れ出し、白い空に溶けていった。智子は女の顔から目を離せなくなった。彼女の表情に、悲しみとは明らかに違うものが混ざっているような気がしたのだ。

「申し訳ないけれど、肩の荷を降ろした気分ではあるわね。病院から家に戻って以来、週の半分は通ってくれって、兄さんがうるさかったから。あの状態が何年も続いたら私は完全にパンクしていたわ」

「おい、ずいぶんと薄情な言い方じゃないか」

男が昭和時代の俳優のようにくっきりとした眉《まゆ》を寄せると、黒いアイラインに縁取られた女の目が吊《つ》り上った。

「あなただって民間のホームに入れようって話が出たとき、お金がかかりすぎるって反対したじゃない」

男は気弱げに目を伏せると、煙草の灰を灰皿のふちで叩《たた》いて落とした。

「そうはいっても、月に十万円も出せるかよ。おい、そろそろ戻ろう。出棺を手伝わないと」

二人は灰皿に吸殻を放り込むと、あわただしく葬儀場の中に戻っていった。黒い背中を見送りながら、智子は今しがた耳にした会話を頭の中で反芻《はんすう》してみた。やっぱり信じられない。あれは親が死んだばかりの人間がとる態度ではないと思った。亡くなった岩崎が気の毒に思えてきた。

そのとき肩を叩かれた。振り向くと肩幅が明らかに大きすぎる礼服を着た秋本が立っていた。スポーツ刈《が》りに近い短髪にスーッという組み合わせだとその筋の人に見えたりするものだが、秋本の場合は高校生のようだった。

「やあ、来ていたんですね」

「ええ、一応」気まずい思いでうなずいた。

「岩崎さんのこと、記事になりますか？　是非、落ち着いたら奥さんにインタビューをしてくださいよ。僕は明らかに行政のミスだと思いますね。岩崎さんは入院させておくべきだったんだ。あるいは特養に入所させるか。そうすれば、発作が起きたときにすぐに対処できたはずだ」

「はあ……」

「あれでは奥さんが本当に気の毒ですよ。僕が思うにはですね」秋本は福祉業界のおかれている状況について自説を並べ立て始めた。「今後も岩崎さんのような悲しいケースはなくならないと思いますよ。今の行政の動きを見ているとそうとしか思えない。だからこそあなたがたマスコミが声をあげてくれないと。ジャーナリストっていうのはそういうものでしょう」

秋本はそれこそ少年のように頰《ほお》を上気させた。

「どうです、これからウチの事務所に来ませんか？」いかにもグッドアイデアだというように目を輝かせている。智子が断るとは全く思っていないらしい。時間があったら付き合ってもいいと思ったが、あいにく午後からいじめによる自殺者を出した小学校の校長の記者会見に応援にいかなければならなかった。担当者は別にいるから、ほんのお手伝いだった。原稿を書く必要もない。うんざりする話だけれど、割り振られた仕事をすっぽかすわけにはいかなかった。

「すみません。午後から別の取材が入っていますので。またいつか」

秋本は信じられないというように目を見張ると、小さく舌打ちをした。視線を地面に向けた後、智子をぐっとにらみつけてくる。

「岩崎さんの死を痛ましいとは思わないんですか？　無駄死にで終わらせるんですか？　岩崎さんのような老老介護ばかりではなく、孤独死だって最近増えているし。今、取材すべきホットなテーマだと思うんですが、関心がないというのは僕には理解できないんですが」

憑《つ》かれたように話す秋本にうんざりしながら智子は言った。

「たいへん重要な取材テーマだと思っています。でも、こればかりにかかりきりになるわけにはいかないんです。午後からはいじめ自殺の会見に行かないといけないんです。先週、九州のほうでも自殺があったでしょう。事件が連続すると関心が高まるから、どうしてもそっちに力を注がないといけなくて。ニュース価値ってそういうところがあるので」

秋本は目をしばたたいた。

「昨日の朝刊に出ていた事件ですね。では、こういうことでしょうか。岩崎さんという一人のご老人が悲しい亡くなり方をしたことにニュース価値はない。いじめ自殺の続発はニュース価値が大きい。人の命の価値は皆同じだと思っていたんですが」

智子はぐっと詰まった。秋本の言うことは正論だ。だが、組織の中で働く以上、自分勝手な行動は許されないのだ。

「そういうふうに単純に捉えられては困ります。ですが、私にはどうしようもないところもあって」

秋本の口元に皮肉っぽい笑みが浮かんだ。

「なるほど、記者といったってサラリーマン、というわけですね。僕たちの職場でもそういうことがないわけではないですけど。でも、僕は自分なりに戦っているつもりです」

大きく息を吸った。だが、言い返す気にはなれなかった。昨夜以来、弱気になっていた。羅針盤を失った船のように、自分のやるべきことが分からずにいる。指示を出されなければ何もできないなんて、サラリーマンとしても失格だ。

そのとき棺が建物から出てきた。男たちの手によって霊柩車《れいきゅうしゃ》に運び込まれる。さっきの男も沈うつな表情を浮かべて、棺に手を添えている。その後からあの女も出てきた。白いハンカチを口元に当て、もう一方の手で母親の肩を抱くようにしていた。さっき彼女の口からあんな台詞《せりふ》が吐き出されたことが、自分の記憶違いではないかと思えてしまう。本音と建前に違いがあるのは普通だけれど、あんなに落差が大きいなんて信じられない。

秋本が隣で合掌していた。目を閉じてなにやらつぶやいている。濃いまつげが細かく震えていた。

智子は一瞬だけ心を無にした。頭を垂れて岩崎の棺を見送った。

取材を終えた後、軽く食事をすませて社に上がった。今日も手持ちの独自原稿はなかった。消費者団体の会見の骨子を二十行のベタ記事に仕上げると、智子の仕事はおしまいだった。

社会部自体はあわただしい空気に包まれていた。夕方、新宿駅構内にあるエスカレーターが急停止し、修学旅行で福島から出てきていた中学生が将棋倒しになる事故があったのだ。三十人が病院に運ばれそのうち五人が重傷。助からない恐れがある生徒二人がその中に含まれていた。

エスカレーターの製造元は事故発生から数時間が過ぎても、会見を開こうとしなかった。警察担当はもちろん大吾ら遊軍も何人か借り出されているけれど、智子に声はかからなかった。

今晩は的川が遅番に入っていた。受話器に向かって怒鳴り散らしているが、大きな肩を気負うように角張らせている。声にもいつも以上に張りがあった。部長も落ち着かないようで、自分の席とデスク席を行ったりきたりしている。戦闘態勢に入っている人たちが持つ張り詰めた雰囲気は美しい。天然パーマでぼさぼさの頭をかきむしっている的川ですら輝いて見える。自分もあの空気の中に身を置きたかったけれど、戦闘に加えてくれと言い出す勇気もなかった。たぶん、却下される。そうしたらいっそう惨めだ。まだ十時にもなっていなかったが、智子は引き上げることに決めた。

そのときソファでテレビを見ていた村沢が、のんびりとした足取りで近づいてきた。

「暇だろ。飯に行かない？　的川さんが人数は十分足りているって言っていたから。こういうときに暇人がいると目障りなんだよ。ま、そういう俺も暇だから誘っているわけだけどさ」

村沢は智子の返事を待たずに出口に向かって歩き出した。紺色のジャケットの背中がみるみるうちに遠ざかっていく。行ってみるか。的川や大吾よりは、村沢は自分に近い人間だった。この部に一人ぐらい味方を作っておくのも悪くない。村沢なら女性と二人で食事をするのにふさわしい店に連れて行ってくれそうな気もした。智子はバッグをつかんで村沢の後を追った。

エレベーターで一階まで降りると、村沢は神田駅の方向に歩き出した。ごみごみとした西口商店街を抜けるとガードに向かってまっすぐ歩いていく。嫌な予感がした。村沢が色のあせた暖簾《のれん》を彼がひょいとくぐったとき、予感は現実になった。豚のような声と焼き鳥を焼く煙。人いきれに、出汁の匂い。入り口からそっと中をのぞきこむと、店の奥にはテレビまであった。しかもいまどきブラウン管。

この私にこんな店で酒を飲めというのか……。イタリアンやフレンチでなくてもいい。ちょっとした小料理屋とか、せめて中華の小皿料理とかあるだろうに。村沢は他の男どもとは違うと一瞬でも思った自分が馬鹿だった。だが、ここまでついてきてしまったからには入るしかなかった。

去年のボーナスから二十万円をつぎ込んだ黒のスーツのせめて上着だけでも、煙から守ってやりたかったので、割烹着《かっぽうぎ》姿の中年女にレジ袋を用意してくれるように尋ねたが、無愛想に断られた。しかたがないので裏返しにして畳んだ。明日の朝一番にクリーニングに出そう。

奥まった二人がけのテーブル席につくと、村沢は生ビールを二杯とおでんの盛り合わせ、焼き鳥など数品を頼んだ。思いっきりオヤジな選択だ。ホタルイカの塩辛まで……。もうついていけない。テレビはスポーツニュースを流していた。阪神勝利とアナウンサーが告げると、見事に禿《は》げ上がったカウンター席の男が大きく拍手した。

経済部にいたころ企業の広報室長らに食事に誘われることがあった。彼らだってオヤジには違いないけれど、店の選択は悪くなかった。どうしてこうも違うのか。

運ばれてきた中ジョッキで形ばかりの乾杯をすると、村沢は上着を脱いでワイシャツになってネクタイを緩めた。ますますオヤジ度アップだ。ワイシャツが安売り紳士服店で売っているような薄っぺらなものではなく、しっかりとした生地でごく淡い上品な青をしているのがせめてもの救いだった。

「あなた、自分がなんでみんなに女史って呼ばれているか分かる?」

突き出しのわかめときゅうりの酢の物に箸《はし》をつけながら、首を横に振った。おでんを持った鉢が運ばれてきたので、すかさず好物のはんぺんを小皿に取る。今日、まともな食事をするのは初めてだったことを思い出したら猛烈な食欲を覚えた。この際、健康と美容のために栄養をつけて帰ろう。

村沢は目じりに皺《しわ》を寄せ、ふふっと笑うと頬杖《ほおづえ》をついた。

「こうやって店に入ってきたじゃない。それで席についたと。で、俺が注文したの。ビールも食い物も」

「あっ」

智子は口の中に入っていたわかめを急いで飲み下すと、箸を置いてうな垂れた。店に入ったら村沢に上席を勧め、好みの飲み物を聞いて注文を出すべきだった。おでんにいち早く箸をつけたのも自分。取材先の食事は仕事の一環だから気を抜いたりしない。けれど、社内の人間に対しても作法というものがあるということを忘れていた。それにもう長い間、上司や同僚とサシで食事をしていなかった。忘年会など年次が下の記者がいる席では、彼らにまかせっきりにしていたし。

「ま、俺はどうでもいいんだけどさ。そういうことを、気にする人もいるからね」

村沢は煙草に火をつけると、うまそうに煙を吐いた。丁寧な箸使いで卵を半分に割り、片方を自分の皿に移した。

「相変わらず苦労しているみたいだけど。ちなみに今日はどこに行ったの？」

先輩が新入社員を食事に連れ出したときによくある質問だ。でも、腹を立てる気にはなれず、むしろありがたいと思った。このままダメ記者扱いされるのは我慢がならない。

「亡くなったお年寄りのお葬式です。企画をやるときに役に立つかもしれないと思って」

「へえ。何か面白い話は聞けた？」

「いえ、今日は取り込んでいたので」

「聞きたいことがあったから行ったんじゃないの？　だったら聞かなきゃダメじゃない。断られたらすみませんって頭下げればいいだけの話でしょ。あなた、記者なんだからさ」

確かに何かを聞きたいと思った。老妻にも娘夫婦にも。だけど、何を聞けばいいのか分からなかった。馬鹿にされるような気がして少し迷ったけれど、葬儀の後で覚えた違和感について智子は話をした。

「勉強になったじゃない」村沢は焼き鳥の串を手に取るとテレビに視線を向け、「ソフトバンクは二連勝か」とつぶやいた。

からかっているのか？　淡々とレバーを口に運んでいる村沢の顔を盗み見た。本当にこの人は何を考えているのか分からない。やりにくい相手だ。的川は自分の考えをはっきり言う。すぐに怒鳴りだすのには閉口するし、分かっていないなと思うことも多いけれど、少なくとも彼の要求ははっきりしている。村沢はつかみどころがなさすぎる。何を言いたいのかさっぱり分からない。原稿の処理はあんなに上手いのに。

「ま、企画はめげずに提案したほうがいいね。出さないと大吾はあなたを下っ端記者扱いし続けると思うよ。それは不本意なんでしょ。だったら、自分でなんとかしないと。介護とかそういう分野をやりたいと言ったのはあなただし」

村沢はそう言うとカウンターの中にいる料理人に声をかけ、生ビールのお替わりを二杯注文した。またもや先を越されてしまった。そのとき智子の携帯電話が鳴った。大吾からだった。「今、どこにいる?」と尋ねる声は明らかに苛立《いらだ》っていた。

「社の近くだけど」

「曙《あけぼの》電気の社長って知らない? つかまらなくって」

「田島《たじま》さんなら何度も取材したことがあるよ。急ぎなら携帯にかけてみようか?」

田島には年頭紙面向けのインタビューをしたことがある。夕刊で時の人を紹介するコラムで取り上げたこともある。景気分析をちょっとしてみせたら気に入られて、彼の行きつけの店で食事もしたし、急なコメントが必要な場合に備えて、携帯電話の番号も教えてもらった。相通じるものがあったのだと思う。同じ大学、同じ学部の大先輩でもあった。

「えっ、そうなのかよ。すぐに連絡とって」

智子は村沢に目礼をして店を出た。

「例の事故。エレベーターの製造元は曙電気と外資の合弁会社なんだ。久本《ひさもと》っていう社長は曙出身。で、久本が曙電気の田島社長に事後策について相談にいっているらしい」

「了解」

店に戻ると村沢がビールのグラスを持ったままでにやりと笑った。

「また大吾に使われるんだ」

そうかもしれない。でも今は、自分が戦闘に参加できる喜びのほうが大きかった。「いってきます」という声が、思いのほか弾んでいた。

タクシーに乗り込むと早速、田島社長の携帯にかけてみたが留守番電話サービスにつながった。続いて大吾を呼び出す。

「社長は電話に出ないけど私、赤坂に行ってみる。田島の行きつけの小料理屋があるの。プライベートでも仕事でもよく使うところ。もし久本と会っているなら、そこにいる可能性が高いと思う」

「うわっ、それ決まりかも。俺も行く」

「場所はアメリカ大使館の前の道を南に下って……」

店の近くで智子はタクシーを捨てた。大吾はすでに到着しており店の斜め前にある自動販売機の陰に隠れるようにして、携帯型の灰皿を手に煙草を吸っていた。

「ごつい車が一本裏の道で待機している。品川ナンバーのグレーのベンツだった。ナンバーは……」

「あ、それ当たり」

濃紺のセンチュリーが静かに店の前に止まった。おそらく久本の車だ。緊張で胸が高鳴った。大吾は煙草を消すと、携帯灰皿をポケットにしまった。店の引き戸が開いた。その瞬間、大吾の背中が跳ねた。智子も負けじと駆け出した。相手が車に乗りこんだらおしまいだ。久本の自宅前には当然、別の記者が張り込んでいるはずだけど、彼はおそらく帰宅はせずに、都内のホテルに隠れるつもりだ。今夜の紙面に入れるコメントを取るなら今しかない。

今日は黒のパンプスを履いていた。バックベルトのサンダルよりはましだが、ヒールが細くて五センチある。よろけそうになり小さく声をあげると、車と扉の間に立ちはだかるようにしている大吾の大きな背中が見えた。

「大日本新聞ですが。今回の事故の原因は？」

落ち着いた声で大吾が取材を始めた。白髪交じりの薄い髪を七三に分けた貧相な顔つきの男が唇をゆがめた。一緒にいた背の高い男が、久本をかばうようにした。おそらく秘書だろう。だが、大吾はどっしりと地面に根を生やしたように動かなかった。社長の頰が朱走った。

「ノーコメントだ」

「どうして会見にも出てこなかったんですか。お子さんが二人、危篤らしいじゃありませんか！」

「原因は究明中。これ以上、今、言えることはない」

そのとき、運転手が車から降りてきた。大吾の体を押しのけるようにして後部座席の扉を開けた。すかさず秘書が久本の背を抱くようにして、座席に押し込む。大吾は扉と座席の間に体をもぐりこませようとしたが、運転手と秘書が二人がかりでそれを阻《はば》んだ。男たちがもみ合う様を智子はやきもきしながら眺めていた。大吾に加勢したほうがいいのだろうか。でも、もみ合いなんて自分にはできない。

扉が閉まった。二人の男たちは間をおかずに運転席と助手席にそれぞれ乗り込んだ。

「ちょっと、待ってください！」

静かな路地に大吾の声が響き渡った。逃げるように車は動き出した。智子は思わず両手を口で押さえた。大吾の車をこの場に呼んでくるべきだった。そうすればすぐに後を追えたのに……。大吾が振り返って智子の顔を見た。ありありと不満の表情が浮かんでいる。弁解の余地はなかった。

「ご、ごめん……」

そのとき、扉の向こう側から小柄な老人が顔を出した。田島社長だ。智子は彼の前に飛び出した。田島は智子と目が合うと嫌なものを見てしまったかのように、視線を逸らした。田島は一人だった。密談に誰かを同席させなければならないほど、神経が細い男ではない。

「事故の原因について報告はありましたか」

すかさず大吾が尋ねた。さっきのもみ合いなど忘れてしまったかのように冷静な声だった。

「久本社長に聞いてくれ」

さっきと同じ問答を繰り返しても無駄だ。田島から引き出すべき情報は一つだった。そして自分はその方法を知っている。おそらく自分と同じことを田島は考えている。智子は田島の目をまっすぐに覗《のぞ》き込んだ。

「田島さん、合弁会社のこととはいえ、対応がまずいと曙電気のイメージが悪くなりますよ」

田島の眉がぴくりと動いた。悔しそうに頬を震わせながら智子をにらみつけたが、肩を落とすと低い声で「明日会見で聞いてください」と言った。

「明日では遅いです。今。明日の新聞に載っているかどうかで、世間の人の見る目は違ってきます。もちろん株主だって。結論は出ているんでしょう？」

大吾は何を聞いているんだ、というように眉根を寄せていたが、はっとしたように大きな目を見張った。田島の視線は迷うように揺れていた。トラブルが起きたとき世間の批判を最小限に抑えるにはトップが間をおかずに頭を下げ、関係者を処分するのがポイントだ。そして田島は冷徹にやるべきことをやる人間だった。以前、曙電気の医療機器子会社のCTで被曝《ひばく》事故が発生したとき、田島は即座に社長を更迭した。年始インタビューのとき「事故が発生したら関係者を迅速に処分して世間に公表することが被害者、消費者、そして株主に対する責任」と言っていたことも覚えている。

グレーのベンツが店の前に到着した。秘書に促され、車に乗り込もうとする田島の前に大吾は立ちはだかり、静かだが凄《すご》みの利いた声で話し始めた。

「原因究明よりイメージを守ることのほうが大事っていうわけですか？　社長の首をすばやく切れば世間が納得すると思っているんですか。だとしたら大間違いだ。久本社長は本来、原因究明や点検の陣頭指揮を今、この瞬間も取っているべき人だ。それなのに、自分の進退について、あなたにお伺いを立てているだなんて。あなたは苦しんでいる子供たちやその親たちの気持ちを微塵《みじん》も考えていない。人の命より自分の会社のイメージや株価が大切ってわけですか」

二人の視線が絡み合う。田島の目は燃えるようだった。智子は思わず息を呑《の》んだ。大吾の怒りに満ちた言葉が自分に向けられているような気がしたのだった。ふっと田島の表情がゆるんだ。

「久本は明日、辞任する。向こうの社内でも話はついている。書いてもらってかまわない。そうだ、一応、本人の口から説明させよう。おたくの特ダネにすればいい。麻倉さんにはいろいろ世話になっているしね」

田島は携帯電話を取り出すと久本を呼び出し、ちょっとしゃべった後、それを大吾に手渡した。本当に久本を呼び出したらしい。大吾は久本と短く言葉を交わすと、電話を田島の手に戻した。

智子は呆然《ぼうぜん》とその場に立ち尽くした。こんなに簡単に口を割るとは思っていなかった。そして口を割らせれば勝ちだと思っていた。だが、大吾はそうは思っていないようだ。でもニュースはニュースだし、紙面のいい場所に入れてもらえる。

「ニュースをもらったからって、僕は手加減なんかしませんよ」

田島は唇をゆがめると腕時計をちらっと見た。皮肉な笑みが口元に浮かんでいる。

「この時間ですからね。急いだほうがいいんじゃないですか。まあ、考えてみれば我が社にとって、悪い話ではない。麻倉さんの言うとおりだ。おそらく、迅速に責任者が引責辞任することを、世間様に評価いただけるでしょう」

大吾が歯軋《はぎし》りをするように口元を動かした。田島の言うように最終版の締め切り時間が迫っていた。ここで問答をしている場合ではない。それは大吾にも分かっているようで、悔しげな表情で、田島の前から体をずらした。田島が乗り込むとすぐに車は発車した。赤いテールランプが逃げるように遠ざかっていく。

「畜生、あの野郎っ。久本の首を切って自分や曙電気に対する批判を最小限に抑えようとしているだけじゃないか。事故の原因なんてどうでもいいってかんじだった。ほんっと、胸糞悪《むなくそわる》いぜ」

「そんなことは今はいいじゃない。とりあえずデスクに電話をしないと。ハイヤーは裏に停まっているんでしょう」

「まあ、一応ニュースだしな」

大吾は煙草を取り出すと大きな背中を丸めるようにして火をつけた。そしてようやく、携帯電話を操作し始めた。

最終版の紙面が印刷所に伝送されると的川は大吾に電話をかけた。病院に詰めている松江を除き、遊軍全員を帰宅させるようにと指示を出した。病院に運ばれた生徒のうち一人が午前零時過ぎに息を引き取った。もう一人は依然として危ない状態だという。大吾は自分も病院で待機すると言ったが、彼に倒れられたら明日以降、仕事が回らなくなるので帰宅するように強く言った。事故の原因がすぐに分かるとは思えなかった。取材の中心は国土交通省詰めの記者にするつもりだったが、大吾も欠かせない戦力だった。

電話を切る前に大吾は、「久本社長辞任の原稿の扱いはどうなったか」と尋ねた。的川は一面アタマの本記と抱き合わせにして一段の横見出しを立てたと伝えた。遊軍が取ったネタだからもっと大きく扱うべきだったと反発されるかと思った。実際、原稿の後ろのほうに書いてあった数行は、的川は非常に面白いと思った。

久本社長は被害者への謝罪、原因究明と部品点検の指揮、情報収集などに先駆けて自らの進退を決めた。

事実を淡々と書いているだけだ。声高に糾弾をしているわけでもない。だが、この数行を読めば、ほぼ百%の人が久本や曙電気の無責任ぶりに気付く。被害者に謝罪する前に進退を討議するのはどう考えても順序がおかしいと常識がある人間なら分かる。「それはいかがなものか」と書くより、無味乾燥な文章から、読者が本質を読み取れるような書き方を自分は意識してきた。そのほうが、読者の心に響くという確信があった。文章はヘタなほうだったが、そういう工夫には人一倍、心を注いだ。大吾にもそれは何度も教えた。今夜はまさに、ずばり求める原稿が出てきたのだった。

だが、最終版に無理やり突っ込んだ原稿だったこともあり、この数行を収容することができなかった。

大吾は、しばらく沈黙していた。怒りを必死で静めている気配が伝わってきた。申し訳ない気持ちでいっぱいだったが、どうしようもなかった。大吾はセンターテーブルでどういうやり取りがあったのか、的川が言わなくても察しているはずだ。原稿を出す前から分かっていたのかもしれない。

原稿を出すといった時点で、経済部が猛反発したのだった。社長交代は彼らにとっても、抜かなければならないニュースだった。当然、田島や久本を追っていたのだが居所を突き止めることができなかったようで、田島とつながりを持っていた麻倉に出し抜かれた格好だった。他部に抜かれるのは、他紙に抜かれるよりなお悪い。他紙との抜き合いは毎日のように起きていることで、今日は勝者だった人間が、翌日には敗者となることがままある。だが、社内で抜かれるケースは極めてまれだ。負けっぷりが際立ってしまう。

そんなとき、しようがないと開き直ってセンターテーブルの検討会をやり過ごし、部に戻ってから記者を締め上げるのが一つの方法で、的川はたいていそうする。だが、経済部の旗田は違った。経済部の記者のあげてきた情報によると、まだ決定的ではないはずだから、断定口調を避けるべきなどと言い始めたのだ。その裏には、できるだけ原稿を小さくすることで、自分たちの負けを目立たなくしようという狙《ねら》いが透けて見えた。

しかも、旗田が言うには、最後の数行は必要以上に会社側を貶《おとし》めており、経済部としては認められないという。それよりも、トップが即日辞任の意向を示したことを前向きに評価すべきという意見だった。もしかしたら、田島から曙電気を担当している経済部の記者に、その旨連絡があったのかもしれない。自分たち社会部が曙電気を叩いても何の痛みもない。だが、もし経済部が曙電気関係で何か重要なニュースを追っていたとしたら、彼らにとっては必要以上に叩きたくないと考えるだろう。的川の苦手な領域なのでうろ覚えだが、電機業界は再編の嵐の真っ只中《まっただなか》にある。曙電気に小さな恩を売ることで、大きなネタを確実に仕入れられるなら経済部は、それを選ぶ可能性もありそうな気がした。確かめようがないことだから、大吾も自分も、愚痴をこぼしたりはしない。

的川ができることといったら、せめて前向きな評価を入れさせないように全力を尽くすことだけだった。局番が社会部など軟派と言われる部署より、政治、経済部など硬派の部署を重用することで定評がある荒木だったことも不運だった。ただ、明日以降もこの事件に対する関心はしばらく続くはずだ。チャンスを狙って必ず相手をしとめてやろうと的川は思った。田島と昵懇《じっこん》だというなら、麻倉を投入するのもいいかもしれない。ダメ記者もたまには使い道があるものだ。

長い一日だったと思いながら的川は大きく伸びをした。デスク席を離れ、ソファに仰向けに寝そべった。頭の中をいまだに血が駆け巡っている。

隣の運動部の席ではデスクが一人、缶ビールを片手にニューヨークで開かれている水泳の世界選手権の中継をテレビで見ていた。そういえば今日の午後、彼は英語が不得手な若手記者を海外出張に出した部長に対して激しく憤っていた。大会の目玉は日本でも人気が高いオーストラリアの選手だった。競技終了後の会見は当然、英語になる。英語を聞き取れない記者だと対応が難しい。原稿自体は明日の夕刊に入れるものだから、手直しの時間は十分にあるし、共同通信か時事通信が送ってくる通信社電を見て原稿を書き直すこともできる。そうと分かっていても不安でしかたがないのだろう。

そのとき、背後に人が立つ気配がした。記者の一人が上がってきたのだろうかと思いながら上体を起こした。立っていたのが蓑田だったので、的川はあわててソファに座りなおした。蓑田は飲んできたようだった。本社発のタクシーで帰宅するつもりで戻ってきたようだった。

「お疲れ様です」

どっちが疲れているのか分かっているんだろうなと思いながら言った。蓑田は大きなしゃっくりをした。それを恥じるように咳払《せきばら》いをすると、たいして長くもない足を組んだ靴の先が彼が愛用している鞄《かばん》と同じようにあめ色に光っていた。

「今日はご苦労だったな。特ダネも盛り込めたそうじゃないか。明日以降もしっかり頼む。遊軍もどんどん投入していいから」

「はあ、どうも」

的川は顎をかすかに引いた。

「だが、麻倉智子はこの件からはずせ」妙にきっぱりと蓑田は言った。

「どうしてですか？　一応、今日の原稿は麻倉の活躍で入れられたんですよ。まあ、経済部からネタを掠《かす》めとったようなもんですが。でも、気をよくしているだろうし、この機会に取材のイロハを叩き込まない手はないと思うんです。殺人事件とかは無理としても事故ぐらいは対応できるようにしないと、あのお嬢さんは使い物にならないですよ」

蓑田は顔の前でひらひらと手を振りながら、しゃっくりをした。

「的川君、甘いよ。あんな子をウチの部で一人前の記者にしようなんて考えても無駄。今日はたまたまうまくいったかもしれないけど、明日以降、あんなやつを使ったら他紙に抜かれまくりだぞ。やめといたほうがいい」

それはそうかもしれないが、麻倉智子はこのへんで鍛えなおさなければならない。一度人格を破壊するぐらい痛めつけてやらないといけない。気は進まないが、それが自分の役目だ。そうしなければ人繰りがつかなくなり、他の記者に負担がかかる。キャップが鬱病《うつびょう》から立ち直るメドもついていない現在、彼女を遊ばせておくわけにもいかなかった。蓑田にそう力説したが、苦笑が返ってきただけだった。

「ダメなものはダメなんだから、しようがないだろ」

ならばこの際、蓑田に聞いておきたいことがあった。

「どうして麻倉をうちの部に入れたんですか？　企画が上手いって触れ込みだったけれどたいしたことはないし、ニュース取材に至っては支局から上がってきたばかりの松江のほうがましなくらいですよ。しかも妙なプライドがあるから使いにくい。ダメ記者の典型例じゃないですか」

蓑田は首を伸ばして周囲を見た。運動部以外の部署の電気が消えていることを確かめると口角をひゅっとあげた。やけに下卑た顔付きだった。

「麻倉智子にダメ出しをしたのは輪島《わじま》だ」

突然、経済部長の名前が出てきたことに的川は戸惑った。それに、輪島部長が麻倉智子にダメ出しをしたからどうだというのだろう。現にダメなのだから。周囲に聞き耳を立てている人がいるはずがないのに、蓑田は声を潜めた。

「麻倉智子はウチの社では初めて採用したMBA取得者だ」

入社後、留学をしてMBAを取得する記者は少なくないが、海外の大学院でMBAを取ってすぐに入社したのは、確かに彼女が初めてだった。別枠を設けた採用だったため、社内報でデカデカと紹介されていたしちょっとした話題になったから覚えている。

「麻倉の後にも四人ほどMBA取得者を記者として採用したんだが、定着率が異常に悪いんだ。辞めてしまったり、うちの系列のシンクタンクに移ったり……。記者のような泥臭い仕事は向かなかったんだろうな。地方に行くのが嫌だとごねて辞めたやつもいたな。で、今年の春の時点で残るは麻倉一人となった。あいつの場合、経済部が腫《は》れ物に触るような態度でお客さん扱いにしていた。ここ何年かはニュース取材は一切させずに、インタビューものや企画をひたすら振っていた。だから、あの子は生き延びられたんだろう」

「でも、そろそろ限界ですよ。少なくともウチの部には不向きだ。それに蓑田さんが彼女をうちの部に引っ張ったこととどういう関係があるんですか?」

蓑田はにやりとした。

「これから専門記者の時代だとぶち上げたのは誰か知っているか?」

「さあ」

さすがにそこまでは覚えていなかった。興味もなかった。社内人事をあれこれ噂《うわさ》しあうのを最高の娯楽だと考えているような人間を的川は心底軽蔑《けいべつ》していた。蓑田が顔を近づけてきた。酒臭い息がかかり、的川は顔をしかめたが、蓑田は相当酔っているのか、それに気付く様子もない。

「川崎局次長だよ。当時は経済の筆頭デスクだったんだが、これからは専門記者の時代だ、MBA取得者を優先採用すべしと部長や当時の局次長に吹聴して歩いたらしい。なにしろあの迫力でしゃべるものだから、上は川崎さんの話を信じてしまった。ところがこの体《てい》たらくだ。結局、経歴なんて関係ないってことが分かっただけだ。でも、あの負けず嫌いな人はそれを認めるわけにはいかないんだろう。輪島に対して麻倉智子をエース級の記者に育てろという指示があった」

的川は思わず体を引いた。どう考えたってあんなヘボがエース級になれるわけがない。そんなことを要求されたら、自分は断固、断る。麻倉智子は記者という仕事の根本的なところが分かっていない。分かろうとする気もない。いくら怒鳴ってもあの性格は変わらないだろう。

「輪島は無理だと言ったが、局次長は麻倉を使いこなせないお前が悪いと言って輪島を罵《ば》倒《とう》し倒した。そこで輪島が反発したから、収拾がつかなくなったんだ」

的川は輪島部長と親しく話したことはなかったが、彼が気の毒になった。そんな無理難題を押し付けられたら誰だってキレるだろう。自分だったら、椅子《いす》を投げつけるぐらいのことはしたかもしれない。「そこで見るに見かねて俺が彼女を引き受けたってわけだ」

　蓑田が誇らしげに胸を張る理由が的川には分からなかった。

「しかし、我が部にとっても、痛いですよ。サブキャップ年次の記者が一減になったも同然の状態なんですから。だいたい、あいつは……」

「まあ、待て」蓑田はひときわ大きなしゃっくりをすると、胸のあたりを撫でながら言った。「麻倉だってとりえがないわけじゃない。あいつは医療経済とか社会保障を取材していた経験があるらしいじゃないか。一面で連載できるような企画を考えさせろ。近いうちにウチと経済部、地方部、生活部なんかから人を集めた企画班を作ることになるから」

「しかし、麻倉では……。まともなものができるとは思えないんですが。医療経済をやっていたっていってもほんのわずかな期間だったようで、最近はもっぱら企業トップのインタビューを手がけていたとか。それになんでそんなにしてまで麻倉を立てないといけないんですか。僕にはよく分かりませんが。企画班には厚労省クラブの森を出すほうがいいと思いますがね」

　精一杯の皮肉をこめて的川は言った。蓑田の狙いは火を見るより明らかだ。川崎の覚えをめでたくするとともに、輪島の評判を落とそうとしている。来年の春に局次長に上がるのが輪島と蓑田のどちらかだという噂は、そういう話が嫌いな的川の耳にも入ってきていた。蓑田と輪島は同期だ。蓑田の気持ちは分からなくはなかったが、そのために自分が一役買う気にはなれなかった。割が合わない。それに、蓑田に対してそこまでの借りが自分にあるとも思えない。社会部で先輩後輩だったとはいえ、蓑田に直接指導を受けたことはないし、後押しをしてもらった覚えもない。

蓑田は赤い目をこすると、唇をなめた。

「来春、介護や医療、年金などの問題を総合的に扱う社会保障部を新設する構想がある。企画班を作って連載をやるのは、その準備のためだと考えてくれ」

新部構想というのは初耳だった。医療や介護などの問題は、経済、社会、生活などの各部にまたがるテーマを扱う。縦割りが取材の弊害になっている感は否めないから、部が設立されるというのは納得できる。むしろ他社と比べて遅すぎる判断だ。他の全国紙と比べて規模が小さく記者の人数が少ない大日本新聞では、そういう話は当分先のことになると思っていた。だが、それと麻倉智子という一人の女性記者がどうつながるか分からなかった。的川は蓑田の次の言葉を待った。

「麻倉のほかにも森と小笹を出すつもりだ。で、デスクは君にやってもらう。森と小笹はまあ人数合わせみたいなもんだ。とにかく麻倉を目一杯つかってくれ。あいつに活躍をさせるんだ。言っている意味、分かるな。経済部で麻倉が期待通りの働きをしなかったのは彼女のせいではない。周りが悪かった。だからウチの部に来たとたんにみるみる頭角を現した。まあ、こんなシナリオを描いて実行してもらいたいわけだ」

いつの間にか蓑田は膝を乗り出していた。この人がこんなに必死で何かを訴えるのは珍しい。だが蓑田がヒートアップするほど的川の気持ちは冷めていった。

川崎は執念深い人間だ。自分に楯突《たてつ》いた輪島を許すはずがない。輪島を失脚させるには、かといって、麻倉智子がぼんくら記者だというのは正論だ。正論を掲げて歯向かって来る相手を叩きつぶそうとしても、さすがに周囲が許さない。編集局長も納得しないだろう。輪島を失脚させるには、輪島の指導力が不足しているという事実が必要となる。

だが、そんな子どもじみた我儘《わがまま》に付き合わされるこっちの身にもなってほしい。蓑田にはメリットがあることでも、的川には迷惑以外の何ものでもなかった。何年もこの会社で飯を食ってきた。新聞記者という仕事を選んだことにも悔いはない。だが、ポストを巡る争いには嫌気が差していた。部の勢力を拡大したがるのも、結局は身内のポストを増やしたいだけではないか。

酒で赤く染まった蓑田の顔を見た。今日、蓑田が一緒に飲んだ相手は川崎だったのだと今更ながら思い当たった。

それで、こんな夜更けに密談かよ。

的川はたまらなくなって舌打ちをもらした。蓑田は居心地が悪そうに尻の辺りをもぞもぞと動かしたが、すぐに背筋を伸ばして的川の顔をまっすぐに見た。

「企画班を社会部でうまく仕切れば、新部の部長はウチから出すことになるはずだ。そして俺が上に上がることができれば、部長ポストが二つできる」

部長ポストが二つできる。それが何を意味するか分かったときに、的川は思わずうなった。同時に落ち着かない気持ちになった。

「デスクの中で君が一番麻倉と相性が悪いんだろう。それは知っている。初めは村沢を企画班のデスクにしようかと考えたが、いろいろ考えるとここはやっぱり的川君に協力してもらうのが筋だろうと思ったんだ」

社会部長の椅子は一つ。そこには同期で現在、神戸支局長の小森《こもり》が座るものだと思い込んでいた。ロサンゼルス特派員をやっていたこともある優秀な男だ。さまざまな分野に精通しており、穏やかな人柄で上にも下にも受けがいい。デスクとしてもソツがなかった。他部とも連絡を密に取り、揉《も》め事を起こさずにスムーズに仕事を処理していく。万事がスマートなのだ。警察取材では自分が一番だったという自負があるが、人の上に立つ管理者としては、小森がはるかに上だった。自分が彼を差し置いて昇格することはないとあきらめていた。

だが、社会部の手の内にある部長ポストが二つになれば、事情は変わる。そうなると社会部長はおそらく自分だ。調整能力に優れており、社内の人望が厚い小森を新部の部長に据えるほうが、収まりがいい。

的川はシャツの裾をつまみ汗ばんだ体に風を送った。

「というわけでよろしくな」

蓑田は的川の肩を揉むようにすると、少しふらつきながら自分の席へと向かった。彼の手の生暖かい感触を振り払おうと、的川は腰を左右にひねった。靴を脱ぎ、ソファに足を投げ出した。

娘の顔が脳裏に浮かんだ。幸いなことに妻に似た美しい娘だ。彼女は来年の今頃、ホテルニューオータニで結婚式をする。そのとき、大日本新聞社会部長という肩書きがあれば、娘も妻もどんなに鼻が高いだろう。

娘の婚約者は中央省庁のキャリア官僚だった。一家は戦前から東京の一等地に居を構え、親子そろって東京大学卒という輝かしい経歴を誇っている。的川は地方の国立大を出て上京した身だし、学生結婚をした妻も地元の商業高校しか出ていない。経歴にこだわるなんてばかばかしいと思う。人間の価値を計る物差しはほかにいくらでもある。しかし、娘の婚約者の両親が自分たちを見る目には、冷たいものが含まれていた。

娘に肩身の狭い思いをさせるのは親として辛《つら》かった。娘もその婚約者も、経歴や家柄など気にしない当世の若者だ。だが向こうの親の凝り固まった価値観が変わるとも思えなかった。

「大日本新聞社会部長」

的川は小声で言った。悪くない響きだった。実態はたかが知れているが、新聞社の社内事情を知らない人間には、重みのある肩書きと映る。的川の中に、初めてポストへの執着が生まれた。娘のためというのは、言い訳かもしれないと思った。実は自分の中にも、権力を求める心が静かに眠っていた。はなからあきらめていたから、これまで気付くことがなかったのだ。

麻倉智子の取り澄ました顔が脳裏に浮かんできた。セットに三十分は費やしそうな巻髪や、女子アナウンサーばりの派手な衣装は、思い出すだけでも胸糞が悪い。あんな勘違い女を自分は支えてやらなければならないのか。しかも川崎のご機嫌を取るために。

苦々しい気分がこみ上げてきたが、いったん芽生えた気持ちを封じ込めることが難しいことも分かった。

「大日本新聞社会部長」

的川はもう一度つぶやいた。

6

「的川さん、そろそろ時間ですよ。行きましょう」

麻倉智子はプリンターで打ち出した資料をまとめると、デスク席の広い背中に声をかけた。的川は「おっ」と短い声を発すると、緩慢な動きで立ち上がった。隣の席にいる大吾が智子に問いかけるような視線を送ってきた。

「会議ばかりで嫌になるわ」

資料を指で軽く叩《たた》いて見せると、大吾は何も言わずに端末の画面に視線を戻した。

大吾のデスクの脇《わき》には松江が細い体をさらに縮めるようにして立っていた。前髪が眼鏡のレンズにかかっていることにも気づかないようで、しょんぼりうなだれている。松江が出した原稿の出来が悪すぎたため、後版用に原稿を書き直すよう、デスクが大吾に命じたのだ。

ご苦労なこと、と大吾に向かって心の中で舌を出すと、的川の後ろについて歩き出した。

企画班の会議は八階のインタビュールームで開かれる。有力者を社に招いてインタビューをするときなどに使う部屋だった。壁にそってぐるりと設《しつら》えられた革張りのソファは、すわり心地がたいそうよい。当然、部屋の掃除も行き届いており、部屋の隅に古新聞が積み上げられていることもない。外資系の企業のようにインテリアを北欧風にすれば、もっと格好いいだろうなとは思う。けれど、本社内の他の部屋よりは十倍は垢抜《あかぬ》けている。

一週間ほど前に介護をテーマに部を横断するメンバーで構成される企画班が結成され、智子はメンバーの一人に選ばれた。以来、会社に行くのが楽しくてしょうがなくなった。どうでもいいような会見をカバーするのに忙殺されていたのが嘘《うそ》のようだ。実に居心地がいい。

今朝、七時過ぎに大吾から電話がかかってきた。九時に議員食堂で行われる文部科学大臣の定例会見に出てほしいと言われた。文科省クラブ詰めの記者が高熱で倒れたから遊軍の誰かを派遣するよう、要請が来たのだという。当然、企画の取材があるからと言って断った。だが、大吾は簡単には引き下がってくれなかった。埒《らち》が明かないと思ったのでいったん電話を切って的川に連絡した。的川はすぐに大吾に電話をかけてくれたようで、五分後には予定通り自分の取材に向かえという指示がきた。

取材は十時半からだったので、髪の毛を巻く時間もたっぷりあった。ヘアアイロンでしっかり形をつけてスプレーをかけてきたから、夜十時を回った今も毛先がくるりとしているのが、気持ちいい。

この部の辞書にもようやく適材適所という言葉が収録されたのだ。なんという快挙。的川が企画班のデスクだと聞いたときには、アンラッキーだと思った。でも、結果的にはそれが正解だった。的川が企画の取材を優先せよと智子に命じたら、それに逆らえるデスクも記者もいない。

ただ、取材の相談となると的川はてんで役に立たない。智子はひそかに村沢にアドバイスを求めていた。食事に誘ってくれたり、何かと声をかけてくれたりする村沢が自分のことを気に入っているという自負があった。だったら、協力してもらわない手はない。村沢はつかみどころのない例の物言いではあったけれど、取材先などのアドバイスをしてくれた。

いつの間にか智子は鼻歌を歌っていた。先に立って廊下を歩いていた的川が振り返り、「機嫌いいな」と苦笑交じりに言った。

インタビュールームに入ると十人ほどのメンバーがほぼ顔をそろえていた。テーブルを取り囲むように配置されたソファの奥まった中心の席で、川崎局次長が太った体を背もたれに預けているのを見て、智子の体に緊張が走った。企画班の会議には蓑田か経済部長の輪島が三回に一回の割合で顔を出すぐらいで、普段は的川と旗田が取り仕切っていた。川崎が出てくるのは初めてだった。

経済部の旗田デスクはすでに席についていた。今日も三つ揃《ぞろ》いのスーツを着ている。そういえば夏になってもベストを脱がない人だったなと思いながら、智子はそこだけぽつんと空いている川崎局次長の正面の席に向かった。シフォンのスカートに皺《しわ》がよらないよう、そっと裾《すそ》を引っ張りながら腰を下ろす。

「そろそろ始めるか」と川崎は言うと、重大な知らせがあると言って、取材班のメンバーの顔を見回した。川崎の二重顎《あご》が震えた。

「皆も知っているように、この『明日の介護』という企画は、久しぶりの大型企画だ。不定期連載で少なくとも半年間は、一面でやる。やるからには、新聞協会賞を狙《ねら》うつもりでやってもらいたい」

気が引き締まる思いだ。顎を引き、まっすぐに川崎を見つめる。川崎が決まり悪そうに視線を逸らした。恥ずかしがることはないだろうに。

「それで、突然の話だが、第一部を来月の十日から始めてもらう」

声ともため息ともつかない音が広がった。今日は五月二十五日。あと二十日もない。大型企画初回の第一稿をあげるのは、掲載日の約一週間前というのが慣例なので、実質的な取材日はさらに少ない。広がった動揺を抑えるように、川崎は一人ひとりに射るような視線を投げつけていった。エアコンの音が耳についた。

「第一部は総論的な位置づけで構わない。できないことはないだろう。的川、どうだ」

智子から見て斜め右の席に座っていた的川が、大きな肩をすぼめるようにした。

「一応、今日の会議でそれぞれの記者に初回のアイデアを出すように指示してあります」

的川の言葉を受けて経済部の中堅記者、弘岡道之《ひろおかみちゆき》記者が真っ先に自分の作ってきた資料を回し始めた。時間が空くとパソコンでゲームをしている根暗な男だが、やることにソツがない。今は厚生労働省の記者クラブに詰めている。

智子もあわてて自分の資料を回し始めた。資料が各自に行きわたった。川崎は眼鏡の奥の目を細め、企画書一枚一枚に目を通し始めた。歪《ゆが》んだ唇から、鋭い舌打ちの音が、十秒に一度の割合で聞こえる。智子も手元の資料に視線を向けた。ざっとめくりながら、勝ったなと思った。

村沢に相談しながら全体像を決めた。人生の最後を在宅で過ごす人たちを追いながら、彼らを支えるために不足している行政サービスなどをあぶりだしていく。高齢者や在宅サービスを提供している事業者に取材をかける予定だ。

川崎が顔を上げた。色の悪い唇をゆっくりと開く。あっ、来ると思った瞬間、雷が落ちた。

「ろくなもんがないじゃないかっ！」

川崎が雷を落とす現場を見たことはあったけれど、被弾するのは初めてだった。胸がびりびりした。予想以上に大きな衝撃だ。

「既視感があるものばかりで話にならん。論理の組み立て方も甘すぎる。お前ら、何年この道で飯を食ってる」

的川の喉仏《のどぼとけ》が唾《つば》を飲み込むように動いた。ボロモップのような髪に指を入れ、うつむいている。硬直しているのは旗田も同じだった。唇を引き結び、視線を落としていた。

今日の会議は、各自が持ち寄る概要案を叩《たた》き台にして話し合い、初回にどんな話を持ってくるのかを決める目的で開かれたはずだ。この時点で、完璧《かんぺき》な案が少ないのは当たり前だ。しかし、川崎がそんな説明を聞く気がないことは明らかだった。

川崎は眼鏡の位置を直すと、資料の中から一枚を抜き出した。

「まあ、使えそうなのは一つだけだな。これは……、麻倉の提案か」

智子のつま先から脳天に快感が突き抜けた。頬《ほお》が熱くなる。足が宙に浮くというのはこのことかと思った。的川がほっとしたように表情を緩めた。

「これを詰めて上中下の三回でやってくれ。初回のアンカーは提案者でいいだろう。俺からは以上」

川崎は片手をソファの座面につくと、体を持ち上げるようにして腰を上げた。

「局次長、ちょっと待ってください！」

旗田が弾かれたように立ち上がった。そのはずみにネクタイが歪んだ。四方をソファに囲まれた四角い空間に、視線がめまぐるしく飛び交った。川崎に盾《たて》を突く人間を目の当たりにするのは、その場にいるほとんどの人間が初めてだった。もちろん智子もその一人だ。

旗田の顔は蒼白《そうはく》だった。それでも自分を鼓舞するように顎を引くと、一言ひとことを唇から押し出した。

「お言葉ですが、第一部の内容は、この会議で話し合う予定にしていたんです。お手元に渡した資料は、生煮えのものが多かったかもしれませんが、ほかにも検討すべきテーマがあります」

川崎は分厚い唇を舐《な》めると、底光りのする細い目で、旗田をにらみつけた。

「そんなことは分かっている。だが、連載開始が前倒しになったのだから、しようがないじゃないか。今ある材料を深掘りして初回にするのがベストだ。悠長に話し合いなどしている暇はないと思うんだが。それとも君は、私の判断が間違っているというのかね」

旗田が両手を握り締めるのが分かった。

「的川はどうだ？」

川崎に突然、矛先を向けられた的川は、大きな体をびくんと震わせると、肩で息をした。

「私は……麻倉の提案でよいと思います。細部は詰める必要がありますが、よく考えられていると思います」

「結構」

川崎は満足そうな笑みを浮かべると旗田に粘りつく視線を数秒当てた。そして、鷹揚《おうよう》に手を振ると、余裕を見せつけるかのようなゆっくりとした足取りで部屋を出て行った。

ドアが閉まるなり、旗田はソファに乱暴に座り、的川を見据えた。

「どうかしているんじゃないですか。いくらなんでも川崎さんは横暴すぎる」

三人ほどいる経済部の記者が、同意するようにかすかにうなずき、非難がましい視線を的川に向けた。的川の額が汗で光っている。社会部で記者を怒鳴りつけるときの威勢のよさは、どこかに消えてしまったようだ。

「こんな決め方、俺は納得できない」

旗田は顔を真っ赤にして怒鳴った。いつもはきれいに梳《す》かしつけられている髪が、額に一筋、落ちかかっていた。それを指で払うことも思いつかないようだ。

的川は決まり悪そうに尻《しり》の位置を直すとぼそぼそとした声で、「川崎さんが言うとおり、連載の開始時期が前倒しになったのだからしょうがないだろう」と言った。「第一、旗田さんは麻倉の案をどう思うんだ。川崎さんの指摘どおり出てきた中では一番、まとまっているように俺には見えたけど」

的川は記者たちの顔を見回した。

「君たちはどう思う?」

全員がいっせいに手元の資料に視線を落とした。智子もそれに倣《なら》ったが、文字など目に入ってこなかった。自分の企画が選ばれることだけを念じていた。村沢のアドバイスを元に考えたから、はずしているはずはないと思う。

どれだけそうしていただろう。的川が遠慮がちに意見を募った。智子は社会部の人間が自分の企画を推してくれるのではないかと期待したが、医療担当の森はうつむいたままだ。小笹は智子と視線が合うなり顔を背《そむ》けた。そういえば二人は大吾の手下だった。勢力図が変わったことに気づいていないから、前の調子で自分のことを見くびっているのだろう。だけど、今の私は昔の私じゃない。的川がバックについている。村沢だって……。

そのとき経済部の弘岡が苛立《いらだ》たしそうに咳払《せきばら》いをした。

「麻倉さんの提案はベタなかんじがします。一面なんですから、もっと広い視野で考えたほうがいいと思うんですよ。在宅サービスを手厚くしろっていってもねえ」弘岡は唇をゆがめて智子を見た。「福祉分野の費用削減はこの国の目下の最大の課題です。それを無視するような企画では話にならないですよ」

旗田が我が意を得たり、というようにうなずいた。智子は弘岡をにらみつけた。時間が空くと頬杖《ほおづえ》をついてパソコンにもともと装備されているトランプゲームの「ソリティア」をしているつまらない男にベタだなんて言われたくなかった。だが、コストのことはもう少し自分でも詰めるべきだと思った。そういえば村沢にも、コストの点をどうするか考えろと言われていた。でも、それはこれから取材を進める過程で補強すればすむことだ。

「弘岡の提案はなんだっけ……」旗田が資料をめくり始めた。弘岡が調子付いて体を乗り出した。

「介護コストの検証です。外国人労働者の受け入れ問題と絡めてやりたいと思います。規制緩和を求める声も多いから材料には事欠かないと思うんですよ」

「ほう、面白そうじゃないか。そういえば介護保険料の値上げってもうすぐ決まるんだよな。タイミング的にもばっちりだな」

「そう、そうなんですよ」

経済部の別の記者がフォローする。敵ながらナイス連携プレー。流れが向こうに行ってしまいそうだ。智子は軽く咳払いをすると、的川にアイコンタクトを送った。的川が慌てたように目を瞬《まばた》いた。何か発言しろっ！　智子は目で訴えかけた。自己弁護するより的川に押してもらったほうが効果は大きい。

ようやく的川が智子の意図に気付いた。

「面白いといえば面白いけれど、経済に偏りすぎじゃないかね」とぼそりと言った。

ああ、それでは中途半端すぎる。もっと的確に相手の欠点を指摘しないと意味がない。それに、そんな弱腰ではだめだ。いつもは理がなくても自分の考えをごり押ししようとするのに、今日に限ってどうしたんだろう。

自分で論陣を張らなければならないと覚悟を決めたとき、ノックもなくドアが開いた。顔を出したのは、経済部長の輪島だった。長身をかがめるようにしながら、せかせかとした足取りで入ってくると、川崎が座っていた席に腰を下ろした。内ポケットから白いセンスを取り出し、忙しく扇《あお》ぎながら甲高い声で言う。

「いや、遅れて申し訳ない。どこまで議論は進んだんだ？　さっき川崎さんが在宅介護の線でいくと言っていたけど」

その場に白々とした空気が流れた。旗田が自分の手元にあった資料一式を、輪島に差し出した。

「局次長の決定は強引過ぎたと思うのでいったん白紙に戻して、話し合っていたところです」

輪島がかっと目を見開いた。ゆるくウェーブのかかった強そうな髪を軍鶏《しゃも》のように振りたてながら、「そりゃあ、無理だよ、君！」と呆《あき》れたように、両手を広げる。「川崎さんが決定を下したんだろう？　それをひっくり返すって言うのかね」

「しかし……」

食い下がろうとする旗田に向かって、輪島は大きく首を横に振った。

「無理、無理。第一、私はさっき了解しましたと川崎さんに言ってしまった。それに終《つい》の棲家《すみか》はどこへ、というイメージで書けばなかなかいいじゃありませんか。具体的なエピソードなんかを詰めていけばいいでしょう。で、提案者は誰なの？　初回のアンカーをやってもらおうよ」

智子はすっと手を上げた。輪島の眉が跳ね上がった。アメリカの劇画に出てくる間抜けなキャラクターのようだ。痛快な気分だった。輪島はかつての上司だ。そして、自分を経済部から追い出した人間だ。案の定、輪島は視線を智子からそらした。

「麻倉さんですか……。じゃあ、まあともかく具体案を議論しましょうかね」

輪島は扇子を閉じ、それで自分の手のひらをぴしゃりと叩いた。記者たちはいっせいにノートを広げた。

7

クリニックの玄関から出てきた平林彰《ひらばやしあきら》は、職人を思わせる男だった。角刈りのようなごま塩の短髪に日に焼けた肌。濃く吊《つ》りあがった眉《まゆ》の下に鷲《わし》を思わせる鋭い目が光っている。昭和の半ばに流行していたような真っ白な開襟《かいきん》シャツは、アイロンのかけ方が不十分なようでところどころに皺《しわ》が寄っていた。底が擦《す》り切れた黒い大きな革の鞄《かばん》が、わずかにそれらしいけれど、初対面の人が彼の職業を当てることはまず無理だろう。

「よろしくお願いします」

平林は鋭い目つきで智子の全身を無遠慮に眺め回した。蛇のような、感じの悪い目つきだ。平林の視線が胸元で止まった。智子はとっさに中抜きのハートのペンダントトップを手のひらで覆った。平林が頰《ほお》をわずかに上げた。笑ったようだった。

イタリアンゴールドは派手すぎだったのだろうか。でもわざわざはずすほどのこともない。華やかな女性が訪ねてきてくれたほうが、お年よりだって喜ぶというものではないか。

平林は「それじゃあ、乗んなさい」と言いながら建物の脇《わき》の信じられないぐらい狭いスペースに駐車されている小型車に目をやった。持ち主と瓜《うり》二つの車だった。バンパーやドアの端がへこんでいて、ボンネットには鳩《はと》の糞《ふん》が点在している。助手席には今朝の新聞が放り出してあった。それを勝手に後部座席に移し、埃《ほこり》が染み込んだシートに座ると、平林はすぐに車を発進させた。

車中で記事に必要な情報をなるべく聞いておこうと思った。それ以外にこの男と共通の話題なんて見つけられそうにない。それにしても秋本はなぜ、もっと感じのいい医者を紹介してくれなかったのだろう。企画会議で、原稿の出だしは在宅の高齢者向けの往診のルポではどうか、という意見が出た。締め切りの関係上、往診をやっている医者をなるべく早く見つけなければならなかったので、不本意だったけれど秋本に紹介を頼んだ。この前いさかいをしてしまったから断られるかと思ったが、秋本はあっさり了承してくれた。でも、自分のことを許したわけではないようだ。でなければ、こんなとっつきにくい人物を紹介するわけがない。お灸《きゅう》を据えるぐらいの気持ちだったに違いない。

若くてやる気と正義感にあふれている医師のほうが、記事に使いやすいのに……。とはいっても、今日の取材で決着をつけたかった。別の医者にこれからアポイントを入れても締め切りまでに時間をとってもらえるかどうか微妙なところだ。きっちり取材すればなんとかなるだろう。平林の人柄を紹介する記事ではないのだから、筆の工夫でなんとでもなる。智子は無言でハンドルを握っている平林に話しかけた。

「今日、訪問するおばあちゃんは、何歳ぐらいの方ですか」

「八十三。誕生日を迎えたばかり」

「要介護3でしたよね」

「そう」

「どんな状態なんですか？」

「歩行が困難。軽度の狭心症の持病あり」

文章を作ることができないのか、この男は。智子は憮然《ぶぜん》としながら、日に焼けた横顔をにらんだ。相変わらず仏頂面だ。時間がもったいないので、質問を続けた。

その結果分かったことは、これから往診する梅田春江《うめだはるえ》は一人暮らし。夫は十年ほど前に他界し、一人娘は横浜に嫁いでいるという。春江は高枝切りバサミで庭木の剪定《せんてい》をしている最中に転倒して大腿骨《だいたいこつ》を骨折。それ以来、めっきり弱り、床に就くことが多くなった。日中、ホームヘルパーが訪問し、一時間ほどかけて食事や洗濯を手伝うほか、夜は巡回介護を利用しているという。夜間十分ほどの短時間、ヘルパーが様子を見に寄り、必要があれば排泄《はいせつ》などの介助をするサービスだ。

住宅街の一軒家の前で車は止まった。大きくも小さくもない二階建てだった。玄関先の庭と呼べないほど狭いスペースには、雑草が生い茂っていた。平林はキーを引き抜くと、わずかに首を回して智子を見た。

「あんた、その顔、なんとかならないか。なんでそんなに厚塗りなんだ。せめて口紅だけでも取れ」

「女性の場合、化粧は常識です。ノーメークはかえって失礼に当たります」

「分からない女だな……」

平林は唇を引き結ぶと腕を組み、シートの背もたれによりかかった。口紅を取るまで車から降りないつもりらしい。悔しいけれど、彼の言葉に従うほかなさそうだ。バッグからポケットティッシュを出して唇をぬぐうと、平林はようやくドアを押し開けた。

「それから言っておくがな、診療中には余計な口を挟まないでほしい」

それでは取材にならない。そんな約束できるものか。それでも適当に相槌《あいづち》を打って車を降りた。

平林は鞄から黒いポーチを取り出すと、その中から緑色のキーホルダーがついている鍵《かぎ》を取り出した。チャイムを二度鳴らした後、鍵を使って勝手にドアを開けた。玄関を入るとすぐにダイニングキッチンがあった。テーブルの上はきれいに片付けられており、生活感というものがなかった。ダイニングキッチンを通り抜けると、その奥にふすまがあった。

「梅田さん、具合はどうですか」

平林は声をかけながらふすまを開いた。そのとたんに、雑然とした生活の品々が智子の目に飛び込んできた。六畳の和室だったが窓際に大きなベッドがあった。背の部分をスイッチ一つで起こすことができる介護用のベッドだ。壁には酒屋の名前が入った大きなカレンダーがかかっていた。今日は六月一日なのに五月のものだ。しかも、何かをべたべたと貼り付けた跡がついているのが汚らしいかんじだった。

タオルケットに包《くる》まっていた小柄な女性がベッドの上で半身を起こした。梅田春江だ。ユリの花がプリントされているベージュの寝巻きは、着古しか襤褸《ぼろ》のようにくたびれている。

「先生、お世話になります」

薄くなった髪を撫《な》で付けながら春江は言った。

平林はベッドのそばにしゃがんだ。智子は簡単に自己紹介をして、取材を受けてくれた礼を述べると、平林に倣《なら》ってその場に腰を下ろした。

「先生、今朝から調子が悪くて……。胸が痛いような気がするんです」春江は掛け布団のへりを骨ばった指で揉《も》みながら言った。

「脈を拝見」

平林が手首を握ると、春江の顔にほっとしたような表情が浮かんだ。まるで恋人か息子でも見つめるような熱いまなざしを平林に注いでいる。脈を測り終えると聴診器を取り出し、そっとパジャマの胸元に手を差し込んだ。

「大丈夫。今は安定していますよ。心臓のお薬を忘れずに飲んでくださいね。血圧も測っておきましょう」

患者に対しては、まともに話ができるらしい。いよいよ面白くなかったけれど、平林の台詞《せりふ》をとりあえずノートに書き付けた。平林は次に腕に巻くタイプの血圧計を取り出し、梅田春江の血圧を測り始めた。

「早くお迎えに来てもらいたいもんですよ。こんなふうに一人で寝ていると、何のために生きているんだろうって思いますもの」

同じことを何度も言われているのだろうか。平林は軽くそれを受け流すと、「血圧は安定していますね。問題ないでしょう」と言った。そのとたんに春江の顔が歪《ゆが》んだ。堰《せき》を切ったように言葉があふれ出す。

「問題ないって……。先生、わたしはこんなに具合が悪いんですよ。ヘルパーさんが来てくれるっていったって、一日に二時間もないんですから。ほかの時間はずっと一人ぼっちで。最近ほら、老人の孤独死ってありますでしょう。いつか自分がそうなるのではないかと思うと、おちおち眠っていられないんですよ。この間ね、ヘルパーさんに、夜が不安なら緊急通報サービスっていうんですか、非常ベルみたいなものを首にかけて寝て、具合が悪くなったらボタンを押して、センターの人を呼ぶことができますって言われたんですけれど、どうもそういうのはねえ。この年ですからいつお迎えがきてもしようがないと思うんですが、倒れたときに誰にも気づかれなくてそのままになったら、と思うと切なくて。先生……」

智子は平林に怒られるかなと思いながらも口を挟まずにはいられなかった。こんな愚痴のような話は、記事に使えない。せめて「往診があるから在宅でも安心」と言ってもらわないと、冒頭のルポに使えない。

「不安なら、娘さんにちょくちょく来ていただくように頼めばいいんじゃないですか？ 娘さんだってお母さんがそう言ったら、協力してくれますよ。それとサービスを併用すれば、ご自宅で安心して暮らせますよね」

梅田春江さん（83）は離れて住む家族と往診医、ヘルパーの連携プレーで在宅でも安心して暮らしている――。記事はこんなかんじのエピソードで無難に始めたい。

春江は皺に埋もれた両目を瞬《まばた》いた。何か言いたそうに口を開いたが、肩を落として目を背《そむ》けた。平林が咳払《せきばら》いをすると鞄から薬を取り出して、春江に服用方法を説明し始めた。

春江はしおらしく耳を傾けている。

「それではまた来週、来ますから」と言って平林が立ち上がると、春江は悲しそうな顔をした。

「先生、もうちょっと頻繁に来てもらえないでしょうか。不安なんですよ」

「私も来たいんですがね。患者さんが多くて、これで精一杯なんですよ」

平林が諭すように言うと、春江は目を閉じた。

「本当にお迎えが早く来てくれないものかねえ」

つぶやくような声だったが、智子の耳にはっきりと残った。ついに彼女は、自宅で暮らしたいとは言ってくれなかった。ならば、往診の風景だけを描写してごまかすか。平林はこれからほかにも二人ほど往診するから、そっちに期待をかけてみてもいい。

「どうもお邪魔しました」

心にもない笑みを梅田春江に向けると、智子は平林に続いて部屋を出た。家の外に出て玄関の施錠をすませると案の定、平林が強い口調で言った。

「家族のことをあれこれ言うもんじゃない。人それぞれ事情があるんだ」

「梅田さん、一人でかわいそうじゃないですか。娘さんがちょくちょく来られればいいなと思ったんです。梅田さん、遠慮深そうなかんじの人だったから、娘さんに言えないのかなと思って」

「ふん、余計なお世話ってもんだ」

平林は不機嫌な表情を隠そうともせずに、車に乗り込んだ。智子も埃っぽい助手席に収まった。車は次の往診先に向かって走り出した。次の患者の状態を聞こうと思って口を開く前に、平林のほうから話しかけてきた。

「あんた、いい家で育ったんだろ。苦労知らずで大学まで出たクチじゃないのか。エリートそのものだな」

皮肉めいた言い方に腹が立ったので、「それがどうかしましたか」と開き直った。

自分が苦労知らずとは思わない。少なくともお嬢さんではないつもりだ。なにせ十八まで夜七時には店がほとんど閉まるような島根の片田舎で育ったのだ。大学入学で上京してからは訛《なま》りを隠すのに必死だったし、服や髪形を笑われないように努力した。周囲の女の子と同レベルの服やバッグを持つにはお金が必要だったから、塾や家庭教師のアルバイトを週四日ペースで入れていた。サークル活動で浮かれる暇なんかなかった。これは苦労というものだろう。

アメリカに留学したときだって日本人の友達をなるべく作らず、本にかじりつくようにして勉強した。その結果、手に入れたのがMBAと今の職だ。エリートと呼ぶなら呼べばいい。エリートという言葉をやゆをこめて使う人もいる。おそらく平林はその一人だ。でも、「少数の優れた人」になるために努力をしたのだ。今も必死だ。どうしてそれを分かろうとせずに、その他大勢と同じ枠にはめたがるのか。

「あんたの実家では、年寄りの面倒を見ていたのか？」

「ウチは田舎でしたから。父は次男だったから、祖父母は伯父《おじ》と同居していました」

「それであんたの家族はみんなハッピーってわけか」

「そうだと思いますけど」

伯父夫婦と一緒に住んでいる祖父母は、幸せそうだった。祖父は三年前に亡くなったが、その前の一年間は寝たきりだった。施設に入ってもらおうかという話も出たが、施設を見学に行った伯父夫婦と父が、家で介護をするという結論を出したのだった。父から聞いた話だが、施設では年寄りにお茶を飲ませることを、「水分補給」と言うらしい。「まるで植物みたいだ」といって父は怒っていた。多少は不便があっても、在宅でさまざまなサービスを利用しながら、人生の最後を送るほうが、人間らしくていいはずだ。親と子が遠く離れているならともかく同居しているのだから。梅田春江の娘にしたって、通えない距離ではないのだからできる限りのことをするのが実の娘としての義務ではないだろうか。

そうしたことを平林に話そうかと思ったが、車が停まった。次の訪問先に到着したのだ。

「今度は余計なことを言うなよ」

「分かりました」

まあいい。平林が熱心に往診をする医者であることには変わらない。患者との臨場感あふれるやり取りをしっかりメモに取ろうと思いながら、智子は助手席のドアを開けた。

今度も一軒屋だった。梅田春江の家よりは立派な門構えだった。逆に門ばかりが立派なのが奇異なかんじを受けた。なにせ、乗り越えられないほどの高さがあり、黒いペンキで塗られた表面がぴかぴかと光っている。その奥に見える建物は、どこにでもありそうな二階建てだった。分厚く埃が溜《た》まっている郵便受けに書かれた名前は片岡敬《かたおかたかし》。

門には鍵がかかっていた。平林はポーチから鍵を一本取り出すと、それを差し込んだ。門から玄関までは、目と鼻の先だった。平林は、今度は鍵を使わずに玄関のチャイムを押した。

背が高く痩《や》せた老人が顔を出した。顔色は悪いが、顔一杯に笑みを浮かべている。

「おお、先生ですか。ははっ、今日も無駄足ですぞ。当方、至って健康。今日も納豆と玄米パワーで快調ですわ。ま、どうぞ入ってくださいな。ちょっと臭いかもしれませんがな。なにせ糠床《ぬかどこ》をかき混ぜておったものですから」

側頭部にわずかに残っている綿のような毛を揺らしながら、片岡敬は大きな声で言うと智子に目を留めた。

「どうも初めまして」と頭を下げると、片岡は歯をむき出して笑った。

「あんたが記者さんか。是非、いい記事を書いてくださいよ。元気老人ここにアリ。当方、八十八歳ですが、まだまだ現役ですぞ。カメラマンはおらんのですか？」

「いえ、今日は……」

「ふむ、まあいい。ささ、どうぞおあがりください」

智子たちは茶の間に通された。八畳ほどの和室で、きれいに片付けられている。家具らしきものは天然目の自然なカーブを生かした一枚板の座卓と、本がびっしり詰まったガラス扉つきの本棚だけだった。

片岡は二人を座らせると、台所に引っ込んだ。戻ってきた彼の手には、キュウリとなすのぬか漬けを盛り付けた大皿と、麦茶を載せた盆があった。

「ささ、どうぞ。私の自慢の品を賞味してやってください」と言いながら、得意満面の様子で座卓にそれを並べた。往診ではなかったのだろうか。いぶかしみながら平林の顔を見たが、平林は平然と楊枝《ようじ》にぬか漬けを突き刺して口に運んでいる。

「片岡さん、ちょっと塩を控えたほうがいい。あなたは血圧が高いんだから」

片岡はぴしゃりとおでこを叩《たた》くと、胸を張った。

「痛いところを突かれましたな。でも先生、私は好きなものを食べて、好きなように暮らして、この家で大往生を遂げますよ。誰の世話にもならん」

「ちょっと脈を拝見」

「いや、その前にちょっと私は失礼しますよ」

片岡はそう言うと台所に消えた。戻ってきた彼の手には、ぬか漬けを山盛りにした皿があった。麦茶のコップも三つ載っている。智子は唾《つば》を飲み込んだ。

座卓にそれを載せようとして片岡は、すでに載っていた皿に目を留め、首をかしげた。

「はて……。先生、ぬか漬けを出していただきましたかな？」

片岡の目には、焦燥《しょうそう》とも悲しみともつかない光が浮かんでいた。平林は、穏やかに微笑《ほほえ》むと、「すみませんな。あまりに美味《おい》しそうだったので、勝手に出させてもらいましたよ」と言った。

どことなく元気をなくしてしまった片岡に胸をはだけさせ、簡単な診察をすませると、平林は片岡に向かってさりげなく言った。

「息子さんのお嫁さんが、たまには泊まりがけで遊びに来たいっておっしゃってましたよ」

とたんに片岡の目が光った。

「ふん、またそんな嘘《うそ》っぱちを。あの女は隙《すき》を見てこの家を乗っ取ろっていう腹なんですよ。これは私がお国にいただいた俸給を大切に貯《た》めて建てた念願の我が家だ。他人に土足で入ってこられるのは真っ平ごめんだ」

「息子さんも片岡さんのことが心配だから、できれば同居をしたいみたいですが」

「お断りだ！」片岡が怒鳴った。「私はばあさんを亡くしてから立派に一人でやってきた。

これからも一人でやっていける。息子といえど他人の世話になるのはごめんこうむる。この家で一人で大往生を遂げてみせる。何の文句があるというんですか」

片岡の体は傍目《はため》にも分かるほど震えていた。頬も上気している。こうしてみると、頑固な元気老人にしか見えなかった。平林は片岡がボタンをはめるのを手伝ってやりながら、「でもまあ、おいおい考えてみてくださいや」と言った。

片岡家を出ると、智子はたまらず平林に聞いた。

「あのお爺《じい》ちゃん、認知症なんでしょう？　一人暮らしって危なくないですか？」

平林は顔をしかめた。門を出て鍵を元通り、しっかりとかけた。

「本人が頑として譲らないんだからしようがないだろう。息子さんも苦労している。とりあえず火の始末だけはなんとかしようってことで、給湯器以外のガスは止めてあるし、電磁調理器もすべて一定時間が過ぎると自動消火するような特殊工事をしてある。この門にも鍵がかかっていて、外からでないと開かない」

事実上、幽閉されているということだった。門が必要以上に高いことの意味がようやく分かった。

「専門の施設に入ったほうがいいんじゃないですか？　認知症の人が暮らすグループホームって最近、増えているんですよね。この近くにも確か、あったと思うけど」

車に乗り込みながら言うと、平林はうなずいた。

「施設に引っ張っていこうとしたら、柱にしがみついて泣き喚《わめ》くんだ。それでも首に縄をつけるようにして無理やり入所させたことがある。そうしたら、とたんに暴力的になってしまってな。食器は投げる、窓ガラスは割る。他の入所者はたまったもんじゃなかった。で、施設側からお引き取りを願ってきたってわけだ」

「息子さんに同居の意思はあるんですよね」

「息子さんは何度も住み込もうとしてこの家にやってきた。そうしたら、またあの爺さん、大暴れだ。息子さんの布団を外に放り出したぐらいは、まあ愛嬌《あいきょう》だ。だが、しまいには大小便を垂れ流し始めたんだ。便意が分からなくなったわけじゃない。嫌がらせってわけだ。それで、息子さんは同居もあきらめざるを得なかった。幸い、認知症もまだ軽いし、しばらくはこのまま様子をみるしかない」

　智子は返す言葉がなかった。膝《ひざ》の上で抱えていた鞄をぎゅっと抱いた。一人であの家で生活するというのが、片岡にとってはそんなに重要なことなのだろうか。智子から見ると意味のないことだ。でも、片岡には彼なりの譲れないものがあり、それを必死で守ろうとしている。でも、息子夫婦の側に立つと……。

　智子は片岡邸を訪問する前に平林と車中で交わした会話を思い出した。確かに、自分の家は「いい家」だったかもしれない。

　車窓に目をやった。平和な住宅街が流れていく。どれも同じような二階建て。平凡なたたずまいだけれど、そこで生活する家族が平凡とは限らない。当たり前のことだった。

「あの爺さん、東大の教授だったんだよ。俺なんかにはさっぱり分からないが、他人の世話になるのはプライドが許さないみたいだな。まあ、俺やヘルパーが訪問するぐらいは、なんとか我慢しようってことらしい」

「息子さん、大変ですね」

平林は素直にうなずくと、苦い気分を飲み込むような目つきをした。

「特殊工事に相当金がかかっているし、ヘルパーも介護保険の枠で利用できる回数だけでは間に合わない。月にそうだな……四十万円は軽くかかっているだろう。爺さんの年金だけじゃとても賄いきれない。まあ、爺さんが亡くなったら家を処分するんだろうが、これまでの何年かとこれからの何年かにかかった費用を積算すると赤字は相当出るだろうな」

大きな交差点に差し掛かった。平林はウィンカーを操作して右折のサインを出した。

「次の家は、まあ普通だな。嫁さんが姑《しゅうとめ》の介護をしている。多少、嫁姑のトラブルはあるけど至って平凡だ。たぶん、あんたの伯父さんの家みたいなもんだろ。そういう家に行くと癒《いや》されるね」

平林は皮肉っぽく頰を緩めると、ハンドルを右に切った。

8

駅前に新しくできたカフェで昼食を済ませ社に戻った。整理部の記者がデスク席の的川と話し込んでいた。近づいてみると予想通り、二人の手元には「明日の介護」の第一回目の小組みがあった。原稿を新聞記事の形に組んで打ち出したもので、原稿のほか見出しや写真が設計どおりに入っている。小組みが手元に届くと掲載が間近だという実感がわく。

的川が顔をあげると小組みを突き出してきた。

「見出しはこんなかんじでいいよな」

「ええ。カットのデザインもいいかんじですね」

「そうだなあ。ま、こんなもんだろ」

整理部の記者はそれじゃあというように右手を軽く挙げると、かかとの部分がはがれそうなサンダルを鳴らしながら、のっそりと部屋を出て行った。

「名数確認、しっかりやってくれよ。つまんないことで始末書を書くのはごめんだからな」

智子は噴き出しそうになった。この自分に冗談まで言うとは。的川とこんなに友好的な関係になれるとは思わなかった。的川も一面企画が楽しいのだろうか。彼にとって不得手な分野だと思っていたのだけれど、案外、こういう仕事が好きなのかもしれない。どっちにしても、筆頭デスクの覚えがいいことが、自分にとってマイナスとなるはずがない。

智子は的川の隣の空席に座り、記事を読み始めた。突貫工事のような取材だったけれど、結構うまく仕上がったという自負があった。小組みは経済部と社会部の各部長、川崎局次長にも回覧される。そしてあさっての朝刊に掲載される運びとなる。

自宅で最後を迎えた老人が、亡くなる間際に集まった家族の顔と自分が気に入っていた柱時計を眺め、永遠の眠りについたエピソードから始めた。自分の家で死ぬ幸せを表現する狙《ねら》いだ。平林の取材がいまひとつインパクトにかけていたので、友達に電話を掛けまくって祖父母が最近、亡くなった人を見つけた。そこにおあつらえ向きに立派な柱時計があったというわけだ。次に登場するのは、自宅に戻りたいと考えているものの往診してくれる医師が見つからず入院を余儀なくされている高齢者。これは、企画班の別の記者が取材してきてくれた。その後、往診に力を入れている平林医師の奮闘振りを紹介した。平林を格好良く書くのは気が進まなかったが文脈上、これはしかたがない。さらに自宅で万が一何かがあったときに専門スタッフがかけつける緊急通報サービスなど、在宅で療養している高齢者を支える各種サービスを紹介。これらのサービスの利用が広がりつつあることを指摘しながらも、まだ絶対的な量が不足していると結んだ。

改めて読んでみてなかなかいいと思った。バランスが取れている。これなら大きな手直しを求められることはまずないだろう。的川もそう思っているから、機嫌がいいのだ。鼻歌を歌いながら、夕刊用の原稿を見ている。

企画の二回目はぜいたくな老人ホームが増えているという話だ。ホテル並みのサービスと医師が二十四時間常駐している安心感を売りものにした介護施設が、日本全国に急激に増えている。子どもに財産を残すのではなく、自分たちの代で使い切ろうと考える人が都市部を中心に増えている。それも選択肢《せんたくし》の一つではないかという流れで、智子のアイデアだったが、生活部の記者がアンカーをやることになっていた。そして最終回は国が取るべき政策や費用の問題などについて経済部がまとめる。弘岡がアンカーらしいが政策モノの原稿はつまらないと決まっている。ニュースならともかく企画で政策の話を書いたって、読者の気を引くような読み物にはならない。

最終回、記事のお尻《しり》の部分には企画に参加した記者の名前が年次が高い順番に入る。自分が他の記者と同じ扱いだなんてちょっと残念だ。誰がみたって一番、貢献度が高いのだから、「麻倉智子」を最初に持ってくるか、せめて太字にしてくれればいいのに。でもまあ、社内で分かっている人は分かっている。川崎局次長はもちろん、自分を経済部から追った輪島にも分かっている。それだけでも十分、満足できる成果だった。

「とりあえずＯＫです。細かい名数確認もすぐにやっておきます」

「よろしく。超特急、じゃなくてもいいや。でも夜には上に回すから、それまでにな」

「了解です」

微笑《ほほえ》んで立ち上がろうとしたとき、大吾が部屋に入ってきた。額に噴き出た汗をチェック柄のハンカチでしきりにぬぐっている。大吾は大股《おおまた》でデスク席に近づいてくると、机に載っている小組みをちらっと見た。

「あっ、小組み出たんですね。よかった」

大吾まで友好的な態度になったのかと一瞬、いぶかしんだのだが甘かった。

「麻倉女史の企画の原稿、目処《めど》がついたんですね。だったら、手伝ってくれよ。午後の会見、全く手が足りないんだ」

勘弁して欲しかった。この原稿を書き上げるために昨夜は三時過ぎまでがんばったのだ。今日は久しぶりに早く帰って、ゆっくりバスタブにつかりたかった。今朝、会社に来る途中、ラベンダーの香りがするドイツ製のバスソルトも購入したのに。的川に助けを求める視線を送ったが、全く無視された。

「おお、お前にも迷惑かけたな。企画はひと段落したからしばらくの間、麻倉女史をどんどん使っていいぞ」

そうきたか。やれやれだ。

智子は大げさにため息をついてみせたが、的川は冗談だと受け取ったらしく、腹をゆすって笑った。

「建設会社の談合問題について、二時からレクがあるから。カメラは朝のうちに手配をしておいた。社面ワキぐらいの扱いでいいと思う。五十行ぐらいかな」

また不祥事か。怒号が飛び交い、まともなやり取りなどできない不毛な会見だろう。会見終了後には、他の記者たちやテレビ局のカメラクルーにもみくちゃにされながら、会見に出た幹部にぶら下がり取材をしなければならない。

こんなことなら気に入っているスカートをはいてくるのではなかった。太いプリーツの珍しいデザインで、腰のところに取り外し可能な可愛いリボンがついている。くしゃくしゃになったらたまらないので、リボンははずしておこう。

「それじゃよろしく」

大吾が智子の肩に手を乗せた。ああ、まただ。いいかげんに覚えて欲しかった。

「セクハラです」と智子が言うと、「うわっ、またやっちゃったよ。悪りぃ」と大吾が首をすくめた。目が笑っている。的川も笑っていた。本当にこの人たちは処置無しだ。

智子はうんざりしながら自分の席に向かった。

会見は予想通りひどいものだった。久しぶりに怒号を聞いた。十二版用に原稿に細かい手直しを加えて出稿すると、激しい疲労に襲われた。頰《ほお》に手をやる。ファンデーションがすっかり剝《は》がれ落ちていた。スカートもすっかり皺《しわ》だらけだ。早速、明日の朝にクリーニングに出さなければ。

早く企画の第二部に取り掛かりたかった。明日からもこの調子でこき使われたら嫌なのではたまらない。隣の席の大吾は、若手記者と飲みに行く相談を始めた。誘われたら嫌なのでさっさと引き上げようと思った。安っぽい焼き鳥屋で焼酎片手にくだを巻くより、自宅でコンビニのサラダとビールのほうが、いくらかましだ。

そのときデスク番をしていた松江信二が、細い手足をぎくしゃくと動かしながら記者席に戻ってきた。大吾が「飲みに行くぞ」と声をかけたが、彼は珍しくそれを断ると智子の机の脇《わき》に立った。

「あの……。的川さんを探したんですが、もう帰ってしまったので、麻倉さんに報告したほうがいいかと思ったんですが」

結論から先に言え、と大吾でなくても怒鳴りたくなった。

「何の話?」

それほどきつい調子で言ったわけではないのに、おびえたように松江が細面を伏せた。

「えっと、さっき十二版の刷りを整理部に取りに行ったときに、ヘンなものがあったんです」

「だから何よ」

今度は意識的に語調を強めた。重要なことは前に持ってくる「逆三角形」は原稿の基本だけど、話をする時も同じ。記者にとってイロハのイだというのに、何度怒鳴られても松江にはその癖がつかないようだ。支局でついていた上司や先輩はよほど紳士的な人物だったのだろう。だが、松江が次に発した言葉を聞いた瞬間、麻子の顔から血の気が引いていった。

「麻倉さん、企画の一回目でアンカーでやるって言っていましたよね。小組みがデスク席にあったから僕も読みました。でも、さっき整理部に行ったら違う小組みが出ていましたよ。経済部のデスクと整理部の記者がそれを見ながら話し込んでいました」

「えっ、小組みってこれでしょ」智子は昼間的川にもらった小組みを松江に見せた。「松江君がみたやつはきっと二回目か三回目のやつだよ」

「いえ、カットの下に㊤って入ってました」

智子は首をひねった。記事が差し替わるはずなどない。万一、差し替えがあったとしても、連絡が全く来ないことなんて考えられなかった。松江が見間違えたのではないかと思ったが、大吾が口を挟んできた。

「麻倉女史、至急調べたほうがいいぞ」

大吾の声にからかうような響きはなかった。それどころか、怖いほど真剣な目つきをしている。

「ぎりぎりまで何も言わないでひっくり返そうって腹かもしれない。まず、整理部に行って何が起きているのか確かめろ。問題があれば的川さんか部長に連絡するんだ」

「分かった」

智子は部屋を飛び出した。中央テーブルの隣にある整理部に向かった。昼間、的川のところに小組みを持ってきた記者はすぐに見つかった。彼は帰宅しようとしているようで、小汚いサンダルを古びた白いスニーカーに履き替えていた。

「社会部ですけど最新の小組み、見せてもらえませんか」と言うと、バツが悪そうな表情を相手は浮かべた。松江の言っていたことが本当だったことを智子は確信した。

「早く出してください！」

記者は肩をすくめると引き出しを開け、小組みを出した。

「部長から指摘があったから手直しをすると経済部が言ってきたんですよ」と言い訳がましくつぶやきながら手渡された小組みを見て、智子はその場でしゃがみこみたくなった。自分の原稿とはまるっきり違う原稿だった。原稿も見出しも何もかもが、別ものになっている。残っているのは写真ぐらいなものだ。

規制緩和を進めて外国人のホームヘルパーを増やせば、コストを上げずに在宅介護サービスを充実できるという全く別の記事になっていた。手の震えを押さえ、小組みの上のほうに印刷されている時刻を確認する。二時間前。これではっきりとした。社会部を蚊帳《かや》の外に置いたまま、企画初回の原稿は差し替えられたのだった。

怒りを感じるより「なぜ？」という思いが先立った。全く分からない。筋は通らないしルール違反だし……。あの旗田デスクがこんな理不尽な仕打ちを自分にする理由が分からなかった。

「これ、もらっていきます！　まだ帰らないでください。勝手に原稿を差し替えられたんです。どう考えても納得できません。これから的川デスクに連絡を取りますから」

整理部記者が驚いたように両目を見開いた。

「ええっ、的川さんは少なくとも直した後の原稿は、見ているはずですよ。僕が届けようとしたら旗田デスクが話をするついでに持っていくと言っていましたから」

どういうことだろう。ますます分からない。でも、誰かが自分を裏切った。それが誰かを突き止め、文句の一つでも言わないと気がすまない。

「とにかくしばらく待っていてください」

智子はそう言うと社会部に駆け戻った。部長は姿が見えない。飲みに出かけてしまったのか、それとも帰宅してしまったのか。的川は今朝、早番だったからすでに引き上げている。デスク席にいるのは村沢と森下の二人だった。二人とも企画には直接、タッチしていないから、整理部や経済部と交渉するのは無理だ。

記者席に戻ると大吾が待ちかねていたように立ち上がった。最初の小組みを手にしている。読んでいたようだった。智子は大吾に向かって、新しい小組みを突き出した。

「見てよ、ひどいと思わない？」

「確かに違うみたいだな」大吾が二枚の紙を見比べながら言った。

「違うなんてもんじゃないわよ。全面的に差し替えられているの。連絡も全くなし」

整理部ではかろうじて抑えていた怒りが噴き出した。

「アンカーの私に一言もなくこんなことをするなんて、馬鹿にしているわ。的川さんもモニター原稿を見ているって。私が文句を言うと思って黙っていたのかしら」

大吾の太い眉《まゆ》が上にぎゅっと上がった。

「いや、それはない。あの人は卑怯《ひきょう》なことはしない。変更があれば麻倉女史にそう言ったはずだ。とにかく電話してみろよ、的川さんに」

大吾の言葉が終わる前に携帯電話で的川の番号を検索していた。幸い、呼び出し音が二回鳴っただけでつながった。寝入りばなを起こしてしまったようだった。的川はかすれた声で、「何の話をしているのか分からない」と言った。経済部が直した後の原稿を見ていないという大吾の推理は当たっていたようだ。智子は口から泡を飛ばしながら事情を説明した。それでも的川は半信半疑のようだった。思わず泣きついた。

「なんとかしてくださいよ。こんなのないですよ」

「なんだかよく分からんが……。とりあえずわめきたてる前に俺の自宅に小組みをファクスしろよ」

ファクスを終えると智子は椅子《いす》の背もたれに体を預けた。何がなんだか分からない。昨日は完成済みの原稿、今日の昼間は小組みを経済部にも送ってあるはずだ。文句があるならその時点で指摘をして、的川を通じてアンカーである自分に修正を求めるのが筋だった。それを勝手に書き直して小組みにしてしまうなんて。

的川から電話はかかってこない。智子はイライラと爪《つめ》をかんだ。

「覚悟しておいたほうがいいかもしれないぞ」と大吾が言った。「新しい小組みがエライさんのところに回っていたら、もう一度、ひっくり返すのは難しいと思う」

そういう問題があった。おそらく彼らはそこまで計算している。智子は自分の顔から血の気が引いていくのが分かった。自分たちは旗田に嵌《は》められたのだ。企画会議のとき、川崎局次長が強引なやり方で、旗田をねじ伏せたことを思い出した。的川と自分は川崎の尻馬に乗っかるような形で、企画を自分たちの考えるとおりに進めた。これはきっとそのことに対する報復。それにしてもやり方があまりに陰湿だ。頭がくらくらしてきそうだ。

机の電話が鳴った。智子は飛びつくように受話器を取った。

「麻倉か。俺の机に行ってくれるか？」

硬い声で的川は言った。保留ボタンを押して的川の席に移動する。再び受話器を上げると的川は「机の左端に積み上げられている資料の山を見ろ」と言った。

「A4サイズの茶封筒ってあるか？ 旗田は封筒に入れて差し替え後の原稿を届けたと言っている」

資料の山の一番上には、発売されたばかりの週刊誌が置いてあった。その下に茶封筒はあった。中を改めると原稿が出てきた。欄外には筆者である弘岡の名が記載されている。

「出てきました……。送った小組みと同じ原稿です」

「ああ、畜生！」

的川が電話の向こうで頭をかきむしる様子が目に浮かぶ。

的川を非難するつもりはなかった。こんな封筒に入っていたら見落とすのも無理はない。

ちょっとした直しならともかく、全面的に差し替えるのならば、デスクが相談しにくるのが筋だ。見つかりにくいようにわざわざ封筒に入れてこっそり置いておくなんて。よくもまあそんな卑怯なやり口を考え付くものだ。旗田は紳士的な人間だと思っていた。声を荒らげることはほとんどないし、服装にも隙《すき》がない。一番自分と気が合うデスクだと思っていた。尊敬もしていた。旗田のようになりたいとさえ思っていた。智子はぎりぎりと下唇を噛《か》んだ。旗田とは何年も一緒に仕事をした。その間ずっと仮面の下にある陰険な素顔を見抜くことができなかった。

「さすがに俺もドタマに来たぞ。あいつは、後でごちゃごちゃ言うのはルール違反だと言いやがる」

「ルール違反はあの人のほうじゃないですか」

「おお、そうだ。普通、原稿を茶封筒なんかに入れるか？　汚ったねえ奴《やつ》だ」

「なんとかしてくださいよ、的川さん」

敵の敵は味方。的川に強烈な連帯感を感じる。だが、的川は口ごもった。的川のため息が、回線を伝わってきた。

「旗田の野郎、新しい小組みを宮野《みやの》局長と荒本《あらもと》局次長に見せたらすごく評判がよかったとか言いやがるんだ」

「川崎さんは？」

「今晩は外出しているらしい。で、もしどうしても差し替えるなら、自分で局長と荒木さんに説明しろって言っている。もちろん俺はやるつもりだ。こんな馬鹿な話はないからな。でも、うまくいくかどうかは分からない」

　的川の歯切れは悪かった。

「小組みまで出来上がった原稿を全面的に差し替えるとなると、それなりの理由がいる。ファクスしてもらった原稿を読んでみたんだが、見たところ穴はなさそうなんだ。で、局長がよしと言っているとなると、そう簡単ではないと思うんだな」

　体から力が抜けていくようだった。

「とにかく蓑田さんとも相談してみる。ヘタをすれば全面戦争になるからな」

　的川はそう言うと電話を切った。

　体から力が抜けていくようだ。もしこのままいくとなったら、自分の仕事は全く無駄だったということになる。原稿に問題があったわけではないのに。むしろ会心の出来だった。

　受話器を戻すと自分の席に戻った。椅子に座ると、脚を伸ばした。背もたれに頭を載せる。品のない格好だと思ったけれど、きちんと膝をそろえて座れるような気分ではなかった。

「力作だったのにな」

　大吾がそう言いながら、最初の小組みを智子の机に置いた。涙腺《るいせん》が緩みそうになった。優しい言葉をかけられたからではない。自分が古巣に嵌められたことが、たまらなく悔しかった。

だが、次に大吾の口から飛び出した言葉で、智子ははっと体を起こした。

「でもまあ、この原稿は没になったほうがよかったかもしれない」

「どういうこと?」

聞き捨てならない。どこに欠陥があるというのだ。大吾は頬を引き締めた。だがすぐに気まずそうに笑った。

「悪い、失言だった。他意はない」

本当に無神経だ。怒りがドロドロとしたマグマのように胸の中で膨れ上がる。智子は再び椅子の背にもたれかかって天井を眺めた。自分の真上に小さなひび割れがあることに気付き、ますます嫌な気分になった。電話が鳴った。受話器を上げ、的川の咳払《せきばら》いを聞いた瞬間、最悪の決定が出されたことを智子は悟った。

9

『明日の介護』の第一部は智子の考えた当初の案とは全く違う記事が掲載された。記事をスクラップする気にもなれなかった。

第二部は七月の中旬に始まる予定で、材料を順次集めるように言われている。的川ばかりでなく蓑田部長にもハッパをかけられたけれど、やる気がわいてこなかった。原稿を差し替えられたショックが尾を引いていた。そして、考えるうちにこれは起きるべくして起こった事故ではないかという気がしてきた。旗田の汚いやり方が許せないのは当然だった。けれど、罠《わな》にまんまとはまった的川も間抜けだったのではないだろうか。蓑田にしたって腰が引けている。宮野局長に直談判《じかだんぱん》するといきまく的川をなだめる側に回ってしまった。

デスクや部長の立ち回り方次第で、記者の運命は変わる。自分がいくら頑張っても、上が応《こた》えてくれなければ無駄骨だ。それが分かってしまったからやる気が起きないのだ。

この日、智子は泊まりだった。デスク席の隣の机に座り、届いたばかりの十一版の大刷りをチェックしていた。松江が書いた「私鉄各社の女性専用車両、相次いで弱冷房車に」という記事が社会面のトップを飾っていた。完全な暇ネタだ。しかも、「〇七年」と西暦で書くべきところを「十九年」と書いている。その部分に赤鉛筆でぐるりと丸をつけて遅番デスクの森下に渡すと、智子は冷蔵庫から昼間、コンビニで買っておいたカップ入りのアイスクリームを取ってきた。甘い。しかも味が単調。カップにやたらと高級感をうたっているくせに、中身は駄菓子とたいして変わらない。

部会の後、蓑田に呼びつけられ、企画に全力投球するために夏休みは九月にとれと言われたことも癪《しゃく》の種だった。九月に入ってからでは、海外旅行に付き合ってくれる友達は見つけられないだろう。去年はお盆時に大学時代の友達三人でイタリアに出かけ、新作のバッグやスーツをごっそり買い込んだ。ああいうストレス解消が今こそ必要なのに。

気分がぱっと晴れることは何かないだろうか。

仕事が充実していないとき、新聞記者という仕事ほど辛《つら》いものはない。朝から深夜まで拘束されるし、予定は未定だから遊びの約束を入れても、しばしばドタキャンをせざるを得ない。そういうことが重なるから、恋人ができても長続きしない。経済部にいるときには、世の中の人の憧《あこが》れの職についているという誇りがあったし、財界の要人と話せるのが面白かったから、仕事は苦痛ではなかった。でも、今はどうだ。不格好にどたどたと走り回らされてばかりだし、企画の取材と言っても冴《さ》えない一般人の自宅ばっかり。

転職を真剣に考えてもいいかもしれない。経済部に二年で戻れる保証はないし、ＭＢＡ

を持っているのだから、経済関係のシンクタンクあたりで雇ってもらえないものか。

そんなことを考えながら大刷りをぼんやり見ていると、左の隅にある死亡欄にふと目が留まった。

『東京大学名誉教授の片岡敬氏死去』

その名前には見覚えがあった。認知症の頑固老人だ。死因は心臓発作となっていた。ぬか漬けの皿を二度目に持ってきたとき、彼の目に浮かんだ悲しみと戸惑いが入り混じった光を思い出して、少し胸が痛んだ。だが、これで息子は一息つけるだろう。親があんな状態では、一日も気持ちが休まることはなかったに違いない。

そのとき、アイデアが閃《ひらめ》いた。第二部で全く新しいことを考える必要などない。在宅介護で家族を亡くした人に、自分たちが欲しかった支援、サービスについて語ってもらえば、これまでにないおもしろい切り口になるのではないか。たとえば片岡の息子の気持ち。自分が気になったぐらいだから読者も読みたいはずだ。

また走り回るのかと思うと、気持ちはひるんだが、このままでは経済部にやられっぱなしだという気持ちもあった。辞めるにしても、あんなふうにコケにされたままでは、癪に障る。それに転職をしたいと言っても、すぐに新しい職場がみつかるわけではない。同級生の話などを聞くと、在職中に話を決めておかないといけないという。とりあえず取材をしてみよう。まず必要なのは片岡の遺族の連絡先を入手することだった。智子は自分の席に戻り、バッグから名刺入れを取り出した。平林医師の携帯電話にかけて、片岡の息子の連絡先を聞きだすつもりだった。

呼び出し音が鳴る。三回、四回……。留守番電話に切り替わるかと思ったところで、かすれた声が聞こえてきた。夜分に電話したことをとりあえず詫《わ》び、片岡敬の家族の連絡先を教えてもらえないか、と頼んだ。電話の向こう側で平林は沈黙している。個人情報を教えていいものかどうか迷っているのだと思った。ならば、取材依頼のファクスを送るのでそれを片岡の遺族の自宅に転送してもらえないだろうかと頼んだ。これなら問題はないだろう。

平林が突然、「あんた、何が目的なんだ」と嚙《か》み付くように言った。思わず受話器を耳から遠ざける。

「それは……。取材、ですけど」

「迷惑だ」

電話が突然切れた。智子はしばらく口を開けたまま、その場で固まっていた。何をそんなに怒っているのか、さっぱり分からない。この前取材させてもらったときの記事が没になったことで、気を悪くしているのだろうか。

受話器を置くとデスク席のほうから、自分の名前を呼ぶ声が聞こえた。デスクの森下が、雑用を命じようとしているらしい。そんな気分ではないのに。再び呼ばれた。今度は声に苛立《いらだ》ちが含まれていた。智子は腰を上げた。そして片岡の遺族に会う方法を思いついた。なんのことはない。葬儀に顔を出せば会えるはずだ。場所はさっきの記事の最後に載っているのではないか。

岩崎清三の時は、遺族に声をかけることができなかった。でも、今なら大丈夫。何を聞きたいかは分かっているし、何のために聞くのかも、はっきりと説明できる。不幸を覗《のぞ》き見したいのではない。苦しい経験を通じて考えたことを、同じ苦しみを抱えている人たちのために、話してもらいたい。そう言えばいい。

「今、行きます！」

智子は明るい声で言うと、デスク席に急いだ。


空の青さが腹立たしい。梅雨の合間の夏空を楽しむ気にはなれなかった。まるで蒸し風呂の中にいるようだ。まだ午前中だというのに、路地から顔を出した猫まで疲れたような顔をしている。

駅から片岡家に向かって歩きながら、智子は何度も汗をぬぐった。黒いスーツの上着は当然、脱いでいる。それでも汗が全身に噴き出してきた。真珠のネックレスは家を出てすぐにはずして、ティッシュにくるんでバッグにしまった。汗で玉を傷めたくなかった。

片岡家の前に長い列ができているのを見て、智子はきびすを返したくなった。訃報《ふほう》の記事を見て、自宅が葬儀会場だと分かったとき、弔問客をどうやって収容するのだろうかと疑問に思った。老齢とはいえ、片岡敬は東大名誉教授の肩書きを持つ。弟子筋がこぞって恩師に最後の別れを告げにやってくるということは容易に想像がつく。かたくなに自宅に一人で住むことにこだわっていた片岡は、葬式にも彼独特のこだわりがあったのかもしれない。

智子は列の最後についた。前にいた小柄な初老の男が会釈をしてきた。右のこめかみに大きな染みがあるが血色がやたらといい男だった。いかにも暑さに強そうだ。

「しかし、暑いですな」

「本当に。時間、どれぐらいかかりそうですか」

「さっきからあまり列が短くならないんですよ。みんな先生との別れを惜しんでいるのかな」

このまま立っていたら脱水症状になるのではないか。ペットボトルのお茶を買ってこなかったのは失敗だったかもしれないと思いながら、周囲を見回した。自動販売機など見当たらない。舌打ちがもれそうになったが、あわてて咳払《せきばら》いでごまかした。

「しかし、先生も突然のことでしたね」

再び男が話しかけてきた。適当に相槌《あいづち》をうつ。

「昨夜、研究室の事務から連絡をもらったんですが、いかにも先生らしい最後だったようです。先生には昨年、お目にかかったんですが、そのとき、自分は家族の世話にならずに立派に最後を迎えてみせる、と威勢よくおっしゃっていたんです。お言葉通りになりました。さすが先生だと思いましたよ」

この男にもう少し片岡の人となりを聞いておこうと思って名刺入れをバッグから取り出

しかけたとき、見覚えのある男が片岡家の巨大な門から出てきた。秋本だ。彼も智子に気付いたようでいそいそと近づいてきた。

「取材ですか？」

「この間、紹介していただいたお医者さんについて取材に回ったときにお世話になった方なんです。それでちょっとお焼香に」

短く刈り込んだ髪をがしがしと掻《か》くと、「それはそれは」と言いながら何度もうなずいた。

「この列の様子からすると、あと三十分はかかりますよ。ちょっとそのへんで話しませんか」

秋本の提案は悪くないような気がした。このまま立ちっぱなしでは熱中症にかかってしまいそうだ。智子がうなずくと、秋本は歩き始めた。

秋本が智子を連れて行ったのは、住宅街の中ほどにぽつんとある児童公園だった。木陰のベンチに腰を下ろすと、途中、自動販売機で買ったペットボトルのお茶を飲んだ。ボトルから口を離す気になれなかった。胃に入ったはしから、水分が吸収されていく。

涼しい風が一瞬、吹きぬけた。汗が揮発していく。空は青い。雲は高い。こうして公園のベンチに座っていると、自分が何のためにここにいるのか忘れそうになる。再びボトルに口をつけたとき、秋本が口を開いた。

「片岡さんの亡くなったときの様子、お聞きになりましたか？」

「いえ、詳しくは……」

「亡くなっているのを発見したのはうちのヘルパーなんです。彼女によると、かなり苦しまれたようで布団から体半分這《は》い出すような格好で事切れていたそうです」

いましがた潤したばかりの喉《のど》が、再び渇いてきて智子はお茶を飲んだ。

「ああいうお年寄りを一人で家に置いておくというのは、やはり無理があるんですよ」

「片岡さんの場合、ちょっと大変だったかもしれませんね。でも、ご自分のたっての希望だったんですよね」

「亡くなるときに誰にも看取《みと》られないというのは、あんまりだと思います。孤独死ですよ、これは。こういう問題には、メスを入れるべきなんです。岩崎さんだって同じようなものだし。是非、記事にしてください」

秋本は熱っぽい目で智子を見た。だが、智子の気持ちは逆に冷めていった。今日、ここに誘ったのも結局、自らの意見を智子に書かせようと考えてのことなのではないか。ならば長居は無用だ。だが片岡の息子の連絡先は聞きだしたかった。

「そのへんも含めて、片岡さんの息子さんに聞いてみたいと思っているんですが、連絡先って分かりませんか？」

「分かってもらえましたか！　それはありがたい」秋本が目を輝かせた。「いつごろ記事になりますか？　楽しみにしていますよ。最近はゼネコンの談合の報道が多いじゃないですか。それに、仙台のほうで飲酒運転事故があったでしょう？　あれも結構、話題になっていますよね。やはり同じような事件が続けて起きると話題になるものですね。時間は取れそうなんですか」

「ああ、それは別の人たちがやっていますし、今、私は介護の企画にほとんどかかりっきりになれるポジションにいるので大丈夫ですよ。それよりあの、息子さんの連絡先は」

秋本は涼しげな目を一瞬だけ輝かせた。

「今すぐには分かりませんが、調べるのは簡単ですよ。平城大学の教授で片岡幹彦《みきひこ》という名前です。ネットで検索すればすぐに出てくるでしょう」

平城大学は新宿区内にある工学系の私立大学だった。智子は心の中でガッツポーズをしながら、口元には注意深く微笑《ほほえ》みを浮かべた。

「期待していますよ。この日本から孤独死と老老介護をなくすためになら、僕はどんなことでもします」

秋本は目を伏せ、憂いを帯びた表情を浮かべた。まつげがびっくりするほど長かった。

「僕、しばらく前まではヘルパーをやっていたんですよ」

「へえ、そうだったんですか。現場を熟知しているってわけですね」

お礼代わりにと思ってお世辞を一つ言ってやると、秋本はまんざらでもなさそうにうなずいた。だが、すぐに少年のような顔をくしゃりと歪《ゆが》めた。

「朝一番の訪問介護がすごく憂鬱《ゆううつ》でね。布団の中で冷たくなっているお年寄りに何度も会ったことがあって、それがすごく悲しかったんです。この人たちをどうにかしなきゃいけないと強く思いました。特養に入ってもらえたらいいんだけど、全然ベッドが足りないし……。そんなこんなしているうちに、介護保険制度の導入に乗じて国は施設から在宅へなんて言い出して、事態はもっと深刻になってきた。療養型病床群が減ったら、今まで入院していた人まで自宅に戻されるんですよ。ならばそれに代わる受け皿を増やさないといけない。民間のホームに入るのは、それなりのお金がいりますしね。在宅サービスだって十分に受けられるようにするには、利用限度額を引き上げないといけないんです。格差は広がっているわけだし、これから孤独死はもっともっと増えるはずだ。老老介護だって……」

また演説が始まった。そのときタイミングよく携帯電話が鳴った。

大吾からだった。今日の午後の予定を問い合わせる電話だったが、「はいっ、すぐに調べてかけなおします」と言って切った。

まだ話し足りなさそうな秋本に会釈をした。

「とにかくお願いします。もう時間はないんです」

「分かりました。また何かあったらよろしくお願いします」

智子は粘りつくような秋本の視線を振り払うように言うと、駅に向かって歩き始めた。

10

片岡幹彦には葬儀の四日後に連絡がついた。その日の夜七時に平城大学の自室に来るようにとのことだったので、早速智子は新宿区内の平城大学に向かった。

戦前からある古い私大で、レンガ造りの外壁が美しい建物の中は昭和の中期を思わせる造りだった。階段の木の手すりが、あめ色の輝きを放っている。かすかにカビのにおいがした。薄汚れた白衣を着た男が階段を下りてきた。丈が短すぎるスラックスから、白いスポーツソックスに包まれた足がにゅっと伸びている。片岡の部屋の位置を尋ねると、「二階の西側の奥」と教えてくれた。どっちが西なのか分からなかったので聞こうとしたが、男は問いかけを拒むように歩き出した。

階段の踊り場から窓の外を見たとき、尋ねる必要がなかったことを知った。左側に沈み行く太陽が見えた。さっきの男がこのことを計算に入れて「西」と言ったとしたら、気がきいている。

片岡のネームプレートがかかっているドアはすぐに見つかった。書物の山に埋もれるようにして、片岡幹彦は座っていた。父と同じようにこめかみにはいくつもの染みがあった。五十代の半ばぐらいに見えるが、よく見ると肌はつややかだ。片岡は額にかかる白髪交じりの髪をかきあげながら、ところどころ白っぽくなっている黒革張りのソファに座るように智子を促した。ソファの上にも外国語の雑誌が山積みにされていた。智子はそれを勝手に動かして、座れるだけのスペースを確保した。

「このたびはご愁傷《しゅうしょう》様でした。介護のご経験をお話しいただき、これから日本の制度をどう変えていくべきか考えたいと思い、こんなふうに押しかけてしまいました」

正面に座った幹彦に頭を下げた。

「いやいや、かまいませんよ。まあ、年が年でしたから。大往生といえるでしょうね。で、あなたは何を取材したいの？　ウチの頑固親父のことはあの近所で有名だったからね。別に隠すこともないですからね、何でも話しますよ。そういえば銀愛会の秋本さんからも電話があったんだ。記者さんが取材に行くから、施設に入れなかった経緯なんかを話してくれ、と言っていたけれど」

「施設ですか？　でも、お父様は自宅で一人で暮らしたいという強い希望があったんですよね」

何度も繰り返されたであろう修羅場を思い起こすように、片岡は顔をしかめた。

「そりゃあもう頑固なものでした。妻と都内を歩き回って空きのあるグループホームを探し出したんですが、連れて行ったら人が変わったように暴れてしまいましてね。あきらめるしかありませんでした。それから一年後ぐらいでしょうか。秋本さんから強く勧められて別の施設にも申し込みをしたんですが、待っている人がすごく多くて。まあどうせ順番が来たって前回と同じことになるような気がしていましたから、あまり期待もかけていなかったんですがね。それで、有料ホームに入ろうかなんてことも考え始めていたところでして」

「ぶしつけで本当に申し訳ないのですが、同居はお父様のほうが、拒まれたんですよね」

「本当にもう打つ手なしってやつですよ。私の自宅は二駅ほど離れたところにあるんです。妻と私が交代で一日おきに顔を出すようにしていましたが、行っても十分ほどで追い返されてしまうんです。若い頃は厳格できりっとしたオヤジだったのになあ。年をとって、頑固なところだけが残ってしまったのかなあ」

片岡は遠い目つきをすると、寂しそうに笑った。胸がきゅっとした。あれほど迷惑をかけられていても、父親を慕う気持ちまでは失っていないようだ。

「でも、自宅で大往生を遂げるのはお父様の希望でしたから」

「まあそれでよしとしないといけないんでしょうね。でも、自分としては一人のときに死んでしまったというのが、少々心残りです。心臓発作だったでしょう？　そばに人がいても助けられない類《たぐい》の発作だったかもしれません。でも、もしかすると助けられたかもしれない。そう思うとちょっと……」

「緊急通報サービスってありますよね。ボタンを押すと、民間企業から人が安否確認のために駆けつけてくるやつ。あれは利用していなかったんですか？」

「オヤジにもペンダント型の通報機を持たせてありましたよ。でも寝るときにははずしてしまうんですよ。何度言い聞かせても、気持ち悪いっていってねえ。賛否両論はあるかと思いますが、部屋に監視カメラのようなものをつけておけばよかったのかもしれません」

それは一つの案かもしれない。親を一人で死なせた遺族の声として、十分に価値があるように思えた。そのとき、携帯電話が鳴った。片岡に断ると、智子は通話ボタンを押した。

「秋本ですが」

「お世話になります。今、ちょうど片岡先生を取材させていただいているところで」

「え、今日が取材だったんですか？　僕はてっきりもう終わったものかと……」

葬式をすませて四日後。智子はかなり早い時期に会ってもらえたと思っていたけれど、秋本にすれば遅いということなのだろう。それにしてもうるさい男だ。まるで監視されているようだ。

「それより聞いてください。またもや孤独死が発生です。梅田春江さんという女性が亡くなりました」

梅田春江というのが誰だったのか、思い出すのに時間がかかった。だが、思い出すのと同時に電話を持つ手に汗が染み出した。「早くお迎えが来てくれないものか」と嘆いていたおばあさんだ。秋本は智子に十分、衝撃が伝わったということを見透かしたようなタイミングで追い討ちをかけた。

「梅田春江さんも一人のときに亡くなったんです。やはりこれは大問題ですよ。梅田さんの遺族の取材もご希望ですよね」

智子は一瞬、躊躇《ちゅうちょ》した。

お年寄りの取材、お年寄りの死亡、そして遺族への取材。自分の取材に妙な循環ができているような気がする。もちろん、偶然だと思う。三人とも八十歳を超えており、いつ亡くなっても不思議ではない状況だ。そうは思っても違和感はぬぐえなかった。これではまるで自分が死を運んでいるようではないか。

「僕も驚いているんです。それ以上に憤っています。孤独死を見過ごすわけにはいきません。梅田春江さんの娘さんの連絡先をこれから言いますので、メモをしてください」

秋本はナンバーを口にした。言われるままにノートに書き付けた。

連続する孤独死か……。

この問題の取材を始める前に少し調べてみた。秋本は孤独死という言葉を多用するけれど、これらのケースは厳密には違う。一人暮らしをしていても在宅サービスを利用していたり、家族と接触がある人は孤独ではない。そして心臓発作などによる突然死だった場合も、当てはまらないようだ。しかし、定義には曖昧《あいまい》なところがある。そして、独りで誰にも看取られずに死ぬのは寂しいことのように思える。死後何日もたってから発見されるといったもっと悲惨なケースは過去の記事を検索すればすぐに見つかりそうだ。一人暮らし老人の突然死から本格的な孤独死まで様々なケースを集め、遺族に取材をして誰にも看取《みと》られずに死ぬ人を減らすための具体案を提示するというのはどうだろう。面白くなる。結構、読まれると思う。梅田春江もぼやいていたが、もし自分が一人のときに死に、死後何日も発見されなかったらと思うと、誰もが切なくなるだろう。

智子は秋本の提案を真面目《まじめ》に考えてみる気になった。でも、なんとなく引っかかる。自分が取材した人が亡くなっていく。一人ならともかくこれで三人目となると、あまり気分がいいものではない。それをネタにするというのは……。

雑誌を広げていた片岡が顔を上げた。視線が彼と合った。これ以上、待たせていては悪い。智子は秋本に後で連絡をすると言って、電話を切った。

片岡がもの問いたげな目つきで見つめていた。智子は小さく深呼吸をすると、また一人、独り暮らしの高齢者が誰にも看取られずに亡くなったと告げた。片岡の顔が痛ましげにゆがんだ。「そうですか……。まあ難しい問題ですな」小さく咳払《せきばら》いをすると、片岡は取材を続けてもらいたいと言った。

社に戻ると原島大吾が耳かきを使っていた。唇を半開きにして恍惚《こうこつ》の表情を浮かべている。まだ三十代半ばだというのにその調子では先が思いやられる。大吾もそのうち的川に似た雰囲気のデスクになるのだろう。顔立ちは的川よりずいぶん整っているけれど、かもし出す空気はきっと同じだ。

大吾が暇そうにしているということは大きな事件が起きていないということだった。席につき、コーヒーを飲みながら一息入れていると、大吾の机に旅行会社のパンフレットが広げられているのに気付いた。コバルトブルーの海と真っ赤なビーチパラソルが目に飛び込んできた。

「グアムに家族旅行？　いいわねえ」

大吾はまずいところを見られてしまったというふうに頭に手をやった。だが口元は緩んでいるしパンフレットを隠す気もないようだった。

「八月に両親を連れて行こうと思ってるんだ。旅行できるなんて久しぶりのことだから。お袋がうちの娘と遊びたいってうるさいし」

そこでようやく大吾は智子が皮肉っぽく唇をゆがめているのに気づいた。パンフレットを閉じ、小さく舌を出した。

「悪い。確かそっちは九月に入れないと休めないんだったよな。でも、企画があるからしようがないんだろ」

「まあね」

智子は肩をすくめると取材ノートをかばんから取り出し、ノート型パソコンのふたを開けて取材メモのファイルを開いた。梅田春江という文字が飛び込んできた。先だって梅田春江を取材したときのメモだ。秋本からかかってきた電話のことを思い出して嫌な気分になった。気持ちがざわざわして、集中できそうにない。こういうときは冗談にして流してしまうのが一番だ。智子は背中を丸めて電卓を叩《たた》いている大吾に声をかけた。

「私って死神みたいなんだよ。ちょっと気持ち悪いことがあってさ」

「ふーん、どういうこと?」大吾は電卓に視線を向けたままで言う。パンフレットが再び広げられていた。どうやら旅行費用を計算しているらしい。本格的に暇なのだから、話に付き合わせようと思った。

「取材したお年寄りがやたらと亡くなるの。今日で三人目」

大吾が顔を上げた。さっきまでのにやけた雰囲気は、微塵《みじん》も感じられなかった。

「麻倉女史、詳しく話せ」

こんな反応を求めて話しかけたのではなかった。笑い飛ばしてもらおうと思った。自分の気弱さを悔やんだが遅すぎた。大吾は川を上る鮭《さけ》を狙《ねら》う熊《くま》のような目つきで、智子の口から次の言葉が吐き出されるのを待っている。

「実はね……」

智子はこれまで取材した三人の高齢者について説明した。話を聞き終わった大吾は、腕組みをして宙をにらんでいたが、おもむろに上体をかがめると顔を近づけてきた。

「前に取材した人というと、前回没になった企画に出てくる人のことか?」

「そう。そういうこと」

「遺族の取材には行くのか?」

「一人は今日会った。ほかの二人のところにも行ってみようかと思っているところ。企画で使えそうだから。でも、なんとなく気がすすまないんだよね」

なぜ、こんなに興味を持つのか。首を傾《かし》げかけたとき、大吾がきっぱりと言った。

「俺も行く」

冗談かと思った。だが、大吾は濃い眉《まゆ》を寄せ、大真面目な顔をしている。

「これは企画班の取材だから、あなたには関係ないでしょう。それに、はっきり言って迷惑よ」

「いや、俺も行く。アポが取れたら教えろ」

「ちょっと待ってよ。なんでそういうことになるわけ？」

「気になることがある」

気になることがあろうとなかろうと、取材に嘴《くちばし》を突っ込まれるのは我慢がならなかった。大吾が介護の取材に興味を持っているとは思えない。なにしろ彼が好きなのは警察取材だけなのだから……。そこまで考えたとき、智子はふと思いついた。まさかとは思うけれど確かめられずにはいられなかった。

「もしかして、これが殺人事件だって思ってるの」

「事件っぽくはあるな」

大吾はにこりともしない。智子は声を出して笑った。

「想像力がありすぎるんじゃないの。でも、社会部の人ってなんでもすぐに事件だって騒ぎ立てるよね。それって私に言わせると趣味が悪いと思うよ」

そう言った瞬間、大吾が嚙《か》み付かんばかりの勢いで立ち上がった。大きな目に憤怒《ふんぬ》の色をみなぎらせて睨《にら》みつけてくる。ごつごつとした体のいたるところから怒りが噴出しているようだ。智子は無意識に体を後ろに引きそうになった。それをこらえると逆に上体をずいと前に突き出した。

「一緒に取材するのが嫌だっていうなら、お前はこの件から手を引け。企画用には別の取材先を探すんだな」

怒りを無理やり押し殺すような低い声だった。今度は智子が怒りの礫《つぶて》を大吾に向けて放つ番だった。

「そんな横暴なことをよく言えるわね」

「じゃあ頼む。この通りだ」大吾は頭を下げた。「この話を俺に取材させてくれ」

大吾に引き下がるつもりがないことは明らかだった。智子は手に持っていたペンの尻《しり》を机にこつこつとぶつけた。

「はい、そうですかだなんて、言えるわけがないでしょう。でも、ここで言い争ってもしようがないから、的川さんの指示を仰ぐっていうのはどう?」

デスク席のほうを見ると、的川は缶ビールを片手にテレビを見ていた。企画をしっかりやれとハッパをかけてくる的川は十中八九、自分の味方になってくれるはずだ。大吾が肩の力を抜くのが分かった。的川は自分を支持すると考えているのだろう。甘い。智子は内心、ほくそ笑んだ。企画のためといえば、的川はこっちの味方になってくれるはずだ。大吾がのそりと立ち上がった。

「ちょっと待っていてくれ。俺、その前に資料室に行ってくるから。十五分後に談話ブースでな。的川さんにもそう伝えておく」

大吾は落ち着き取り戻した声でそう言うと、大きな体を揺らしながらデスク席に歩いていった。

記者席にいた他の三人の記者が、自分たちの諍《いさか》いに耳を傾けていたことに気付いた。面白がっているのだろう。今夜飲みに行くとき、格好のネタになるのだろう。でも、今日ばかりは自分のほうに非はない。

「まいっちゃうな。ああいう横暴な人がいると、苦労するわよね」

同意の声があがるとまでは期待していなかった。でも、三人が三人とも顔を上げようともしなかったことで、智子は少し傷ついた。

的川康弘はソファに並んで腰掛けた二人の記者を見てため息をもらした。原島大吾はゆったりと背もたれに体を預け、腕組みをしている。口元にはこちらの出方を楽しむような不敵な笑みが浮かんでいた。麻倉智子はソファに浅く腰掛け、テーブルの端をつかんでいる。上体をぐっと前に乗り出しているので大きく開いた胸元から下着が見えそうだ。二人に共通しているのは、自分に絶対的な自信を持っているとうかがわせる目の光だった。的川は鼻の頭を掻《か》いた。面倒な話になりそうな気がした。だが、自分は筆頭デスクだった。

仕事のうちと割り切ってこの場を収めるしかない。

「で、麻倉はこの件について大吾は首を突っ込むなと言いたいわけだな」

「迷惑なんですよ、この人。なんでも事件にしたがるから。私、今度の企画に全力投球したいんです」

カールさせた髪の毛を振り上げるようにしながら麻倉は金属的な声で言う。耳をふさぎたくなった。

「事件かどうか調べる必要があると思うので、そうしたいと言っているだけですがね」

大吾は落ち着いていた。だが、的川は知っていた。大吾は一歩も引く気がないときにこういう話し方をする。

「大吾はなぜ事件かもしれないと思う?」

大吾は膝《ひざ》の上に伏せていたコピー用紙をテーブルに出した。雑誌をコピーしたもののようだった。

「ちょっとこいつを読んでもらえませんか」

的川は麻倉と顔を寄せ合うようにして、それを読み始めた。熱帯のフルーツを思わせる濃厚な香りがして、くしゃみが立て続けに出た。麻倉は露骨に顔をしかめた。だが、彼女はコピーを読むのをやめようとはしなかった。的川も紙面から目を離せなかった。

それは平林という医師による寄稿記事だった。彼の名前は覚えていた。企画の第一部で経済部によって葬り去られた原稿の中に出てきた医師だ。所属は栃木県内の公立病院になっていた。記事の右上の日付から考えて、この記事は今のクリニックを開設する前に書かれたもののようだ。

子供に負担をかけたくないと願わない親などいない。それなのに、今日、老親が心ならずも子供に負担をかける場合がある。国の援助は十分ではなく、子供に重い負担がのしかかる。時によっては、生活基盤を破壊してしまうことすらある。子供の生活を壊すぐらいだったらいっそ死にたい、死なせてくれと訴える親に対して、自分はどんな言葉をかければよいのか分からない。法的に許されないことだし、異論も多いだろう。嫌悪感を持つ人もいるだろうが、病室で老親に懇願されると望みをかなえるための手助けをしたほうがいいのではないか、という気持ちにとらわれることがある。

現役の医師がよくここまで思い切ったことを書いたものだ。的川は感慨を覚えた。老人介護のマイナーな専門誌だから話題にもならなかったのだろうが、もし新聞に掲載されていたら物議をかもしていただろう。

麻倉は顔色を失っていた。平林がこういう考えの持ち主だとは知らずに取材をしていたようだ。まあ無理もない。雑誌のデータベースを検索したって、こんなマイナーな雑誌の記事は出てこない。

「死んだ患者というのは、平林の往診を受けていたのか」

「二人はそうです。もう一人は調べてみないと分かりません」

「で、どうなんだ？　その死んだ年寄りは家族の厄介者だったのか」

麻倉は蒼白《そうはく》な顔をして両手を握り合わせていた。黒く縁取った目が、せわしなく揺れており、肩で呼吸をしていた。

「一人は死にたいともらしていました。もう一人は認知症で、息子さんは手を焼いていました」

大吾の目が、獲物を狙《ねら》う肉食獣のように光った。的川の直感も、これは放っておいてよい問題ではないと告げていた。ニュース、とてつもなくでかいニュースの匂いがする。はっきりと嗅《か》ぎ取れないほど弱いものだが、無視して通り過ぎることはできない。

「麻倉女史、どうする?」

「私……。信じられません……」

「俺もにわかには信じられない。でも、取材してみる価値はあると思う。この手の取材は大吾が慣れている。麻倉女史には企画で頑張ってもらわないといけないからな。別に企画に平林の患者を登場させなきゃいけない理由はないし」

大吾がほっとしたように頰《ほお》を緩めた。

「それが一番いいと俺も思います。俺の想像に過ぎませんからね。妄想かもしれない。当たればでかいけれど、はずす可能性もでかい。麻倉女史に手伝ってもらうのは気の毒だ」

的川はうなずいた。骨折り損になる可能性も大いにある。ベタ記事など小さな原稿を書かせると不満そうに頰を膨らませる麻倉のことだ。字にならない仕事をやりたがるとは思えなかった。これで一件落着だと的川は思った。

「な、そうしようや。蓑田部長も麻倉女史には企画を頑張ってやってもらわないと、と言っている。無駄になる可能性が高い取材にお前が走り回る必要もないだろ」

麻倉智子は伏せていた顔を上げた。的川は唾《つば》を飲み込んだ。麻倉の表情こそ強張《こわば》っていたが、さっきまでの狼狽《ろうばい》ぶりが嘘《うそ》のように、凛《りん》としたたたずまいを見せていた。キャンキャン吼《ほ》えるプードルが突然、しつけの行き届いた柴犬《しばいぬ》に変身したような劇的な変わりようだった。

「私も一緒に取材します。やらせてください。これは私が聞いてきた話です。最後までフォローさせてください」

麻倉智子は的川と大吾を順番に強い目で見た。そして、「お願いします」と言いながら深々と頭を下げた。大吾が意外だというように、首をひねった。的川にも麻倉智子の豹変《ひょうへん》振りがにわかには信じられなかった。

「企画をはずすわけにはいかないぞ。大丈夫なのか？」

「周辺取材をしていれば企画のネタぐらい拾えると思います」

麻倉智子の目の光は揺るがない。化けたな……。的川は麻倉の変化を喜んでいる自分に気付いた。なぜ自分が取材をするのか、しなければならないのか。その理由が身にしみて分かったとき、若手の顔つきは記者のそれになる。変化の瞬間に立ち会えるのが、デスクやキャップなどという割の合わない仕事をするうえでの唯一の喜びだ。麻倉智子はこれまで記者の顔をしていなかった。傍観者として、取材相手を眺め、それを記事にしていただけだ。客観的といえばそうなのだが、自分の中に何もない人間が書いた原稿には芯《しん》がない。だから、自分は彼女をうっとうしいと感じていたのだ。服装や髪形など、どうでもいいことだった。今、強い目をして自分をまっすぐに見つめている麻倉は、手下として同僚として、一緒に働きたい相手だった。いや、まだ確信は持てないがそうなりそうな予感がする。

大吾が横から割って入った。彼も変化を敏感に読み取ったようだ。

「麻倉女史にもやってもらいましょう。正直言って俺、介護だの医療だのってよく分からないもんで、一緒に動いてくれるのならありがたい。企画のネタ拾いは俺も心がけます」

——麻倉智子は企画に専念させろ。第一部で果たせなかったことを、第二部では必ず達成するように。

蓑田に厳命されたことが頭をかすめた。だが、的川は大きくうなずいた。

「幸い今、他に大きな事件も事故も起きていない。二人ともしばらくこの件を追っかけてみろ。企画のネタ拾いも兼ねるということなら手下が必要だろう。そうだな、松江をつけてやる。取材状況の報告は俺に一本化。他のデスクには俺から事情を説明しておく。大吾は会見の割り振りだけはよろしくな」

麻倉智子の顔が輝いた。的川はうなりそうになった。こんなにきれいな顔をしていたとは。自分はよくよく彼女のことが嫌いだったらしい。

「分かりました」と大吾が言った。「でも、手下は松江ですか……。せめて小笹ぐらいをつけてもらえませんかねえ」

顔をしかめているが目は、いたずら坊主のように笑っていた。

「調子に乗りやがって」

的川は持っていたノートを丸めて大吾の頭を軽く叩《たた》いた。大吾が大げさな悲鳴を上げる。

麻倉智子が声をあげて笑った。

「麻倉女史、いや、麻倉さん。打ち合わせがてら飯に出るか。いつもの焼き鳥屋がいいな。奥に個室があるから普通の声で話せる。松江も連れて行く」

「三人だけのチームだけど一応、あなたがキャップってことでまとめてね」

「麻倉さんがそれでよければ」

「異存なし。で、今日は結団式ということで、キャップのおごりでよろしく」

大吾が豆鉄砲を食らった鳩《はと》のように目を丸くした。麻倉智子は笑いながら立ち上がった。

「お前らの分、ほかの奴らがしんどい思いをするんだから、絶対に手を抜くなよ」

的川はデスクとして一応、言ってみた。だが、そんな言葉を口にする必要がないことは明らかだった。

自分も二人と一緒に取材に走り回りたい。

嬉《うれ》しいような寂しいような気持ちが、的川の胸を満たした。

焼き鳥の盛り合わせ、揚げ出し豆腐などの皿があらかた空になったところで、大吾は芋《いも》焼酎の新たなボトルと氷のお替わりを注文した。くすんだ色の髪をした若い女がそれらをテーブルに置いて無言で去ると、大吾は傍《かたわ》らのかばんを引き寄せノートを取り出した。麻倉智子は背筋を伸ばして座りなおすと、自分もノートとペンを取り出した。それを見てあわてたように松江が視線を動かした。スーツのポケットから手帳を取り出し、決まり悪そうに唇を噛《か》んでいる。智子は予備のボールペンを松江に渡してやった。

焼酎を三杯ほど飲んだけれど、少しも酔ってはいなかった。神経が妙に高ぶっている。鷲《わし》のような目をした平林の顔を思い浮かべた。大吾の想像は杞憂《きゆう》にすぎないかもしれない。だが、平林が過去にあんな考えを発表していたとなると、偶然だと一笑に付す気にはなれない。それにしても、あんなマイナーな雑誌までチェックしている大吾のマメさには恐れ入った。担当をしている分野以外にもくまなくアンテナを張り巡らせているということか。

大吾が口火を切った。

「平林に直接当たる前にある程度、周辺取材をしようと思う。まずは三人の患者の遺族だな。岩崎清三、梅田春江、片岡敬。岩崎は平林の患者かどうか分からないんだったな」

智子はうなずいた。

「今日、片岡敬の息子に会ってきたの。特に変わった様子はなかったけれど、もう一度会う必要がありそうね。梅田春江の娘の連絡先は知っているわ。あとは岩崎ね。岩崎の家にヘルパーを派遣していた社会福祉法人の人に聞いてみる」

「なるほど。今、平林にかかっている他の患者は分かるかな。平林以外で知っていそうな人はいる？」

「どうかな……。看護師もいなくて一人でやっているみたいなのよ。でも、介護事業者とは連絡を取っているはずだから、そのことも同じ人に聞いてみるね」

「ん、よろしく。そっち方面は麻倉さんに任せる」

大吾のグラスが空になっていたので、氷を入れてやった。松江があわてたように、焼酎のボトルを手に取り大吾のグラスに注いだ。大吾はそれをちらっと横目で見ると、ノートに視線を落とした。

「次に平林の経歴だ。過去にトラブルがなかったかどうか確かめたい。これは松江に頼む。お前、春まで宇都宮支局だったよな。今夜にでも支局長に連絡をして、ヤツのことを知っていそうな人を知らないか聞いてみてくれ。平林が勤めていた栃木県の病院も当たってほしい。これは明日でいい」

「分かりました。病院の取材は電話でいいですか？」

「馬鹿野郎っ！」

大吾はテーブルにグラスを乱暴に置いた。その音におびえるように松江が両頬を白くこわばらせた。

「あのな、簡単な問い合わせなら電話でいいが、こういう話は直接会って聞くものだ。お前、間違ってもメールで問い合わせなんかするなよ。待ち伏せしてでも相手を捕まえろ。会えるまで帰ってこなくていいから。出張費のことで上がガタガタ言うようなら俺に言え」

松江が手帳に「待ち伏せ」と書き付けた。思わず苦笑が漏れた。

「病院にはトラブルの有無のほか、平林の人となりや考え方なんかも聞いておけ」

「でもそういう話をすぐにしてもらえるんですかね」

松江は脂で曇った眼鏡の奥の細い目を、せわしなくしばたたいた。自信がないのだ。智子も、なかなか難しそうだと思った。何かが起きたとき、それについて話を聞くなら簡単だけど少なくとも表面上は、まだ何も起きていない。大吾がグラスを口に運ぶ。ふてぶてしいようなしぐさだったが、自信に満ちて見えた。大吾がこうした問題について自分よりも処理能力が高いことを智子は認めざるをえなかった。

「安楽死の取材をしていますと言えばいい。安楽死となるといろいろ規準があるから、今回のケースには当てはまらないだろうけどまあ関係ないわけではない。平林の寄稿を読んだんだけど、彼の考えについて病院としてはどう考えていたのか知りたいと言え。病院は安楽死なんか認めているはずがない。安楽死を勧めるように受け取れる内容の寄稿をした平林のことを苦々しく思っているだろう。だからお前はウチの新聞が安楽死反対キャンペーンを張って平林を叩こうとしているって匂わせるんだ。分かるか?」

「はあ、なんとか」

松江は手を忙しく動かしながら尋ねた。

「取材相手は院長とかですか?」

「いきなり院長にアポを入れても入らないだろう。そうだな、とりあえず内科部長ぐらいからあたってみろ」

松江が緊張を隠そうともせずに首を縦に振った。だが、具体的な指示を受けたせいか、さっきよりは落ち着いて見えた。人に指示を出すというのはこういうことなのだ。智子はかつて自分の下に若手記者がついたときのことを思い出した。こんなふうに指示を出したことはなかった。できないのは、相手に能力がないからと高をくくり、手下を替えてくれとデスクに泣きついた。それ以来、自分に若手記者がつくことはなくなった。かえって楽でいいと思っていたのだけれど、もしかしたら自分に欠陥があるということを露呈しただけだったのではないだろうか。

たくましい顎《あご》で肉を嚙み切る大吾を見ながら、智子は自分の認識が間違っていたことを認めざるを得なかった。横暴で合理性のかけらもないやっかいな人と思っていたけれど、もし自分が下につくとしたら、大吾のような先輩がいい。少なくとも、これまでの自分の下についた記者は不運だった。

「で、原島君は実際のところ、事件の可能性ってどのぐらいあると思っているの」

大吾は濃い眉《まゆ》を寄せ、考える目つきになった。

「平林が患者の死を早めることは、わけなくできると思う。薬とか、医療機器とかを細工するとか……。いろいろあるだろ」

「一応聞くけど、お年よりが死にたいというのを助けたとしたら自殺幇助《ほうじょ》だよね」

「まあ、そんなとこだな。でも、子どもの側だけから依頼を受けていて、本人の同意がなかったとしたら依頼殺人ってことになるな」

殺人！　まさかこの自分が、そんな取材をする日が来るとは思わなかった。したいとも思わなかった。それなのに、自分は的川と大吾に向かって、やらせてくれと頭を下げて頼んだのだ。亡くなったお年寄りたちは取材でほんの三十分ほど会っただけの人たちだ。自分とは全く関わりがない人たちとも言える。それでも、他人事のようには思えなかった。

何が起きたのか自分の手で確かめたかった。

いつか村沢に言われたことを思い出した。

「ＭＢＡを持っているとか英語が達者だとか、そういうことを自慢に思っているんでしょう」

確かに、全く自慢にならない。役にも立たない。自分が見なければならないのは数字ではなく、記号でもなく、文字でもなく、目の前にいる生身の人間なのだから。

松江がペンを手に持ったまま、おずおずと言った。

「あの、もう一つ可能性があると思うんですが。本人にも子どもにも依頼を受けていなくて、それでお年寄りたちの死期を早めたとしたら、単純な連続殺人ってことですよね」

大吾はぎょっとしたように目を見開いた。グラスをつかむと中身を一気にあおり、唇からはみ出た酒の雫《しずく》をお絞りでぬぐった。

「そこまではしないんじゃないか。ちょっと俺には想像できないけど」

智子も同感だった。平林は馬鹿ではない。頑固だけれど自分なりの筋は通す人物のように思えた。

「まあ、とにかく取材してみよう。想像で話をしていても始まらないからな。何が起きたのか、あるいは何も起きていなかったか、それを確かめよう。何もなければ、骨折り損ってことになるけど、もし何かあればすごいことになるぞ。騒ぎになるだろうな。いや、騒がないといかんだろう、そういうときには」

大吾は皮肉っぽい目で智子を見た。さっき「何でも騒ぎにしたがる」と智子が言ったことを根に持っているらしい。片目をつぶりながら軽く頭を下げた。大吾はグラスを両手で持ち、氷の輝きを確かめるように目を細めた。智子はすっかり氷が解けてしまったグラスの中身を口に運んだ。焼酎の味はほとんどしなかった。ほんの少しだけ、甘味がある液体が、舌先に触れた。

自分もまた、何が起きていたのか、あるいは起きていなかったのか知りたい。そして、何かあったとしたら、ただではすまさない。

こんな気持ちになったのは、記者になって初めてのことだった。悪い気分ではない。マラソンのスタートラインに立ったときのような気持ちだ。これから苦しい時間が始まると分かっているけれど、最後に充実した瞬間を迎えられるという期待を胸に抱き、号砲が鳴るのを待っている。

「じゃ、取材状況は各自メモを作ってメールで流すこと。緊急連絡はもちろん携帯に」

大吾が締めくくるように言った。

「僕、そろそろ引き上げていいですか？　朝一番で栃木に行きたいし、支局長に電話をしますので」

松江が腰を上げかけたが、大吾は首を横に振った。

「電話なら今、ここからかければいいだろ。それに確かお前の家、俺と同じ方向だったよな。もう少し飲んでから一緒にタクシーで帰ろう」

会社から深夜にタクシーで帰宅する場合、同方向の人と相乗りするのが原則だった。ペアを組んで車両部に行かないと相方が現れるまで二十分ほど待たされることがある。松江が露骨に眉を寄せたが、大吾はアイスペールを引き寄せた。智子は松江に同情のまなざしを注いだ。大吾のことを見直したけれど、こういうところはやっぱりダメだ。

「パワハラだよ、それ。松江は帰してやりなよ」

智子が言うと、大吾は酢を飲み込んだような複雑な表情を浮かべた。

11

朝から会社に出てきて銀愛会に十回は電話をかけた。ようやくつかまった秋本は開口一番に、孤独死した老人の記事はいつ出るのかと尋ねた。

「ちょっと時間がかかるかもしれません。じっくり取材をしたいもので。梅田春江さんの娘さんの取材もこれからですし」

葬式に押しかけるのではなく、アポイントを取ってじっくり話を聞こうという方針を大吾が立てたので、彼女にはまだ接触していなかった。大きなため息が回線越しに聞こえてきた。気に入らないと主張するためだと分かるため息だった。

「で、またちょっとお願いがありまして。やっぱり、お年寄りが自宅で療養するには、医療と介護のスタッフの連携って大切だと思ったんですよ。平林先生の患者で、銀愛会のサービスを受けている方をご紹介いただけないですか？　あと、最初に取材させていただいた岩崎さんっていらっしゃいましたよね。あの方も平林先生の往診を受けていたんでしょうか」

長い沈黙があった。

「なんの取材なんですか？　孤独死を追っているのではないんですか？」

「そうですよ。でも多角的にいろんな取材をしないと。医療と介護の連携とか……」

共同通信のニュース配信を告げる甲高いサイン音が鳴った。デスクがアルバイトを怒鳴りつけている。キーボードを叩《たた》きつけるように打つ音、サンダルを引きずる音。

唇を開きかけたとき、もっと嫌な音が受話器から聞こえてきた。皮肉の混ざった笑い声だ。こんなふうに笑える人だとは思っていなかった。

「やっぱりあなたは、まともに考える気なんてないんですね。期待した僕が馬鹿だったのかもしれません」

秋本の豹変《ひょうへん》振りに動揺を覚えた。彼には取材のキーマンになってもらうつもりだった。ここで怒らせるのは得策ではない。

「ちゃんと取材はしていますよ。秋本さんにご協力いただいて感謝していますし」

智子の気持ちは通じなかった。

「熱意も能力もない記者に付き合っていられるほど暇ではないので、これっきりにしてください」

秋本は唐突に電話を切った。智子は受話器を握り締めたまま、下唇を歯で押した。

ペットボトルのジャスミン茶を飲んだ。リラックス効果があるはずなのだけれど、気持ちは乱れたままだった。

左手の中指の爪《つめ》の先が欠けているのに気がついた。シャネルのイチ押しだったピンクベージュのマニキュアを昨夜、風呂上がりに塗ったばかりだというのに。何の根拠もないけれど縁起が悪い気がして、気分が滅入った。化粧ポーチから爪切りを出すと、欠けた部分を切り落とす。

パソコンを立ち上げるとメールが二通届いていた。一通は大吾からのものだった。念のために警察を当たったが問題視する動きはなし。周辺地域で、一人暮らしの老人が亡くなったケースもないようだという。もう一通は松江からだった。新幹線で宇都宮の病院に向かっている最中で十二時すぎには宇都宮に到着する。出張申請を出すのを忘れたが早番デスクの村沢に電話で連絡をしたので問題にはならない。朝一番に電話で取材を申し込んだところ一時から事務長が時間を取ってくれることになった。

相変わらず要領が悪い報告だ。ぜんぜん逆三角形じゃない。松江には大吾から怒りのメールが届いているだろうと思うと、笑いがこみ上げてきた。だが、それはすぐに焦りに変わった。今の自分は二人に報告できるようなことは何一つできていなかった。

少なくとも患者リストを入手できる目処《めど》ぐらいはつけたかった。智子はお茶をちびちび飲みながら考え始めた。平林に直接尋ねるのが手っ取り早いけれど、大吾は周辺から固めろと言っていた。平林の患者を知っていそうな人は誰か。区の医師会に当たってみようか。だが、医師会が個々の医師の患者を把握しているとも思えないし、もし分かったとしても個人情報の保護を盾《たて》に取り、教えてもらえないだろう。

共同通信のニュース配信を告げるサイン音が再び鳴った。そのとき昨夜、大吾が松江に与えていたアドバイスを思い出した。悪口。平林のことを悪く思っている相手だったらしゃべるかもしれない。往診を手がけている医師がそうたくさんいるとは思えない。平林の患者が、その医者に鞍替《くらが》えした可能性もありそうだ。とっかかりとしては悪くないだろう。

智子は区役所に電話をかけ、往診を手がけている医療機関のリストをファクスで送ってもらった。平林のクリニックを含めて四つあった。それぞれの場所をいつも持ち歩いているポケット地図で確認すると出かける準備を始めた。押しかけてしまうつもりだった。

出口に向かっていると、デスク席から的川が声をかけてきた。

「おう、麻倉女史、張りきってるな。結構、結構。でも今夜は企画会議もあるから、忘れるなよ」

気になったので「あの件については、話すんですか?」と尋ねると的川は、ぼさぼさの髪に指を入れながら首を横に振った。

「余計なことを言わんほうがいい。それに第二部は経済部で腹案が出来上がっているらしいんだ。昨日の夜、社食で旗田と会って飯を食いながら少し話をしたんだけどな」

「へえ。どんな案なんですか?」

「やつら地方の介護の話をこってり書きたいと言ってきた。都市部とかなり事情が違うだろう。第一部では東京とか大阪とか大都市の話が中心だったからバランス上、地方の話も必要だろうって。どうやら第一部がカネの話ばっかりだったもんで、読者の評判があまりよくなかったらしいんだ。で、川崎さんが地方の話を入れたらどうかって言い出しているみたいだ。あいつらそういうところは抜け目ないよなあ」

感心している場合でもないだろう。そんな調子では、蓑田部長に大目玉を食らう。的川ばかりでなく自分にも火の粉が降りかかってきてはおもしろくなかった。

「何かネタ、考えておきます。的川さんもよろしくお願いします」

「オッケー。でもまあ、経済部のやつらが地方ネタでいいものを出してくるとも思えないから、そう心配することもないだろ。森と小笹に地方紙のデータベースを検索して、おいしそうな話がないかどうかチェックするように言ってあるし。俺も調べてみるつもりだ」

なんだ、一応手は打ってあるのか。だったら心配する必要もないだろう。智子は「了解です」と言うと、早足でエレベーターに向かった。

如月《きさらぎ》クリニックの院長、如月美智子《みちこ》は名前とは似つかない地味な風貌《ふうぼう》の中年女だった。形をつけるためだけにかけたようなパーマは半ば取れかかっており、地黒の肌をファンデーションで隠す気もないようだった。薄い唇にきっちり塗った口紅のピンクがやけに目立つ。薄暗がりの中で彼女に会ったら、唇が宙に浮いているように見え、肝を冷やしそうだ。

「今日は休診なんですが」

干からびた声で如月が言った。すりガラスの扉に休診の札がかかっていたからそれは承知だった。だが、部屋に電気がついていたのでチャイムを連打してみたら、院長・如月美智子というネームプレートをつけた白衣を羽織った彼女が出てきたのだった。バッグの中にある名刺を探しながら「お忙しいところ申し訳ありません。私、大日本新聞の」と言いかけると目つきと同じように鋭い声が返ってきた。

「結構です」

目の前でドアが閉じられた。バッグから手を出すことも忘れ、智子はその場に立ち尽くした。扉の向こう側の様子は分からないが、如月美智子は自分のデスクの前に座り、それまでやっていた作業に再び没頭しているような気がした。チャイムを再び連打したら、どんな反応が返ってくるか。これまで回った二軒はいずれも医師が往診に出かけていて夕方まで戻らないとのことだった。残る一軒はタクシーを使えば三十分もあればつくはずだが、そこへ行ったとしても医師にすぐに会えるとは限らない。時刻は午後三時を過ぎたところだった。手ぶらで社に戻るのは嫌だ。大吾たちへの対抗意識からではない。取材したお年寄りたちのことを思い浮かべると、簡単にあきらめられない。智子は恐る恐るチャイムに指を伸ばした。

一度押す。反応はない。二度押す。やはり反応はない。しようがない。智子は覚悟を決めてチャイムを連打した。

怒りを顔中にみなぎらせた如月が扉を開け放った。よほど強い力で扉を引いたようで、扉は跳ね返って半分ほど閉じてしまった。それを再び引くと、如月は腕を組み智子をじろりと見た。

「おたく、どこの新聞？　迷惑行為だって販売店に電話しますよ」

「申し訳ありません。勧誘ではないんです。私、社会部記者の麻倉と申します」

今度はあらかじめ手に持っていた名刺を差し出した。節くれだった指で名刺を受け取ると、如月はきつい視線を投げかけてきた。

「記者が何の用？」

「高齢者向けの往診について取材をしているんです。お休みのところ申し訳ありませんが、少々お時間をいただけませんでしょうか」

「私のことはどこで？」

「区役所で、往診を手がけているクリニックを紹介してもらいました。在宅で療養する高齢者を支えるには何が必要か、ということを医師の先生方に伺っておりまして。是非、先生のお考えも聞かせていただけないかと」

「へえ、なるほどね」如月は話を聞く気になったようだった。「ほかにはどんな先生方を取材したの？」

「平林先生です」と言うと、如月の目がいっそう強く光った。それがいい兆候なのか、悪い兆候なのか分からなかった。

「いいわ。三十分だけ時間をとりましょう」

通されたのは入ってすぐのところにある待合室だった。コの字型に配置されたソファは、三ヶ所ほどにガムテープで穴をふさいだ跡があった。適当に選んで履いた緑色のスリッパは、奥のほうが破れているようだった。一足二千五百円の模様入りストッキングが伝線したらどうしてくれると思いながら、足をほとんどスリッパから引き出した。

ソファに腰を下ろすなり、如月は言った。

「あなた平林クリニックを取材したって言っていたわね」

「はい。訪問診療にも同行させていただきました」

如月は額に皺《しわ》を寄せた。

「あそこのことは、書かないほうがいいわよ。評判、悪いから」

「どういうことですか？」

はやる気持ちを抑えて智子は小首をかしげてみせた。が、そんな仕草はこの女医には百害あって一利なしだと思い直し、あわてて首をまっすぐに戻すとペンを強く握った。

「患者の家族から文句が出ているからね」

「文句、ですか」

如月は息を止めているかのような、苦しげな表情を浮かべた。自分の胸の中にあることを吐き出そうかどうしようか、迷っているのだ。もう一押しだ。

「話をよく聞いてくれる先生だ、というふうに私は家族の方から聞いていますが」

「そう？　まあ、いろんな考えの家族がいるのかもしれないけど」

如月は探るような目線を智子にあてると気持ちを落ち着けるように息を吐き出した。玄関での応対で、性格がきつい嫌なかんじの人だという印象を受けていたが、それだけの人ではないようだった。何かを彼女は訴えたがっている。ならば、水を向けたほうが話しやすいだろう。

「あの、そういえば以前、小耳に挟んだことを思い出したんですが、あの先生、安楽死に関心を持っていらっしゃるんですか。いい加減な噂《うわさ》だと思っていたんですが、もしかして……」

如月が眉《まゆ》を開いた。小さく息を吐き出すと、とつとつと話し始めた。

「平林先生は患者の家族に、積極的な治療は避けたほうがよいと薦めるのよ。そんな馬鹿な話はないでしょうが。出来る限りのことをしてやりたいのが家族ってもんでしょう。あの人は人間誰しも死ぬものなのだし、十分に生きたお年寄りは無理に治療を受ける必要はないって言ってるらしいの」

如月は低い声で話を続けた。

「私の患者でね、以前、平林をかかりつけにしていたおじいさんがいるのよ。ちょっと痴《ち》呆《ほう》がある人なんだけれど。介護をしているのはおばあさん。老老介護ってやつね。平林とは考えが合わないっていうのでうちに相談に来たの」

「なるほど。詳しく聞かせてください」

「おばあさんは熱心に介護をしていたのよ。なのに奴は彼女に人間には寿命というものがあるんだから、頑張る必要はない。そのほうがあなたも楽でしょうって言ったらしいのよ。

ひどいと思わない？」

話しているうちに如月の怒りはますます高まったようだ。こぶしを握り締め、息を荒くしている。

「こういう質問は失礼かもしれませんが。そのおばあさんの体力、経済力は介護に耐えられるものだったんですか。平林先生はそこのところを心配されたのでは？」

「確かに経済力はぎりぎりだったわね。私もなるべく薬は、安いジェネリックを使うようにしていたし。でも、彼女は本当に一生懸命なのよ」

如月の目が赤かった。案外、人情家のようだ。心を開いて懐に飛び込んできた相手に対しては、とことん付き合うタイプらしい。

「今、その患者さんは？」

「おじいさんは春先に亡くなったの。おばあさんはおじいさんを見送って、張り詰めていた糸が切れたようになってしまったみたいで、後を追うように亡くなってしまったわ」

なんだ。死んでしまったのなら話は聞けない。ふと、平林の指示は正しかったのではないかと思った。そのおばあさんは、介護で疲れ切って命を縮めたのではないか。頑張り過ぎなければ、もっと長生きできたのではないか。でも、今そんなことを口にすれば、如月は烈火のごとく怒るだろう。智子は自分の考えを胸にしまっておくことにした。

「平林先生、ひどいことを言ったものですね」

「でしょう」と如月が唾《つば》を飛ばしながら体を乗り出した。「あの人を取材して記事にするのはやめたほうがいいわ」

　智子は首を横に振った。

「というより、さらに取材してみたくなりました。そういうのって、患者に対する一種のハラスメントではないかと思うんです。取材してみたいな、と」

「そうよ、その通りよ！　ドクハラって呼ぶんでしょう？　取材してちょうだいよ」

　如月の目が生き生きと輝いていた。

「先生、平林医師が現在担当している患者さんの中に、そのおばあさんみたいな人はいませんか。そういう人が見つかれば是非、話を聞いてみたいんですが」

「それなら一人知っているわ。やっぱり最近、相談を受けたのよ。ちょっと待っていなさい。連絡してあげるから」と言いながら如月は腰をあげ、診察室というプレートがかかった部屋に入っていった。

　患者が取材を受けることを渋っているのか、如月はなかなか戻ってこなかった。智子は長いすの脇《わき》にすえつけてあるマガジンラックから週刊誌を取って、適当にページを開いた。活字は全く頭に入ってこなかった。

　大吾の推理は当たっているのだろうか。少なくとも平林が栃木の病院を辞めた後も、あの寄稿と変わらぬ考えを持ち続けていることは、この取材ではっきりとした。

　診察室のドアが開いた。智子はすばやく立ち上がった。如月は人差し指と中指の間にメモ用紙を挟んでいた。

「患者に電話してみたら、取材は嫌だって。でも、もっと役に立ちそうなことを教えてくれたわ」

無造作に差し出されたメモを受け取った。端正な筆跡で若杉恵《わかすぎめぐみ》という名前と携帯電話の番号が書いてあった。

「平林のクリニックにパートで通っていた医療事務の女性の連絡先。彼女、先月辞めたらしいのよ。で、その人は患者さんとたまたまご近所さんで知っているんだって。で、連絡を取ってもらったわ。その女性は、匿名なら話をしてもいいと言っているそうよ」

予想以上の収穫に智子は小躍りしたい気分だった。恐れずひるまずチャイムを連打してよかった。メモ用紙を丁寧に手帳に挟むと、如月に仕事の邪魔をしたことを詫《わ》びた。

「何かあったらいつでも来なさい」

干からびた声が頭の上から降ってきた。だが、声音《こわね》に暖かいものが混ざっていた。

スリッパをパンプスに履きかえるとき、ストッキングが足首のあたりまで伝線しているのに気がついた。たいして腹も立たなかった。二千五百円以上の収穫はあった。智子は軽やかな足取りで、駅に向かって歩き出した。

中野駅から乗った地下鉄東西線の車内には、酔っ払いどもが吐き出す空気が充満していた。胸が悪くなる臭《にお》いに耐え切れず、智子はハンカチで鼻を覆った。まだ九時を回ったばかりなのに目の前の座席に座っている初老の男は背を伸ばして座ることもできないほど酔っていた。だらしなく開いた口元からよだれが垂れている。

　若杉恵から話を聞きだすのに手間取ったせいで、帰りが結構、遅くなってしまった。携帯電話を取り出すと着信歴をチェックした。画面に五件と表示されている。思わず「あちゃっ」という声が漏れた。取材に使った喫茶店が電波の届きにくいところだったから長居するのは危険だと思っていた。だが、話を聞きだすのに夢中になってしまい携帯電話のことは頭から消えてしまった。連絡がつかない記者は、どんなぼんくらよりもデスクやキャップに嫌われる。

　着信表示はすべて「社会部」となっていた。最悪のパターンだ。智子は留守番電話に吹き込まれたメッセージを再生した。

「的川です。企画会議の前に話をしたいので社電をよろしく」

　智子は再び声を上げた。会議が今夜開かれること自体、すっかり忘れていた。喉《のど》のあたりが苦しくなった。最初のメッセージは機嫌がいい声だったが、次第に声は険しくなっていき、最後のメッセージは「なにやってんだ。会議に間に合うのかよ？」という怒りに満ちた声だった。企画会議は七時からだったはずだ。社に到着する頃には、終わってしまっているだろう。言い訳などみつかりそうにない。まあいい。怒られよう。智子は覚悟を決めた。それに若杉恵の取材は十分に収穫があった。いいことがあれば、悪いこともあるのはしようがない。車体は大手町の駅のホームに滑り込んだ。乗り込んでくる男女を押し戻すようにして智子はホームに下り立った。

本社のエレベーターに乗り込むとき、ちょっと迷った。今日一日、まともな食事を一度もとっていないので、社員食堂に寄りたかった。ひどい味だということは分かっているけれど背に腹は代えられない。三百円の味噌《みそ》ラーメンなら、なんとか人間が食べられるレベルの味だった。でも、社食に行って会議を終えた的川と鉢合わせでもしたらと思うと足がすくむ。会議をすっぽかし、食事までしていたと知れたら、彼の怒りはさらに掻《か》き立てられるだろう。後で時間を見繕ってコンビニに行くしかない。智子は情けない気分で社会部がある四階のボタンを押した。扉が閉まる直前に、経済担当の論説委員がエレベーターに向かって歩いてくるのが見えた。ヨレヨレのスーツを着た冴《さ》えない風貌で会社に泊まりこむことが多いためか異臭を放っていることがある。だが経済部における発言力はあった。機嫌を取っておこうかと思って「開」のボタンに指を伸ばしかけたが、間に合わなかった。

今夜の夜番は村沢デスクのようだった。経済産業省担当の若手記者が村沢の背後から一緒に端末の画面を覗《のぞ》き込んでいる。午後、経産省で何か大きなニュースが出たようだ。

的川は自分の席についていた。大きな背中を丸めるようにして、紙に何か書き付けている。時折、鳥の巣のような髪の毛をかきむしっている。嫌なことは早いところすませてしまうのに限る。智子は、的川に近づいた。

「申し訳ありませんでした」

声をかけると、的川がびくっとしたように顔を上げた。濃い眉をひそめながらペンを放り投げるように置き、うなるように言った。

「お前なあ……」

智子はすばやく頭を下げた。

「すみませんっ、連絡もしないで。つい取材に夢中になっちゃったんです」

「ったく、しようがねえな。まるで鉄砲玉じゃないか。いい年をして何をやっているんだ」

「ほんと、すみません」

怒りが解けるまで、罵倒《ばとう》され続けようと思っていたのに、的川はそれで会議の話は終わりにしてくれた。拍子抜けがする思いだったが、罵倒されると体力・気力は確実に消耗するのでありがたかった。

「で、あっちのほうは成果あったのか?」

「はいっ」

若杉恵の取材について報告しようと思ったのに的川は待ったをするように手のひらを突き出した。

「まず、大吾に話せ。それで今後の取材方針なんかと一緒にあとで報告するように大吾に言っておけ。で、今日の会議のことなんだがな」的川は手近にあった青いバインダーからA4紙を取り出した。「昼間話したように、地方の介護を重点的に取材することが決まった。麻倉女史には宮城県のS町に行ってもらう。町と企業が共同出資して介護サービス会社を作ったらしいんだ。その現地ルポを頼む」

「ええっ、私がですか？」

宮城県か……。S町となると東北新幹線の古川駅からかなり距離がありそうだ。泊まりがけになりそうだ。平林の取材に集中したいから、誰か別の記者に振って欲しいと頼もうと思ったが的川に先を越された。

「悪いが、これだけはやってくれ」

昼間と話が違う。むっとしているのが表情に出てしまったようで、的川が決まり悪そうに眼をしばたたいた。

「実はこのネタが連載初回の冒頭シーンに使われそうなんだ」

ならば、取材に行けばアンカーを命じられる可能性がある。そんなことになれば平林の取材戦線から脱落するよりないと思ったので、智子は粘った。

「森さんのほうが適任ではないですか？　確かあの人、東北の出身でしょう。むこうの地域事情に通じていそうな人のほうが深い取材ができますよ」

「まあそう言うな。これは……部長命令なんだよ」

「はあ？」

思わず間の抜けた声が出てしまった。蓑田部長の席を見た。あめ色のかばんは所定の位置になかった。帰宅したか、飲みに出てしまったようだ。的川に視線を戻すとくしゃみをこらえているブルドッグのように、鼻のあたりに皺《しわ》を寄せていた。

「なんでまた蓑田部長が、そんなことを。なにか事情があるんですかね」

的川はしゃっくりをこらえるように顔を歪《ゆが》めた。

「うーん、まあともかくそういうことだ。悪いが頼む。取材先の電話番号なんかは俺が調べておいたから。アポをとってサーっと行ってサーっと帰ってくればいい。な、簡単だろ」

メモ出しだけやればいい、アンカーは他の記者に振ると的川は強調した。そうまで言われたら断る理由はみつけられなかった。的川もいつになく取材に協力してくれそうな雰囲気だし、無下に断るのは悪いような気がした。

そのとき談話スペースから大吾が智子を呼んだ。

「というわけで、よろしく。大吾と早く話してこい」

釈然としなかったが、智子は的川から取材先の電話番号を記したメモを受け取ると、談話スペースに移動した。

大吾と向かい合う格好で、智子はソファに腰を下ろした。体は疲れているのに、さあこれからだ、という胸が躍るような気分になる。智子の隣には松江がかしこまって座っていた。栃木からとんぼ返りをしたようだ。

「じゃあまず、俺から報告」と大吾は切り出した。「警察は今のところ動きはなし。事件性はないから当然だな。厚労省も関心は持っていなかった。亡くなってから何日も発見されない孤独死ならともかく、朝起きたら亡くなっていたなんてことは、珍しくもないらしい」

智子はうなずいた。そうだろうという気がしていた。

「で、麻倉さんは？」

「平林をかかりつけにしている患者を四人ほど突き止めた。平林のクリニックで医療事務のパートをやっていた人から聞きだしたの。明日以降、患者やその家族を個別取材しようと思う。平林が今もあの寄稿を書いたときと同じ考えを持っていることも確認できたわ」

ほう、というように大吾がうなずいた。松江も真剣な目つきで智子の顔を見つめている。

智子は如月医師の話のポイントを二人に説明した。

「積極的な治療をしない、ということは責められることではないよな」

大吾が確認をするように言い、智子は賛同の意を示すために顎《あご》を引いた。どんな治療法を選ぶかは、患者が決めることだ。嫌がる相手に無理やり最新の薬を飲ませることはできない。

「もう一歩踏み込んで、ヤツが自殺幇助《ほうじょ》、あるいは殺人を犯していないかどうかを詰めよう」

「了解。で、もう一つ私の担当だった岩崎の遺族の連絡先。そっちはまだ割り出せてないの。悪いね」

「オッケー。引き続き当たってといて」大吾は松江に視線を移した。「お前のほうはどうだった？」

松江は背筋をしゃんと伸ばすと、縷々《るる》とした説明を始めた。

「逆三角形!」と大吾の声が飛ぶ。

「ああ、あ……」

「結論から言えよ」

「えっと、ちょっと複雑でして。初めから説明してもいいですか?」

松江の目があまりにも真剣だったので助け舟を出してやった。

「まあいいんじゃないの? 聞こうよ」

「しょうがねえなあ」

松江が体を細かく揺らしながら話し出した。聞いているうちに、智子の体が傾いた。日本語をしゃべっていることは確かなのだが、何が言いたいのか分からない。

「なんだよお前。結局、何にも分からなかったたってことじゃねえか。だったら最初からそう言えよ」

大吾が声を荒らげた。松江がいつものように体を縮めた。

12

リカー・カワムラは小田急線の本厚木駅からタクシーで十五分ほどのところにあった。街の酒屋さんというよりは、価格の安さを売り物にしたディスカウントショップに近い。五台ほどの駐車スペースにせり出すようにビール、発泡酒や缶チューハイの六本パックが山積みにされている。ダンボール箱をばらして作ったポップに、「激安」の文字が力強く躍っている。午前中であるせいか客の姿は見当たらなかった。

駅のホームで、乗り換えの間に、そしてこのタクシーの中で。ここに来るまでの間に宮城県に何度も電話をかけたから、携帯電話の電池が残り少なくなっている。アポイントを取るぐらい簡単だと思っていたのだけれど、なにせ相手の対応がスローで、いくつもの部署をたらいまわしにされた。ようやく担当者が分かり、取材趣旨をなんとか分かってもらった。途中、何度もイラついた。だが、自分の地元の人たちを思い浮かべたら仕方がないような気がして丁寧に説明をした。

智子は財布を取り出そうとしたが、すでに大吾が五千円札を運転手に渡しながらレシートをくれるように頼んでいた。

店先に人気《ひとけ》はなかった。無用心だと思いながら、所嫌わず積み上げられた商品の山を崩さないように、智子は奥のほうにあるレジカウンターに向かった。レジにも人はいなかったので、その後ろにある事務所の入り口に向かって声をかけた。

「すみません、大日本新聞社会部のものですが」

かすかに人が動く音が聞こえた。藍色《あいいろ》の暖簾《のれん》を搔《か》き分けるようにしながら、どす黒い肌をしたやせた女が顔を見せた。紫がかったねずみ色の大きなエプロンをつけている。河村《かわむら》慶子《けいこ》、旧姓梅田慶子だと一目で分かった。梅田春江とよく似た悲しそうな眼をしていたからだ。

「どうぞ、奥にお入りください。汚いところですが」

河村慶子は骨ばった背中を丸めるようにすると、二人をカウンターの奥へと誘った。通されたのは四畳半の和室だった。茶色っぽい畳はところどころささくれだっていた。田舎の古い家のような匂いがした。

慶子はエプロンの裾《すそ》を指で弄《もてあそ》びながら上目遣いで二人を見た。

「何を話せばいいんですかねえ。ウチはただの酒屋ですし、母もごく平凡な寡婦です。取材って言われてもねえ」

「お母様が亡くなったときのことを教えていただけませんか。お一人の時に亡くなったんですよね。辛《つら》い話を思い出させるようで申し訳ないんですが今後、在宅で療養するお年寄りを支えるために何が必要なのかを考える記事を書きたいんです」

智子が言うと、大吾が後を引き取った。質問は大吾に任せようと思った。一度、彼の取材方法を見てみたいと思ったからだ。大吾もそのつもりのようで、てきぱきと話を始めた。

「死因は心不全と聞きましたが、以前から心臓のほうが？」

「手術をするほどではなかったんですが、狭心症の気がありましてね。胸が痛くなることはしょっちゅうあったみたいです。今回は発作が大きかったみたいで……。いつかこういう日が来るのではないかとひやひやしていたんですが」

「大きな発作が起きそうな兆候はあったんですかね。手術とか入院とかを勧められたことはありますか」

「いえ。狭心症といってもたいしたものではないから、自宅で大丈夫だということだったんです。そりゃあ私だって、母を一人であのうちに置いておくより病院に入ってもらったほうがよかったんですが、病院から入院するほどの病状ではないと言われてしまいまして。特別養護老人ホームっていうんですか？　あれにも申し込んでありましたが空きがなくて結局入れませんでした。民間のホームはどうかと言われたんですが、ウチにはとてもそんな余裕は……。行政って冷たいものだと思いましたよ」

「河村さんはちょくちょくお母様のところへ？」

河村慶子はきまり悪そうに、視線を斜めに向けた。

「行きたかったんですけれど、店のこともありまして……。不景気でアルバイトを何人も雇う余裕がないから、私もウチの人も出ずっぱりに近いんですよ。母に寂しい思いをさせているのは分かっていましたが、どうしようもなくて。店の経営がこれ以上傾いたら、母の介護費用だって賄えなくなるんです。介護保険があるっていったって、母の年金だけでは支払いきれるものじゃないですからね。本当にぎりぎりの状態だったんです」

「となると、お年寄りには積極的な治療はしないという平林先生の方針にはご賛成されていたわけですよね。あの先生は患者に高価な薬を勧めない。無理な治療は避けて自然の成り行きに任せるのが一番という考え方だったようですから」

「ああ、そんな話はしていました。お薬もなるべく安いのを出してくれていました。正直、ありがたかったです。そういえば私にも、気持ちは分かるが無理は禁物だといつも優しい言葉をかけてくださいました。母が寂しい寂しいというものですから、一時期、始発であっちに行って開店前に戻ってくるなんていうことをしていたんです。そうしたら私が倒れたら元も子もないから頑張りすぎるなとおっしゃって……」

「なるほど。で、ちょっとヘンなことを伺いますが、これは大変失礼に当たるかもしれませんが……。お母様はその……」大吾は唇を舌で湿した。「ご自分で命を絶たれたという可能性はありませんか」

河村慶子は一瞬、考え込むような顔付きをしたが、すぐにかっと目を見開き、憤怒《ふんぬ》をあらわにした。無理もないと思った。あまりに唐突かつ直接的な物言いだった。智子は横目で大吾を盗み見た。ラグビー選手だったというその体はいつもより大きく見えた。

「母が自殺したとおっしゃっているんですか?」

「いや、まさかとは僕も思うんですがね。お母様は死にたい、死にたいと口に出されていたみたいです。そして、河村さんの大変さもご存知だったわけでしょう? だったら、そういうこともあり得るのではないかと」

「冗談じゃありません。突然死に決まっています」河村慶子は全身をわななかせていた。

「何か証拠でもあるんですか? 自殺だなんて、憶測で口にしていいことじゃないでしょう」

大吾は詫《わ》びるように頭を下げたが、容赦《ようしゃ》なく質問は続けた。

「いや、もし自殺されたとしても、僕はお母様に共感する部分がちょっとあって。娘を苦しめたい母親なんているわけがないですからね。こういっちゃなんですが、お母様が亡くなられて、ほっとしたところもあるんじゃないですか?」

河村慶子の顔がさっと赤くなった。

「帰ってください! 赤の他人にそんなことを言われる筋合いはありません。新聞記者っていうのは、人を傷つけても許されるっていうんですか? あまりにも失礼じゃありませんか。今すぐお引き取りください」

河村慶子は泣いていた。うめき声を押さえようとするかのように唇を噛《か》んでいるが、悲痛な声が空気を震わせた。

智子は嫌な気分で胸が一杯になった。大吾が口にした言葉は母親を亡くして数日しかたっていない相手に、無遠慮に投げつけてはいけないもののように思えた。これまで智子は取材に罪悪感を覚えたことはなかった。相手が怒ると分かっていることでも、聞くべきことは聞かなくてはならない。だけど、これは違う。聞いていいことと悪いことのうち、悪いことのほうにあたるのではないかと思った。

こんなふうに泣かせてしまうなんて。それでも、大吾の質問には意味があった。それは認めていた。嫌な仕事だ。でも、乗りかかった船から降りる気にもなれない。

「申し訳ありませんでした。失礼を申し上げました」

大吾は頭を深く下げた。智子もあわててそれに倣《なら》った。河村慶子は唇を震わせながら大吾をにらみ据えていた。涙を拭《ふ》くことも忘れているようだった。智子は彼女に言葉をかけたいと思ったが、気持ちを和らげられそうな言葉を見つけることができなかった。

河村慶子はついと顔を背《そむ》けた。見送りに立つ気もないようだった。智子はもう一度、頭を下げると大吾の後について逃げるように部屋を出た。

外に出ると大吾は携帯電話で迎えのタクシーを手配した。浮かない顔つきで「俺、やりすぎだったかな」とつぶやく。

「ほかに言い方、なかったのかな。ちょっとあの傷つき方はね。申し訳ない気になったよ」

「そうだよな」

大吾は目をしょぼつかせ、気弱な表情を浮かべると、「実は俺んちのばあさんが、今年の春に死んだんだ」と言った。

初めて聞く話だった。駐車場の隅でタクシーを待ちながら、智子は大吾の話に耳を傾けた。

「体は元気なんだが、十年ほど前から痴呆がひどくてな。母方のばあさんなんだが、うちの実家に引き取って面倒を見ていたんだ。そりゃあもう大変だった。田舎だから施設に入れようって発想もなかったみたいでさ。お袋は真面目《まじめ》な性質だから介護の情報なんかをこまめに集めて勉強して一生懸命やっていた。お袋はずっと教師をやっていたんだ。ようやく悠々自適の生活が送れる、海外旅行にも行ってみたいなんて言っていたのに、退職後に待っていたのは介護漬けの生活だ。何度も過労で倒れたし、鬱《うつ》にもなった。ホームに入ってもらおうと説得したんだけど、お袋は最後まで自分がみるっていってきかないんだ。ホームも近くにいいところがなかったっていうこともあるし。で、俺、つい思ってしまったんだ。ばあさんは九十を超えている。もういつ死んでも大往生じゃないか。だったらいっそのこと自分から死んでくれたら、お袋は息をつけるのになって」

智子は生唾《なまつば》を飲み込んだ。大吾はタクシーの姿を探すように、目を細めて交差点を見ると話を続けた。

「そりゃあ、ばあさんが死ぬのは悲しい。でもそれでお袋が救われるなら、そのほうがありがたいような気がしたんだ。母親だったら娘を苦しめたいわけないと思うし……。だから、河村さんに言ったことも悪気ではなかったんだけどな」

「気持ちは分からないでもないけど、それって極論だよ」

「そうだな。でも、正月に実家に帰ったとき、母が集めていた介護関係の雑誌をぱらぱらめくっていたら平林の寄稿が目に留まって、同じような思いを抱えている医師もいるんだなと思って、感動すら覚えた」

そういうことだったのか。あんなマイナーな雑誌の寄稿を大吾がなぜ読んでいたのかという疑問が解けた。

「でもさあ、やっぱりそれってヘンだよ。『楢山節考《ならやまぶしこう》』ってあるよね。姥捨《うばす》て山の話。ああいう時代に逆戻りするわけにいかないでしょうに」

大吾は厳しい表情のままでうなずいた。タクシーが駐車場に滑り込んできた。

「ま、とりあえず河村慶子の涙は本物だった。平林が何かをしたとしても、彼女のあずかり知らぬことだったことは、確認できたと思う」

大吾は記者の顔に戻って言った。

13

桂木亮一《かつらぎりょういち》の住む団地は、築三十年は軽く超えていると思われた。土地の価格がさほど高くなかった時代に建てられたものだからだろうか。十棟以上ある建物と建物の間に、ゆったりとした駐車場や子供を遊ばせるのに最適と思われる芝生のスペースが確保してあった。

ただし、建物は一見して古びていた。窓の外の柵《さく》には赤錆《あかさび》がこびりつき、外壁にはひび割れが目立つ。その部分は水が染み出しているせいか黒かった。まるで巨大なくもの巣が、外壁に張り巡らされているようだ。

四号棟の五〇六号室というのが目指す部屋だった。エレベーターなどなかった。階段は外の暑さが嘘《うそ》のようにひんやりとしている。静けさが空気を冷やすのに一役買っているのかもしれない。三階で早くも息切れがしてきた。それでも智子の足元は確かだった。数日前、取材の合間にデパートで購入した靴は実に頼もしい存在だった。一・五センチの太いヒールはなんの苦もなく床を踏みしめられる。靴の幅も広めなので、足を締め付けることがない。服装も今日は楽なものを選んできた。ストレッチ素材のスラックスにカットソー。そして、肩廻りに余裕がある合織のジャケット。この取材が終わり次第、宮城県に行くことになっている。移動の新幹線の中で睡眠をとっておきたいと考えて選んだ服装だが、階段を上るのにも思いのほか適していた。

ようやく五階に着いた。表札を確認する。若杉から聞き出した患者の一人、桂木亮一が暮らす部屋だった。今日は大吾と松江は二人で別の患者を当たることになっていた。

桂木亮一は腕のいい印刷工だったが二年ほど前から寝たり起きたりの生活で、一人息子で同じく印刷工として働いている博《ひろし》が、介護に当たっているという。息子も今日は家にいるということだった。

チャイムを押すと、ホームベースのような顔をした男がドアを開けた。こざっぱりとした開襟《かいきん》シャツにジーンズを穿《は》いている。天然と思われるウェーブがゆるくかかった髪の毛は、半分ほどが白くなっていた。

「ご厄介になります」

桂木博は首をすくめるようにして言うと、玄関に脱ぎっぱなしにしてあった靴をあわてた様子で靴箱にしまった。

「むさくるしいところで申し訳ないです」

恐縮するように言う博の後に続いて、玄関とガラス戸一枚で仕切られた茶の間に入った。中央には旧式のコタツが据えられていた。家具調ではなく、赤い加温部が出っ張っているものだ。色紙でつぎを当てたふすまを背にして、痩《や》せた老人がちんまりと座っていた。目やにの塊が目頭についている。立ち上がろうとする彼を押しとどめると、智子は膝《ひざ》を折って座った。なるほど、こういうときもストレッチ素材のスラックスは、なかなか具合がいい。

部屋をさりげなく眺め回した。隅には新聞紙が乱雑に積み上げられており、装飾品らしきものは何もない。全体が少し埃《ほこり》っぽいかんじだった。

亮一に挨拶《あいさつ》をしている間に、博が麦茶とかき餅《もち》を盛った皿を運んできた。ビール会社のロゴマークが入ったグラスは、表面に白い水滴のあとが点在していた。

「私らみたいなのが、お役に立てるんですかね」

枯れ木のような体から発声されたとは思えないほど、温かみのある声で桂木亮一が言った。博は彼の隣に腰を下ろして胡坐《あぐら》をかくと、父親に同調するようにうなずいた。そして二人は目と目を見交わした。心が通じ合っていることを、感じさせるようなしぐさだった。智子の心に暖かいものがわきあがってきた。

「何もありませんが、どうぞ」

博が節くれだった手で勧めてくれたかき餅を、「遠慮なく」と言って智子はつまんだ。口に入れると、かき餅はわずかに湿気《しけ》ていた。かまわずに嚙《か》み砕いて、麦茶で喉《のど》の奥に流し込む。

「早速ですが、よろしくお願いします。電話でも申し上げたとおり、平林先生の治療方針について賛否両論の声がありまして、それで患者さんの声をいろいろ聞いているんです」

取材の口実だったが、まんざら嘘《うそ》でもないので、すらすらと言葉が出てきた。

「この件について平林先生は？」

皺《しわ》が深く寄った口元を撫《な》でながら、亮一はまっすぐに智子の顔を見た。

「ご存知ありません。桂木さんに話を聞いたことも口外しませんので」

「いや、そうじゃなくて。本人がいないところで、平林先生の話をするのは、どうかと思いましてね。私が何をしゃべっても、あの先生が気にするとは思えないんですが、なんというかその、義理が悪いような気がしまして」

胸を突かれた思いだった。吹けば飛びそうに見えた老人が、今はどっしりとした存在感を持って智子の前に座っていた。智子は気持ちを引き締めた。

「おっしゃることは分かります。でも、平林先生が取材に同意しない可能性もあります。そうなった場合、患者さんの生の声が聞けなくなってしまいます。患者さんの声は、多くの人がよい医療を受けられる仕組みを考える際に役立ちます。なんとかご協力いただけないでしょうか」

亮一は麦茶を口の中で転がすようにした。そして、目元をふっと緩めた。

「分かりました。この老骨が世の中のお役に立てるなら、こんな嬉《うれ》しいことはない。ところで麻倉さん、あなたは賛否両論があるとおっしゃった。否がどういう声かはだいたい分かります。要はあの先生はしゃかりきに治療をしないということでしょう。下手をすると年寄りは早くたばれって意味にも取れる。まあ、私もそう思わないこともないですがね。少なくとも長生きをしすぎるもんではないな、と……」

いたずらっぽい笑みを口元に浮かべながら、亮一は智子を見た。それまで黙っていた博が、遠慮がちに口を挟んだ。

「親父、そういうことを言うもんじゃないよ。できるだけ一緒にいたいと俺は思っているんだから」

亮一は暖かいまなざしを息子に注いだ。

「そうだな。こういうふうに言ってくれるわけだから長生きしないといけないと思う。だがね、麻倉さん。なかなか難しいものなんですよ。こいつのアパートは埼玉の川口ってところにあるんです。女房子供もいる。だけど、私がこんなふうになっちまったもんだから、こうしてここに住み込んでくれている。ヘルパーさんが一日に何度か来てくれるとはいえ、夜なんかね、トイレに歩いていけないもんだから、息子がいてくれるのは本当にありがたい」

智子はうなずいた。

「でもね、それが私にとっては辛《つら》いことでもあるんです。孫は難しい年頃だ。実際、学校でうまくいっていないみたいだし。そういう時には、父親が家にいるべきなんだ。家に戻れと何度も言っているんだが……」

博は怒ったような目をして、唇を引き結んでいた。

「私だって長生きしたくないわけじゃない。孫は来年の春に大学受験なんですよ。ぜひ、合格してもらって晴れ姿を見たいと思う。ひ孫の顔ももしかして見られるかと思うと、こんなふうに体が不自由でも生きていたいとは思う。でも、こんなふうに負担をかけてしまっていて心苦しくもあるんです」

亮一の揺れる気持ちが、悲しく思えた。

「でも、悩んでいたとき平林先生は、自然に任せればよいと言ってくれた。人間には寿命というものがある。それを全《まっと》うするのは、自分にとっても家族にとっても最も幸せなことだ。だから、寿命を全うできるぐらいの治療をしながら、その時を待ちましょう、と言ってくだすった。これは嬉しかったですよ。胸の中でわだかまっていたものが、すとんと腹に落ちたような気持ちになりました。それ以来、寿命を全うするために息子の手を煩《わずら》わすのは、仕方がないことかもしれないと思えるようになったんです。人間は世代ごとに順番に負担をかけながら寿命を全うするものではないかと」

「俺がふがいないから」博がつぶやいた。「ホームに入れてやるだけの余裕がないし、親父を引き取れるだけの家も借りることができない」

「それを言うなって。それに、特養はそのうち順番が回ってくるだろ。そうしたら、お前に迷惑をかけることもなくなる。そうしたら心底、自然に任せようと思えるような気がするんですがね」

平林の考えに桂木親子は賛同しているということだと思った。だが、あくまで自然に任せるということだ。

「自然に任せるというのは、分かるような気がします。変なことを伺いますが、それ以上のことを勧められたことはありませんか?」

「それ以上、と言いますと」

あまり口にしたくなかったけれど、尋ねないことには、取材にならなかった。智子は自己嫌悪に陥りながらも、「自分で死を選ぶとか……」と言った。

亮一は口をぽかんと開いた。そして、笑い出した。

「まさか、そんなこと。あるわけないじゃないですか」

「そうですか。すみません、変なことを聞いてしまいました」

冷や汗が脇《わき》の下に滲《にじ》み出してきた。考えてみると、桂木家の場合、それほど状況は切詰まったものではなかった。なんとか折り合いをつけてやっているのだ。

そのとき、ふと博の様子が気になった。コタツの天板の上で拳《こぶし》を固く握り合わせている。指先がうっすらと赤くなっており、かなりの力をこめているようだ。何か知っているのではないか。だが、この場で彼がそれを口にするとは思えなかった。機会を改めて、博一人のときに話を聞いたほうがよさそうだ。

「平林先生には本当によくしてもらっていますよ。無理をせずに自然に任せる。私は自分に一番合っている先生だと思います」

インタビューを締めくくるように亮一が言った。疲れてきたせいか、顔色がさっきより悪くなっているようだ。もう少し話を聞きたいと思ったけれど、これ以上の負担を彼に強いることはできない。

玄関で二人にもう一度、頭を下げて辞そうとしたときだ。博が健康サンダルを下駄箱から取り出した。

「そこまでお送りしますよ。タバコが切れてしまったので、そこのコンビニに行きたいんです」

「お、そうか。じゃあついでに俺にヨーグルトを買ってきてくれんかね。生乳を使っているやつを」

「ああ、分かった」

博は軽くうなずくと、智子を促し外に出た。

階段を二人は黙々と下りた。背後から博のサンダルの音が、ぺたり、ぺたりという音をリズミカルに刻む。三階のあたりまで下りてきたとき、博はおもむろに声をかけてきた。

「さっきの話ですがね」

足を止めずに智子は彼の次の言葉を待った。サンダルの音が心なしか勢いを失ったように聞こえた。二階の踊り場に差し掛かったとき、小さな咳払《せきばら》いの音がした。

「実はね、さっきは親父の前だから言えなかったんですが、平林先生からいざとなったらそういう手段もないわけじゃないと言われたことがあります」

博はためらうように目を伏せた。そして、父親が窓から見ているかもしれないから、歩きながら話そうと言った。

地上に出ると日差しがまぶしくて、智子は目を細めた。半分ほどが埋まっている駐車場で、スポーツ刈りの少年二人がサッカーのパス練習をしていた。彼らがあげる甲高い声が団地の建物に跳ね返され体に突き刺さってくるようだ。

ポケットに両手を突っ込み、肩をわずかに丸めながら、博はゆっくりとした足取りで進んでいく。

「もうずいぶん前のことですが、うちのほうで女房とごたごたがあって、私が参ってしまっていたんですよ。工場のほうも残業をあまり断るとクビも危なくなってくるような状況で。先生と二人のときに、ちらっとそんなことをこぼしたら、共倒れになるようなことは避けるべきだと言われました」

やはり大吾の推理は当たっていたのか。智子は上ずりそうになる声を抑えて尋ねた。

「それは、家族が希望するなら……お父様の命を断つ手伝いをするという意味だったんでしょうか」

「いや、そこまでは。でも、なんというか、そのときの空気がね……そういう感じを俺は受けたんです。なんとなく分かるでしょう」

「……ええ」

博はうっすらと微笑《ほほえ》んだ。

「怖かったですよ。自分の中に先生にそういうことを言わせるような何かがあったんだと思いました。やっかいなものを抱えこんだって顔をしていたのかもしれません。なんともやりきれない気分になりました。でも、そのとき、自分が切羽詰まっていたことは確かで、それで俺は女房にそのことを相談したんですよ」

智子は嫌な気分になった。肉親ならともかく、嫁という立場だったら平林の提案に対してどういう反応をするのか。背筋がぞっとしてきた。

「いやあ、怒られましてね」と、博は頭を搔《か》いた。「初めて女房に殴られましたよ。そんなことを考えるなんて、人間じゃないと言ってね。ひどく泣かれちまって難儀したんですが。俺も泣きましたよ。いい年をしたオッサンとオバハンが、茶の間で向かい合ってワンワン泣いたんですから、今考えると、ちょっとお笑い種《ぐさ》ですね。でも、それで、つき物が落ちました。無理はしない。でも、できることはやろう、というように、二人の間で気持ちが固まったんです」

智子はほっと胸を撫で下ろしながら、博のいかつい横顔を盗み見た。彼の目は、柔らかな光を放っていた。気負いすぎていない、けれどもあきらめていない目だと思った。

「ま、今考えると、あれは我々が決意を固めるために必要な通過点だったんだと思います」

博は目を細めて空を見上げた。

「それでね、平林先生はそういう結果を予想して、僕にああいうことを言ったんじゃないかと思うんですよ。ほかのお宅でも同じようなことを言ったのかもしれませんが、それは親に死んでもらえと勧めているのではなくて、家族に考えるきっかけを与えようとしているのではないかと……。そんなふうに思うんです。今も金のこととか、息子のこととか、いろいろ面倒なことはありますが、とりあえず落ち着いていられます。あと何年、この状態が続くのか分かりませんが、しばらくはやっていけそうです。いや、やっていきます」

「そうですね」

相槌《あいづち》を打ったものの、智子の頭の中では、さまざまな思考が混ざり合っていた。死なせるというダイレクトな言葉は出さなかったけれど、平林はそういう方法もあることを匂わせたと博は言っているのだ。博の場合、それを受け入れなかったから大事には至らなかったのだ。でももし、受け入れていたとしたら？　同じ立場に立ったとき、誰もが博と同じ選択をするとは限らない。追い詰められていればいるほど、もう一つの道を選ぶ可能性が高くなるのではないか。

さらに、平林が声をかけるのが家族の側だとは限らない。息子や娘の窮地を目の当たりにしている親のほうに同じ話を持ち出したら……。

交差点に差し掛かった。信号は赤。隣に立つ博を見上げると、柔らかなまなざしが返ってきた。智子が口を開きかけたとき、博が低く笑った。

「で、驚いたことに先生は親父にも同じようなことを言っていたそうです。落ち着いてから親父と話をしていて、それが分かった。先生は親父に対して息子に負担をかけ続けることがどうしても嫌ならば相談してくれ、と言ったそうです。やはり親父も先生が自殺に手を貸してくれることを想像したと言っていました」

「お父様、さっきは、何もおっしゃらなかったけど……」

「誤解を招くことを恐れたんじゃないでしょうかね。先生に迷惑をかけるわけにもいかないし」

「じゃあ、博さんはなぜ私に話を？」

信号が青に変わった。横断歩道を渡りきれば、コンビニエンスストアは目の前だ。

「正直言って今、僕らは結構、きついんですよ。国がもう少しなんとかしてくれたらなあと思います。僕らと同じ問題は誰にでも降りかかる可能性がありますよね。それが分かっているのに黙っているのはどうかなと思って。親の死を選択肢の一つとして一瞬でも考えている人間が、世の中にはいるっていうことを知っておいてほしかったんです。僕は学がないからよく分かりませんが、新聞っていうのはそういうことを伝えるためにあるものなんでしょう？」

交差点を渡りきると博は軽く頭を下げた。

「さっき部屋で話したことは何でも書いてくださってかまいません。でも、今の話は麻倉さんの胸のうちだけにとどめてください」

有無を言わせぬ口調で博はそう言うと、コンビニの入り口に向かった。追いかけて質問したかった。だが、四角張った背中はそれを拒否するように、みるみるうちに遠ざかっていった。

車窓から見える田圃《たんぼ》では、まだ青い稲穂が揺れていた。陽は落ちかかっていた。西の空が橙《だいだい》色と藍《あい》色を溶かし合わせたような幻想的な色に染まっている。

東北新幹線の古川駅からS町へと向かう路線バスに客の姿はまばらだった。智子のほかに四、五人。すべて高齢者と呼んで差し支えない年齢であり、くすんだ色の田舎じみた服を着ていた。

一時間以上バスに揺られ続け、いいかげん尻《しり》が痛くなってきたとき、運転手が次はS町役場前だと告げた。智子は立ち上がると網棚から荷物を下ろした。

S町は面積は広いが人口は八千人ほどの小さな町で高齢者率が七割を超えている。財政的に決して豊かとはいえないその村に今年春、官民共同出資の老人ホームが誕生した。特別養護老人ホームではない。医療機関でもない。位置づけは一般の民間ホームと同じだけれど月に五万ほどの基本料金を支払えば、あとは介護保険で入居費用をまかなえるという新方式の施設だった。

町、施設、そして入居している高齢者やその家族の話を聞いてくるのが、智子の任務だった。難しい取材ではなかった。アポイントも明日の午前中にうまい具合に固めて取ることができた。効率よく片付けてさっさと東京に戻ろう。

桂木家を取材した際のメモは、新幹線の中ですばやくまとめ上げ、携帯電話を通じて大吾と松江に送っておいた。二人からも同じようにメモが届いていた。

決定的な証拠はなかったけれど、平林が老親の死が問題解決の一つの手法だと匂わせるようなことを口にしていることは、彼らのメモからも読み取ることができた。周辺は固まりつつある。決定的な証拠がなくても平林に直《じか》に話を聞いてもいいころあいではないか。今夜、あるいは明日の日中に平林に会いに行くと大吾が言い出さないことを願うしかなかった。是非自分も一緒に取材に行きたいと思った

福島駅のあたりで再度、パソコンを携帯につないでメールをチェックしたところ、大吾から平林の自宅に今夜、行ってみるという報告が入っていた。行くなとは言えない。こんな仕事を振った的川を恨みながらパソコンの蓋《ふた》を閉じるしかなかった。

のんびりとしたクラクションが鳴り、バスは三階建ての鉄筋コンクリートの建物の前に横付けされた。降りたのは智子のほか、手ぬぐいを姉さんかぶりにした老婆《ろうば》だけだった。あたりには闇《やみ》が立ち込めていた。山影が恐ろしいほど間近に迫っている。今晩の宿泊先である温泉宿はバス停からさらにタクシーで十分ほどのところだった。役場の脇にタクシー会社の車庫があった。ボディーがすっかり色あせたタクシーが一台、停まっている。隣の事務所をのぞくと、初老の男が映りの悪いテレビを一心に見つめていた。夕方のニュース番組のようだった。声をかけると、はじかれたように立ち上がり、口の中にかじりかけのせんべいのかけらを押し込んだ。

インターネットで予約しておいた宿は古びた木造二階建てだったが、中はこざっぱりと磨き上げられていた。浴衣《ゆかた》を選べるというので水色にアジサイの花が大胆に描かれている

ものを指差した。帯は濃い藤色。この際、保養気分を味わうのも悪くないかもしれない。

じたばたしたってしようがない。通されたのは六畳に次の間つきの部屋だった。柱が黒光りしていてなかなか感じがいい。浴衣に着替えると、温泉に入ることにした。

きのこや山菜がふんだんにあしらわれた夕食を終えると、九時近くになっていた。宿泊先の電話番号はデスクや大吾に伝えてあるが、自分からも連絡を入れておくべきだった。

携帯電話を使おうとして智子は舌打ちをした。表示が圏外となっている。世代が一つ古いものなので電波が入らないのかもしれない。仕方なく部屋の黒電話で社に電話をかけた。的川に明日の取材の次第を説明した後、大吾に代わってくれるように頼んだが大吾は戻っていなかった。平林のところに行ったのだ。自分も行きたかった。悔しいというのが正直な気分だ。

沈黙から的川は智子の気持ちを察したようだった。

「タイミングが悪くてすまんな。何かあったらすぐに電話をする。それまではゆっくり骨休めをしろよ。明日の取材なんて、麻倉にとってはちょろいだろ」

「とりあえず原島君が戻ってきたら、携帯ではなくて宿の番号に電話をするように言ってください」

「おっ、了解」

受話器を置くと膝を抱えて座った。平林の取材の首尾が気になった。今頃大吾は、彼と会って話を聞きだしているのではないか。その場にいられないことが歯がゆい。

大吾の携帯電話を鳴らして、状況をたずねることもできない。取材の腰を折ってしまう危険があるからだ。松江を呼び出すことも考えたけれど、彼も取材に同席しているかもしれない。考えていると、焦りばかりが募ってくる。それでも、今の自分にはどうすることもできない。的川が言うように、せいぜい骨休めをして明日以降に備えることだった。

風呂から戻り、ビールを飲んでいるとようやく電話が鳴った。すぐに飛びついた。

「帰ってこねえんだよ、平林のやつ」

大吾は不機嫌さを隠そうともせずに言った。背後を車が走りぬけるような音がした。

「今、どこ?」

「平林の部屋の前。電気がずっと消えたままだから居留守を使っているわけではない。松江にはクリニックを張らせているんだけれど、そっちもひとけがないらしい。どこへ行っちまったのかなあ。平日だっていうのに」

床の間の置時計を見た。すでに午前零時を回っている。立ちんぼうをしている大吾と松江には申し訳ないけれど、ほっとした。明日になれば、自分も戦線復帰できる。

大吾はその後、昼間取り交わしたメールの内容を改めて確認した。「まあ、もうちょっと粘ってみるけど、今日はたぶんダメだと思う」といって電話を切った。

14

翌朝訪れた施設も、立地が悪いせいか携帯は圏外だった。なんとなく落ちつかないけれど取材はスムーズに進んだ。質問に対して返ってくる答えは、そのままカギカッコでくれそうなものばかりだった。町のほうが自分たちの取り組みをアピールしたがっていたから、こちらから質問を投げかける必要もないぐらいだった。担当者は決して説明がうまくはなかったけれど、人のよさそうな笑みを浮かべて熱弁をふるい、資料も山のようにくれた。「S町五十年史」など、あまり関係がなさそうだけれど、是非にと言うのでもらってきた。

写真も完璧《かんぺき》だ。現地で写真部の記者と合流した。担当者の周到な手配によって、お年寄りたちが施設で紙風船を使ったリハビリをしている風景が簡単に撮影できた。そんな調子だったから取材は午後早くにあっけなく終わった。物足りなさを感じた。メモを書くのに十分な材料は集まったが、なんだか予定調和すぎるような気がしたのだ。食い下がってもっといろいろ話を聞きたい。といっても、東京での取材のことが気になった。今回は目をつぶるしかない。

智子は写真部の記者が貸し切っていたタクシーに古川駅まで便乗させてもらうことにした。

出発してから二十分ほどたったときだ。携帯の表示が圏内に変わっていることに気づいた。山を一つ越えたようだ。ＪＲの線路に近いため、電波が届くのかもしれない。

智子は留守番電話のメッセージをチェックしておくことにした。留守番電話サービスに接続して数秒後、メッセージの再生が始まった。一件目と二件目は大吾からのものだった。連絡をするようにと苛立《いらだ》った声で吹き込まれていた。メッセージが入った後、宿の黒電話にかかってきているから、これはこのまま放っておいてもかまわない。

三件目のメッセージは初めの数秒が空白だった。誰かが録音をしそこなったのか、あるいは大吾があまりにも応答がないことにあきれ果ててわざと無言を通しているのか、そのどちらかだろうと思って、メッセージを削除しようと考えたとき陰鬱《いんうつ》な声が聞こえてきた。

「……平林ですが」

智子は電話を取り落としそうになった。息を呑《の》み、電話を強く耳に押し当てた。緩やかなカーブを描く道路を、すべるように車は走っていく。だが、もはや周囲の風景は目に入っていなかった。智子は息を殺した。自分の呼吸の音や心音で、平林の声がかき消されてしまうのではないかと思ったのだ。

「あんた、うちの患者にいろいろ取材をしているようだが、それはちょっとまずいんだ……。といっても、あんたはやめる気はないんだろう。明日の晩、会えないだろうか。いや、ぜひとも会ってもらいたい。話したいことがある」

平林は自宅の住所を告げ、夜の九時ごろに来るようにと言った。そこでメッセージは終了した。智子は二度、三度とメッセージを再生した。

どういうことだろう。平林のほうから会いたがるなんて。単に文句を言いたいだけならば、あんな言い方はしないのではないか。

平林の携帯電話を鳴らしてみた。だが、すぐに留守番電話に切り替わってしまう。三度かけてみたが状況は同じだった。智子は携帯電話をバッグに戻した。

胃の辺りからぐっと喉元《のどもと》にせりあがってくるものがあった。知らず知らずのうちに、アクセルを踏み込むかのように足を突っ張っていた。

「何かあったんですか」

隣に座っている写真部の記者が尋ねた。

「ちょっとトラブル」

「ふーん、大変ですね。せっかくだからこれからどこかに寄ってうまいものでもどうかなと思っていたんですが」

「ごめんなさい。まっすぐ古川まで行っていいですか」

「もちろん。僕は駅の近くで適当な店を探しますよ。運転手さん、どこかお勧めのところ、ありませんかね」

運転手はその言葉を待っていたかのようにしゃべりだした。なまりがきつくてよく分からないが、「米まる子ちゃん」とかいう新名物があるという。コメを丸めてかりっと焼いたもので鍋《なべ》の具にもなるらしい。駅で智子を降ろした後、それを食べさせる店へ行くことが決まったようだ。

車は信号で止まった。左右には青々とした田が広がっている。リヤカーを押しながら老人が横断報道を横切る。東京からこんな遠くに自分はいる。焦りがこみ上げてきた。でも、今すぐに打てる手はなかった。ちらっと目に入った老人の横顔が、桂木亮一に似ている気がした。

「あと二十分ほどで着くと思いますよ」

運転手がバックミラー越しに声をかけてきた。新幹線にすぐに飛び乗っても、東京に着くのは夜になってからだろう。ちょうどいいタイミングで列車が来るかどうか分からないけれど、九時にはなんとか間に合いそうだった。

東京駅の八重洲《やえす》口を出ると、都会の喧騒《けんそう》に取り囲まれた。行きかう車両の音、きらびやかなネオン、忙《せわ》しげな足取りで歩くサラリーマン、排気ガスの匂いが入り混じっている空気。雑然としていて落ち着きがないけれど、居心地は悪くない。つい数時間前、人の姿もまばらな古川駅のホームでなかなかやってこない新幹線を待っていたことなんて一瞬で記憶の片隅に追いやられてしまった。

いつからか、都会にいるほうが、気持ちが落ち着くようになった。東京に出てきたばかりの頃は、帰省するとほっとしていたのに。

携帯電話で大吾の番号を検索し始めたとき、後ろから肩を叩《たた》かれた。

「お疲れさん」

電話をしまいながらうなずく。古川駅から電話をして、平林から連絡があったと大吾に報告した。大吾は新幹線の到着時間に車で東京駅まで迎えに行くので、駅から直接平林の自宅に行こうと提案した。

「車は道の向こう側に停めてある」

大吾はそう言うと横断歩道に向かって歩き始めた。生ぬるい空気が肌にまとわりつく。歩行者用の青信号が点滅し始め、大吾が走り出した。大きな背中がひょこひょこと揺れる。智子はバッグを肩に掛けなおすとその背中を追った。

横断歩道の中ほどで、大吾が突然、立ち止まって振り向いた。思わず智子も足を止めた。その拍子につんのめりそうになる。大吾はすぐ後ろに智子がついてきているのを確かめると、いかにも意外だと思っているような面持ちで、智子の足元に目をやった。

「早くしないと。もう信号、赤だよ」

「おっ」と短く言うと、大吾は再び走り始めた。

首都高速は思いのほか空いていた。渋滞らしい渋滞に引っかかることもなく、高井戸インターチェンジまでたどり着けた。高速を降りてすぐ、環状八号線を右折する。

大吾は四つ目のおにぎりを口に押し込むと一リットル入りのペットボトルから喉を鳴らして麦茶を飲んだ。

「平林に電話してみるか？」

「新幹線の中からも何度か電話してみたけど、出ないのよ。まあ、このまま行ってもいいんじゃない」

「それもそうだな」

口元を押さえてゲップをすると、大吾はコンビニの袋に夕食の残骸《ざんがい》をまとめて入れ、自分の足元に置いた。

「しかし、平林の話って何なんだろうな」

「ま、会えば分かるでしょ」

「患者の誰かが、平林に何か言ったんだろうか。たとえば、苦情のようなものを……」

「それだけじゃないと思っているから、ついてきたんでしょ」

「ま、そうなんだけど。あ、運転手さん、ここで停めて」

大吾が言い、車が停車した。窓の外には、五階建てのマンションが建っていた。

大吾が両手で自分の顔をぴしゃっと叩いた。

「さあ、一丁、気合を入れて行こうぜ」

言われなくても分かっている。実際、武者震いがしてきそうなほど、気持ちが高ぶっている。

運転手が車を降りて後部座席のドアを開けに来たが、彼の手がドアにかかる前に智子は自分でドアを開け、車から降り立った。

エレベーターで三階まで昇った。手に汗がにじんでいることに気づく。大吾はバッグをかけた側の肩を少し下げる例の歩き方で、外廊下を早足で歩いていく。廊下の端にある部屋の前で足を止めると、「ここだな」とつぶやき、ためらいなくチャイムを鳴らした。何度鳴らしても、中から人が出てくる様子はなかった。時刻は八時四十五分。まだ帰っていないのだろうか。

「診察が長引いているのかな」と大吾が首をかしげる。

「私、平林に電話してみる」

智子は平林の携帯電話を呼び出してみたが、コール五回で留守番電話につながってしまった。一応、メッセージを残した。

「おかしいな……」

「おい、もう一度電話を鳴らしてみてくれ」

再ダイヤルをすると、大吾はドアに耳を押し当てた。

「やっぱり……。携帯、中で鳴っているぞ」

「ええっ？」

智子はいったん電話を切って再ダイヤルするとドアに耳をつけた。聞こえる。かすかに聞こえる。電話が鳴っている。

「携帯、忘れたのかな」

「往診をしている医者が、携帯を持って出ないとは思えないよね」

「だよなあ。まさか中で倒れているとか？」

どきっとした。だが、すぐに思い直した。もし、平林が年寄りたちを手にかけていたとしたら、そしてそれが明るみに出そうになったら、責任を取って自殺するかもしれないと大吾は考えているのだろう。だが、智子には、あの平林が自殺するとは思えなかった。

大吾が何気ない様子でドアのノブを引いた。ドアはかすかな軋《きし》みをあげながら、あっけなく開いた。大吾と智子は顔を見合わせた。

「どうする？」

「とりあえずだな」と言いながら大吾はドアを大きく開け放ち、平林の名を呼んだ。部屋の中は静まり返っている。電気も消えている。大吾は玄関に足を踏み入れると、靴の紐《ひも》を解き始めた。

「ちょっと……中に入るつもり？」と大吾の上着の裾《すそ》を引っ張った。

「だって、気になるだろ」

大吾は部屋に上がった。まずいのではないかという気がしたが、智子もすぐさま靴を脱いだ。大吾の背中に張り付くようにしながら、恐る恐る廊下に足をつけた。ストッキング越しに伝わってくるフローリングのひんやりとした感触が、心の中にある後ろめたさ、そして怖いという気持ちを増幅するようだ。

「電気をつけますよ！」と奥に向かって声をかけると、大吾は照明のスイッチを押した。

玄関の斜め前にリビングルームにつながるドアがあった。大吾はそれを押し開くと、再び「電気をつけますよ」と言った。

蛍光灯の元に浮かび上がったのは殺風景な部屋だった。目立つ家具といったらダイニングテーブルとテレビ台ぐらいしかない。床といい、テーブルの上といい、なんとなく埃《ほこり》っぽい。医者といってもたいした暮らしはしていないようだった。智子の部屋のほうがよほど金がかかっている。

「奥が寝室らしいな」

「入ってみる？」

「もちろん。そのために部屋に上がったんだろう」

大吾が部屋の右奥にあるドアを押し開けた。緊張でどっと汗が噴き出してきた。心臓も、さっきより早く打っている。まともに部屋の中を見る気になれなかったので、智子はうつむいて大吾が言葉を発するのを待った。ふうっという大きなため息。そして、「いねえな」という投げやりな声が聞こえてきた。

智子はほっと息を吐き出した。セミダブルサイズのベッドの上に、からし色のパジャマが脱ぎ捨てられていた。もう一度平林の携帯電話を鳴らしてみた。呼び出し音は、すぐ近くで鳴り始めた。ベッドの脇《わき》に置かれている黒革の鞄《かばん》からそれは聞こえてくる。その鞄には見覚えがあった。

洗面所なども一応、調べてみたが平林の姿はどこにもなかった。

「さて、どうするかな」

「往診ではなさそうよ。寝室にあった鞄は、往診用だと思うの」

「ふむ、近所に買い物に行ったとか？　なんか釈然としないけどなあ。そうだ、携帯の着信歴を調べてみようか。何かいい情報があるかもしれない」

「それは、さすがにまずいんじゃないの」

「大丈夫だって。俺たちは平林の行方が分からなくて心配しているんだから。これは善意に基づく行動」

そう言いながら大吾は寝室に戻ると鞄を開けて黒い携帯電話を引っ張り出した。

「ねえ、まずいよそれ」

「ちょっと待てって。着信歴が気になるんだよ……。今日はお前の番号ばっかりだな。おっ、昨日の夜はいくつかかかってきている」

そのとき、玄関のドアが開く音がした。

「嘘《うそ》っ」

智子は両手で口を覆った。自分の頬《ほお》から血の気が引いていくのが分かった。どうやって取り繕えばいいのだ。こんな状況を見られたら、信用は失墜する。というか、訴えられる可能性だってある。大吾はすばやく携帯電話を鞄の中に戻すと表情を引き締め、扉の向こうの様子に耳をそばだてるようにした。

足音はリビングルームで止まった。鞄をどさっと床に置くような音。そして、椅子《いす》を引く音。

妙な気がした。玄関には大吾と自分の靴がある。鍵が開いていたから、いるんだろうと思って部屋にあがらせてもらったってことにしようぜ」と大吾はささやくように言うと意を決したようにリビングルームへの扉を押し開けた。

「しょうがねえな。鍵が開いていたから、いるんだろうと思って部屋にあがらせてもらったってことにしようぜ」

「ひゃっ」

椅子の足が床を擦《す》る音に続いて、甲高い男の声がした。

「どうも、すみません。勝手にお邪魔してしまいまして」と大吾が頭を下げる。

大吾の大きな背中の後ろからでは、扉の向こう側はよく見えなかった。早く前に出てくれないものか、とじりじりしていると、「あの、あの……」という男の声が聞こえた。

智子は、はっとした。それは平林の声ではなかった。大吾を押しのけるようにしてリビングルームに入る。椅子から半ば腰を浮かしているのは、見たこともない痩《や》せた男だった。ベージュのポロシャツにジーンズという軽装だが、髪の毛はかなり寂しくなっており、四十代後半といったところに見えた。

「鍵が開いていたので、心配になって……」と言いかける大吾を制すると、智子は目を大きく見開き、口もろくに聞けないほど驚いている男に尋ねた。

「私たち、大日本新聞の記者で平林先生と会う約束をしてきたんですが、あなたは?」

平林の名を聞いたとたん、男の表情がほっとしたように緩んだ。「なんだ、あなたたちも彼に呼ばれていたんですか」と言いながら、腰を下ろすと、空いている席を目で示した。座ったらどうか、ということらしい。

何がどうなっているのか完全に把握できたわけではないけれど、男が不法侵入だと騒ぎ立てる気がないのは、確かなようだった。男と向かい合う形で、大吾と智子はテーブルについた。

「雨宮《あめみや》といいます。平林との約束は九時?」

「ええ」

「じゃあ、あなたがたと一緒に話を聞くつもりだったんだな、彼は」

大吾がテーブルに載せた両手を組み合わせた。

「状況がよく分からないんですが。我々は九時にここに来るようにと言われていたんです。で、来てみたら不在で鍵が開いていたもんだから、不審に思って失礼を承知で中に入ってみたんです」

「ああ、なるほどね。平林から僕に連絡がありましたよ。急用ができたので外出するけれど鍵を開けておくから、中に入って待っていてくれと言っていました」

「急用ですか」

「急患でも発生したんじゃないですかね。奴と待ち合わせると、しょっちゅうそういうことがあるから」

智子と大吾は顔を見合わせた。

「あの……。私たち、平林先生の携帯を鳴らしたんです。そうしたら、部屋の中で電話が鳴って。それで、念のためにドアを引いてみたら、開いちゃったんです。となると、なんか時間が合わないような気がしますが。電話はいつごろかかってきたんですか?」

「ええっと、十分ほど前だったと思いますがね」

十分前ならば、もうこの部屋の中にいたはずだというと、「それはヘンだなあ」と言いながら、雨宮は首をかしげるようにした。だが、それは数秒にすぎず、彼はすぐに顔をくしゃくしゃにして笑った。

「簡単なことですよ。彼は、プライベート用と医療関係者の連絡用に二つ携帯電話を持っていたと思います。で、プライベート用を置いていったんでしょう」

「あ、なるほど」

「待たされそうですね。患者が重体だったりしたら、戻ってこないかもしれない。でもまあ、その場合でも連絡はくるでしょうから、気長に待ちましょう」

のんびりとした口調で、雨宮が言った。

「とりあえずご挨拶《あいさつ》を……」

大吾が名刺を取り出しながら言う。智子も名刺を取り出した。雨宮が手を出そうとしないので、仕方なくテーブルの彼の目に付く位置に置いた。

「名刺か。僕、持っていたかな」

ズボンの尻《しり》ポケットから、いまどき中学生でも持たないような布製の財布を取り出すと、雨宮は角が折れ曲がった名刺を一枚だけ引っ張り出した。

「あった、あった。一枚だけど」

「お気になさらずに」と言いながら、大吾が受け取った名刺に、視線を走らせた。川田大学薬学部講師、というのが雨宮の肩書きだった。八王子にある中堅の私立大学だった。

「で、今日はどういう趣旨でこちらに？」

大吾が尋ねると、雨宮は頭をぽりぽりとかいた。

「いやあ、僕もよく分からないんだけどさあ」すっかりリラックスした様子で、背もたれに体を預け、雨宮は嘆息してみせた。「僕の専門って、ヤクカガクなの」

薬化学という字を当てるのだろうなと検討をつけるまで、少し間を要した。

「平たく言えば、薬の薬効成分とかそういうのを化学として調べるわけ。で、あいつから調べてほしい薬があるっていって、錠剤を渡されたんだ。その解析結果を今日、持ってきたの。あいつとは大学が一緒でね。ワンダーフォーゲル部。あいつは部長で僕はヒラ。今でも、何かにつけて命令するから嫌になっちゃうよ。まあ、あの苦虫を嚙《か》み潰《つぶ》したような顔をたまに見るのは、悪くないんだけどね」

その結果を、自分にも聞かせたかったということなのだろうか。平林の考えていることが分からない。それが、患者たちの死と関係するものであるかどうかも、判然としない。それより、雨宮に解析を依頼したという錠剤の正体が気になり始めた。大吾も同じだったようで、「何の錠剤だったんですか？」と尋ねた。

雨宮はいたずらっぽく笑うと、「秘密です」と言った。「平林が帰ってからにしましょう。勿体《もったい》つけさせてくださいよ。テレビでも見ながら待ってましょう」

雨宮はテレビ台に歩み寄ると、テレビのスイッチを入れ、チャンネルをＮＨＫに合わせた。「お茶でも飲もうかな」と言いながら、勝手にキッチンに入っていく。平林の友人だけあって、相当変わり者のようだった。

雨宮が入れてくれたお茶を三人で飲みながら当たり障りのない世間話をしているうちに十時を回った。このまま、この奇妙な男と向かい合って時間を無為に過ごすのは、もったいないように思えた。座っていると、まぶたが重くなってきた。大吾はすでに背もたれに体を預け、軽くいびきをかいている。

それから一時間ほど待ったが平林は帰ってこなかった。雨宮が何度か電話を入れたが、電話もつながらなかった。

「僕、そろそろ帰ろうかなあ。終電、なくなっちゃうし」

さすがにうんざりしたように雨宮が言った。

「とりあえず、今日、平林先生に話すはずだったことを教えてもらえませんか。平林先生は我々にも聞かせるつもりだったはずですから、問題ないと思うんですが」

「でも終電がなあ」

「私たちが乗ってきたハイヤーを使ってください。私たちはタクシーで帰りますから」

智子が言うと、雨宮は目を輝かせた。

「ハイヤーって黒塗りの車？　一度乗ってみたいと思っていたんだよ。いいの？　ホントに」

雨宮はもうその気になっている顔をしていた。

「ええ。なので、もう少しお時間よろしいでしょうか。その錠剤って何だったんですか？」

「いやあ、ちょっと難しい薬でしたよ。抗がん剤なんだけどね」

「抗がん剤ですか。いろいろ種類があると思いますが、それは珍しいものだったんですか？」

「まあねえ。日本では承認されてないし。でも欧米では珍しくもないんだよね」

「その薬が何であるかを、平林先生は知らなかったということでしょうか」

「さあ、そのへんはどうかな。よく分からないけど、話に聞いたことぐらいはあると思うんだよね。あいつは結構、勉強熱心だしさ」

「その薬が日本で使われていたら、問題になるんですか？」

雨宮は子どもが嫌々をするように、大きく首を横に振った。

「ぜーんぜんっ。だってこの薬を使ってる医者もいるもん。日本で承認されていない薬でも医者の独自の判断で輸入して使うことはできるんだよ。保険は使えないから自由診療になっちゃうけどね。ここからは僕の推測なんだけどその薬、彼の患者が使っていたんじゃないの？　で、患者がしらばっくれようとしていたから、僕に解析を頼んだのかなあって」

智子はにわかには納得できなかった。平林が自分に話したかったのは、そういうことではないはずだった。

それまで黙っていた大吾が口を開いた。

「その薬、副作用ってあるんですか？」

雨宮が唇を尖《とが》らせる。

「そりゃあ、あるよ。薬なんて諸刃《もろは》の剣だもの。特効薬とか言われている薬だって使い方を間違えれば危ないし、もともと体質的に使用に適さない人もいるよ」

「では、その抗がん剤の副作用は？」

「心不全だね。進行性の胃がんにかなり効くらしいから、いい薬であることは間違いないんだけれど、心臓が弱い人が飲むと危険なことになる」

心不全、という言葉が雨宮の口から出た瞬間、智子の息が止まりそうになった。亡くなった老人たちはいずれも心不全だった。彼らの心臓が弱かったかどうかは分からないけれど、みな高齢で体が弱っている。その抗がん剤を飲んで、あるいは飲まされて彼らは死んだのだろうか。必ず死ぬと決まっているものではないだろう。だけど、そのリスクは格段に高くなるはずだ。

「もう一度、平林先生に電話をしてみます」

智子は先ほど雨宮から聞いた番号に電話をかけてみたが、相変わらず留守番電話が応答するばかりだった。

「でも、平林はなんで僕と一緒にあなたたちを呼んだんだろうなあ」

それが智子にも分からなかった。第一、平林がその薬を患者に飲ませていたならば、解析を頼む必要もないのではないか。それにしても平林はなぜ帰ってこないのだろう。急患にしたって、連絡ぐらい入れてきてもいいはずなのに。

街は眠りに入りつつあった。開け放った窓から電車の音が聞こえてくる。線路までは少なくとも五百メートルはあるはずだが、その音はやけにくっきりとしていた。

「雨宮さん、その薬の現物を今、お持ちではないですか」

大吾が尋ねた。

「ああ、あるよ」

雨宮はズックの袋からショッキングピンクのピルケースを取り出し、ふたを開いてみせた。大吾と二人でそれを覗《のぞ》き込む。なんの変哲もない白い錠剤だった。直径が五ミリメートルほどで、中央にくぼみが筋状に刻まれていた。

「それ、いただけませんか？　貸していただくという形でもいいんですが」

智子が言うと、雨宮は真顔で首を横に振った。

「ダメだよ、それは。だって承認されてない薬だしさ。何があるか分からないじゃない」

「じゃあ、写真を撮らせてください」

「うん。それならいいよ」

大吾と智子は、それぞれが携帯電話のカメラで小さな錠剤を撮影した。

「それじゃあ、僕はそろそろ帰ろうかな。あなたたちも引き上げたほうがいいですよ。あいつ、よく約束をすっぽかすから」

雨宮が立ち上がる。これ以上、彼を引き止めることは無理だと踏んだようで、大吾も椅子を引いた。智子はまだ雨宮に尋ねておくべきことが残っているように思えた。だが、具体的な質問が思い浮かばなかった。

「鍵はどうします？」

「あけておいていいんじゃないですか。どうせ盗《と》るものなんて、ないだろうから」

雨宮は屈託ない笑みを浮かべた。雨宮が乗ったハイヤーのテールランプが闇《やみ》にまぎれて見えなくなると、大吾が「さて」と、自分を勢いづけるように言った。「麻倉さんは、どう思う？　やつの話。あのオッサンに抗がん剤について調べさせた狙《ねら》いってなんだろうな」

「平林はあれが、抗がん剤だって知らなかったってことかね。だとしたら、彼がお年寄りたちにそれを飲ませて、死なせるように仕向けたっていう推理は成り立たない」

大吾は鼻の穴を膨らませると、しぶしぶといったかんじで首を縦に振った。

「知らなかったのかなあ。何か別の理由で解析を頼んだっていう可能性はないんだろうか……。しかし、なんだって今夜に限って急患が出るんだよ」

腹立たしげに言う大吾を横目で見ながら智子は信号のはるか先に見えるタクシーに向かって大きく右手を振った。タクシーまでは大分、距離があるけれど見逃されたくなかったので背伸びをして今度は両手を大きく動かした。

このまま路上で議論をしていても、いい考えが浮かんでくるとは思えなかった。それに体が鉛のように重い。とにかく休息が必要だ。顔を洗ってさっぱりして、喉を潤して。それからもう一度、初めから考えてみよう。

タクシーのヘッドランプが点滅した。了解した、という合図のようだ。

「社に戻るのか？」

「直帰したいところだけど、出張のメモを明日の朝までに的川さんに出さないといけないから。新幹線の中でまとめ切れなかったのよ」

大吾の太い眉《まゆ》が、ぎゅっと寄せられた。

「俺はしばらくここで待ってる。やつが帰ってくるかもしれないから」

はっと胸を突かれる思いだった。確かに、もう少し粘ってみる価値はありそうだ。

タクシーが目の前で停まった。ドアが開く。智子が乗り込むべきか迷っていると大吾がいきなり肩を押した。

「お前は社に戻れ。俺が一人で張るから」

「でも……私も待っていたほうがいいような気がする。ううん、待ちたいの。話を聞けるものなら聞きたい」

「いや、顔色悪いし、企画もあまり手を抜くと問題になるぞ。メモ出しぐらいはやっとけよ。何か分かったら電話で呼び出すから」

「お客さん、どうすんですか」

運転手が不機嫌な声で呼んだ。

「気にするな。長丁場になるかもしれないんだから。何も二人でガン首そろえて張っている必要もないだろ。休めるときには休んだほうがいい」

そこまで言われると断れなかった。これでいいのだろうかと思いながらも、智子はタクシーに乗り込んだ。


社に戻るとつけっぱなしにしてあるテレビから日付が変わったことを告げる時報が流れてきた。デスクや記者が数人、残っているが、事件があったときにあたりに撒《ま》き散らされる殺気だった空気はなかった。平和な一日だった、ということなのだろう。夜番デスクは村沢だった。「ただいま戻りました」と声をかけると、ディスプレーを見つめたまま、「おっ」と短い声を発した。

的川の姿はすでになかった。壁に貼ってあるローテーション表を確認すると、明朝、早番に入っていた。今頃はすでに布団の中だろう。

とりあえず荷物を置き、タオルを持って化粧室に向かった。添えつけの棚に置きっぱなしにしてある化粧ポーチから、クレンジングオイルを取り出してメークを手早く落とした。水が冷たくて気持ちがいい。鏡の中を見ると目の下がどす黒くなっていた。こんな一日だったのだからしようがない。化粧水と乳液を塗り、眉毛だけ描いて席に戻った。パソコンを立ち上げるのと同時に、松江が席をたってそばに来た。心配そうに、眉を寄せている。

「どうでしたか？　平林は」

「全然帰ってこなくてさ」

智子は周囲に人がいないことを確認すると、平林の自宅に行ってからのことを、かいつまんで話してやった。本心では、一刻も早くメモ作りに取り掛かりたかった。その作業を終わらせない限り帰宅はかなわないのだ。そんな智子の気持ちを知るはずもなく、松江は空いている大吾の席に腰掛けた。

「明日、どう動くかが問題ですよね。大吾さんから、僕に何か指示はありましたか」

「特に聞いていないけど。とりあえず、今夜、平林に会えるかどうかで、状況は変わってくるし」

「いずれにせよ、結構、事態は煮詰まってきていますね。そう思ったから僕、明日は動き回れるようにと思って、暇ネタのアポをキャンセルしておきました」

「そう……。何かあったらよろしくね」

話を打ち切ったつもりだったのに、松江が膝《ひざ》を乗り出してきた。青臭いような体臭が鼻をかすめた。

「麻倉さんの耳に入れておいたほうがいいんじゃないかと思うことがあって」

「何よ」

「今回、企画では麻倉さん、メモ出しだけでいいから、こっちの取材にほぼかかりっきりになれるっていう話でしたよね」

「そう。的川さんの了解を取ってある。だから明日からは平林の取材に集中できるわ」

「それがですね」松江の喉仏がごくりと動いた。「ついさっきまで、小笹さんたちがいたんですけど」

小笹が何だというのだ。智子はわざとぶっきらぼうに「逆三角形」と言った。松江は虚を突かれたようにぴくりと体を動かすと、早口で話し始めた。

「小笹さんも介護の企画に入ってますよね。で、今回はアンカーやるんでしょう」

そういうふうに、的川が手配をしてくれたはずだった。智子は松江の次の言葉を待った。

「で、さっき、小笹さん、そのへんの記者と話をしていたんですけど、そんな横暴は許さないってすんごい剣幕で」

「横暴?」

思わず鸚鵡《おうむ》返しに尋ねていた。

小笹は結構、野心家だと踏んでいた。アンカーをやれるのだから、むしろいい話ではないか。最近、彼女の智子に対する態度は、ますますそっけなくなっていた。企画の第一部で的川が自分ではなく智子に肩入れをしたのが、気に入らないのだと思っていた。アンカーに指名されたら喜びそうなものだが。

「企画の最後に取材班の名前、出るでしょう？　そこに自分の名前が入らないならアンカーなんてやらないって言っていました。名前が入る麻倉さんが、責任を持つのが筋だろうって」

取材班のメンバーが多岐にわたる場合、企画の最後の署名には、実際に活躍したメンバーのみを記載することがある。小笹がアンカーならば確実に名前は入る。そして自分ははずれる。それでかまわない。少なくとも今回に限っては。

「それ、小笹さんの勘違いだよ。今回は小笹さんが全面的に責任を持つはず。私だって出せるメモは出すし。誰かが妙なことを彼女に吹き込んだのかもね」

「そこなんですよ」

松江が妙に老成じみた皺《しわ》を眉間《みけん》に刻んだ。

「小笹さんの同期で経済部に弘岡さんって人いますよね」

「ああ、あのオタクね。端末でいつもゲームをやってるよ」

「その人です。彼が夕方、ここに来て小笹さんと話をしていたんですが、そのとき彼が社会部で名前が入るのは麻倉さんに決まっているんだから、そんなに張り切ったって意味がないって小笹さんに……」

智子はキーボードからようやく指を離した。弘岡がなぜ、そんなことを言うのか分からなかった。第一部で、旗田たちに手ひどい目に遭わされたことを思い出した。また何か仕掛けてくるつもりなのだろうか。でも、狙いがよく分からない。小笹をたきつけて社会部内のチームワークを乱そうとでもいうのか。あまりにみみっちい。弘岡は一応、馬鹿ではない。旗田にしたって、そんなせこいことまでやるとは思えない。

「とにかく明日、ひと悶着《もんちゃく》あるかもしれません。小笹さん、的川デスクに抗議するって言っていました。あの人が本気で抗議するときってすごくねちっこいから」

怒鳴り散らして相手を黙らせる的川のいつもの作戦では、対処できないのではないかと言いたいのだろう。智子もそこは同感だった。

「でもまあ、大丈夫だと思うよ。私は今回はメモ出しだけのほうがありがたいんだから。それなら角は立たないでしょう。とりあえずありがとう。松江君、早く帰ったほうがいいよ。私もメモをやっつけるから」

そうですね、と松江は軽く会釈をすると立ち上がった。やれやれ。思わぬことに時間を食ってしまった。松江の姿が視界から消える前に智子はキーボードを叩き始めた。

背後で携帯電話の着信音がした。松江が誰かと話し始める。

「五時ですね。今からすぐに帰宅して仮眠、取りますから問題ないですよ。場所は麻倉さんに聞きます」

大吾からの連絡だ。松江は再び寄ってくると、大吾が明朝まで平林の自宅前で粘ると言っていると告げた。明日の朝、松江と交代するという。「麻倉さんも、早く企画のメモをやっつけて、明日に備えろって」

「了解」

智子は短く答えると、一心不乱にメモに取り組み始めた。

15

「なあ、勘弁してくれよ」

的川は談話スペースのソファから腰を上げようとしない小笹に心底うんざりしていた。もうかれこれ三十分になる。小笹は小柄な体を精一杯大きく見せるように、胸を張っていた。引き下がるつもりはないようだ。麻倉智子とは違った意味でやっかいな女性記者だ。彼女の外見は、的川にも理解できるものだった。濃紺のパンツスーツに化粧けのない顔。そして、短くカットした髪。やる気のある記者というかんじがして、こういうほうが好きだ。だが性格のほうは、麻倉と同じぐらい苦手だった。とにかく粘り強いのだ。いや、記者としては重要な資質なのだが、自分にそれが向けられるとつらい。

「こんな話、納得できるわけがないです。私がまとめるなら、私のやりたいように書かせてもらいたいし、アンカーとしてそれなりの扱いをしてもらいたいんです。私だって、こんなことを的川さんに言うのは失礼かなと思います。でも、あまりに理不尽じゃないですか」

「気持ちは分かるって言っているだろ。申し訳ないと思ってるって」

さっきから何度、同じことを言わせるのだ。

腹の虫が鳴った。夕刊の紙面をあげて、飯に出ようとしたところ、まるで待ち構えていたかのように小笹に呼び止められた。それが運のつきだった。

企画の原稿を小笹に書かせ、それを麻倉智子が書いたものとして出稿するつもりだった。麻倉の原稿を出さないわけにはいかない。蓑田から、今回こそ麻倉を盛り立てるようにと強く言われていた。そんなふうに言うならば、第一部で経済部にしてやられたときに、局長に抗議してくれればよかったのだ。交渉の余地はあったはずだ。だが、蓑田は面倒が起きることを避けた。抗議はせずに、第二部で巻き返せと言ってきた。川崎局次長の覚えがめでたくなっても局長ににらまれたら元も子もないという判断のようだ。大人の判断だよなと、苦々しく思っていた。

あの時、筋を通していれば、何の問題もなかった。川崎の意向には沿いたいが、局長らの反感を買うのもまずい。そんな蓑田の八方美人な態度が災いを招いたのだ。だが、いまさらそれを言っても遅かった。ここは小笹を説得するしかない。だが、怒鳴りつけてもひるまずにねちねちと自説を訴えてくる相手をどうやってねじ伏せればいいのか、的川には分からなかった。

「なあ、後生だ。今回は目をつぶってくれよ。次の機会にはお前を全面的にバックアップするから」

下手に出ると、小笹はさらにいきり立ち、目をかっと見開いた。頭から湯気でも噴き出しそうだ。

「なんでそんなに麻倉さんに肩入れをするんですか？　あの人、デキるとは思えないんですけど。医療に詳しいとかいうふれこみだったようですが昔、制度改革をちょっと取材したぐらいじゃないですか。っていうか、あの性格、記者にそもそも向いていないんじゃないですか」

「最近は結構、頑張っているけどな」

「経済部の弘岡記者も首をひねっていましたよ。何か特別の理由でもあるんじゃないかって」

小笹はそう言うと、口元をいやらしくゆがめた。

「まさか的川さん、麻倉さんとデキてるんじゃないでしょうね」

的川は信じられない思いで、小笹の顔を見た。よくもまあ、そんなことを考え付くものだ。しかも、女性が口に出す冗談にしては品がなさすぎる。ふと痛ましい気持ちになった。小笹も社会部に来た頃はひ弱な印象だった。よくトイレで泣いているという噂《うわさ》も聞いていた。それが先輩たちに叩《たた》かれ、もまれるうちに、地味だが堅実な記者に育った。的川は彼女の成長ぶりを内心、喜んでいたのだが、強さと同時に汚さまで身に付けてしまったようだ。

麻倉智子もいずれそうなるのだろうかと思ったが、すぐにその考えを否定した。麻倉は負けん気は強いが不思議な明るさがある。そして、最近、分かってきたのだが、彼女は自分という人間が大好きなのだ。要はカッコつけなのだ。自分をゆがめるようなことはしないだろう。彼女なら、どんな波にもまれてもきっと大丈夫だ。

「勘弁してくれよ。俺にだって、選ぶ権利ってもんがあるだろう。だいたい麻倉女史がこんなオッサンとどうこうすると思うか？」

「自分が実績を作るためならなんだってやりそうですよ。経済部できつい仕事をはずされていたのも、部長やデスクに色目を使ったからだっていう話ですよ。とにかくあの人を特別扱いするのは、やめてください」

小笹は薄い唇をなめると、苦々そうに横を向いた。

小笹の言うことは、当たっていそうで当たっていないと思った。あの外見に騙《だま》されては、麻倉智子の本質は見えてこない。あれは要は頑固なのだ。理があると思うことに対しては素直にぶつかっていくけれど、理がないと思ったら決して動こうとしない。動いたとしてもいやいやながらだから、周囲と軋轢《あつれき》が生まれてしまう。だが、あのまっすぐな気性は悪くはないと今は思っていた。

「的川さん、はっきりさせてください」

小笹の声で的川は我に返った。それにしてもきゃんきゃんとよく吼《ほ》える。こいつよりはまだ麻倉智子のほうがいい。的川の心がすっと決まった。

「もうお前には頼まん。企画のことは忘れてくれ。こっちで何とかする」

小笹の表情が固まった。顔が蒼白《そうはく》になり、唇が細かく震えだす。的川はソファから腰を上げた。長く座っていたせいか腰の関節が乾いた音を立てた。

「ちょっと、待ってくださいよ」

あわてたように、小笹が腰を浮かせる。

「はっきりさせたじゃないか。話はおしまいだ。俺だって暇じゃない」

「麻倉さんは、やっぱり特別扱いなんですか?」

「そうだ。だが、女だからじゃないぞ。MBAを持ってるからでもない。俺がやらせたい取材があるから特別扱いする。以上っ」

恨めしげな目つきで見上げてくる小笹に冷たい一瞥《いちべつ》をくれてやると、的川はゆったりとした歩き方で、自分の席に向かった。

「的川デスク、一番にお電話です!」

アルバイトの学生が、元気よく告げた。受話器を取ると、大吾からだった。昨夜は一晩中、平林の家の前で張っていたようだ。今朝早く、松江から、平林の自宅前の張り番を大吾と交代したという連絡が入り、昨夜から今朝にかけて何が起きているのか、だいたいのところは把握している。

受話器越しに、救急車のサイレンが聞こえてきた。大吾は出先からかけてきているようだ。

「お前、少しは寝たのか？」

「いったん家に戻りましたから。風呂にも入ったし」

ほとんど寝ずに、再び取材に飛び出していったのだ。大吾の声に張りがあるのが気になった。大吾とは長い付き合いだ。疲れているときほど明るい声を出すやつだと分かっている。

「申し訳ありません。平林はまだ捕まえられていなくて。松江は自宅前で待機しています。俺はクリニック周辺を当たっているんですが、休診みたいなんです。携帯は相変わらず留守電だし」

「なんか匂うな」

的川の勘は、何かが起きていると告げていた。脳の奥で警鐘が鳴っている。大の男が一晩、家を空けたことぐらいで騒ぎ立てるのはおかしい。だが、そう思っても嫌なかんじは消えなかった。

「で、麻倉女史はどうした？」

「今朝、例の抗がん剤について、裏を取ってもらいました。雨宮の言った通りでした。海外では一般的だけれど、国内では承認されていない薬です。が、手に入れられないわけじゃない。医師なら個人で輸入し、自分の責任で患者に処方できる。自費診療になるので、患者にとって、負担は大きいですが」

「なるほどな」

「麻倉は亡くなった患者の遺族の家に向かっています。俺もこれから別の患者のところに行ってみるつもりです。今日は、そっちはどうですか」

「今のところ平和だ。紙面は残稿で埋まりそうだし。お前らはそっちの取材を続けていていい。夜番にも俺からそう言っておく」

「了解」

大吾はほっとしたように言うと、電話を切った。

的川は今度こそ昼飯に出ようと立ち上がった。腹が減りすぎて、気分が悪くなりそうだ。そのとき、入り口から蓑田部長が入ってくるのが見えた。二日酔いでもしているのか、顔色がよくない。蓑田が席につくと、すぐに小笹が小走りに駆け寄っていった。

げっ、今度は部長に直訴かよ。小笹に原稿を書かせることが、蓑田にばれるのはまずかった。

面倒な話し合いをしなければならないのは必至だった。しようがない。これも仕事のうちだ。それに、的川には腹案があった。

とりあえず、腹に何か入れてこよう。小笹がちらちらと投げかけてくる視線を無視すると、的川は財布をポケットに突っ込んで席を立った。

リカー・カワムラは、今日も客の姿が見当たらなかった。他人事ながら心配になってくる。けばけばしい色使いのポップが場末の店を思わせる。商品棚の間を縫うように智子は店の奥へと進んだ。今日は、アポイントは取っていない。電話で取材を申し込んだら断られそうな気がしたので直接、やってきた。

昨夜メモを書き上げたら二時を回っていた。その後、大吾と電話で今日の取材体制について打ち合わせをした。家にたどり着いたのは五時過ぎ。東の空どころか全天が明るくなっていた。倒れこむようにソファに寝転がってうとうとしたと思ったらアラームが鳴った。各紙の朝刊の見出しをチェックしながらNHKのニュースを見た。その後、もう一眠りしたいと思ったけれど一晩中張っていて、おそらくは何の成果もなかったであろう大吾のことを考えるとそうもいかなかった。

シャワーを浴び、自宅のデスクトップパソコンを立ち上げると、雨宮が持っていた抗がん剤についての基本情報を探した。分かったことをメモにして大吾と松江にメールを送った。そして会社の車両部に電話をかけ、車を一台回してもらったのだった。車中で仮眠を取れたので少し疲れが取れた。

レジカウンターの向こう側で耳にボールペンを挟んだ貧相な男が、スポーツ新聞を広げていた。首に煮しめたような色の手ぬぐいをかけている。河村慶子の連れ合いだと思われた。男は智子に気づくと、一目でそれと分かる営業用の笑みを浮かべた。

「すみません、大日本新聞の麻倉と言いますが、慶子さんはいらっしゃいますでしょうか」

頰《ほお》の奥に笑みが引っ込んだ。金壺眼《かなつぼまなこ》が値踏みをするように智子を見つめた。

「先日、取材でお目にかかったものですが」

「ああ……」

男は首をぐるりと回して、奥に向かって声をかけた。すぐに慶子が姿を現した。智子に目を止めると、細い眉《まゆ》がつり上がった。この間の取材で、彼女を泣かせてしまったことを思えば、当然の反応だった。だが、彼女の迷惑そうなそぶりには気がつかないふりをして「少し話を聞かせてほしい」と頼んだ。

「話すこともないと思うんですが」

挑戦的な口ぶりだった。

「ちょっとだけですから。お店の裏でほんの少し、立ち話でもいいですから」

「だから話すことなんかないわよ」

智子は男に向かって救いを求める視線を投げかけると、卑屈なほど頭を何度も下げた。

困っているんです、なんとかしてください。

この手の男は泣き落としに弱いという気がしたのだが、その予想は当たった。男は視線を泳がせると、「ちょっとぐらいなら、いいじゃないか」としわがれた声で言った。

「でも……」

「こんなに頼んでいるんだし」

慶子は顔をしかめたが、かすかに首を縦に振ると、奥は散らかっているので建物の裏に回ってくれと言った。

店の裏手の壁に沿って黄色いビールケースがいくつも積み上げられていた。風雨にさらしっぱなしにしているようで、埃《ほこり》の膜が表面に分厚くこびりついている。

「一つだけ、追加で伺いたいんです」智子は慶子の気が変わらないうちに用件を切り出した。「お母様、薬を飲まれていましたよね」

何を言い出すのだろうというように、慶子は顔を上げた。藍色《あいいろ》のエプロンで両手をもむようにしている。

「持病がいろいろありましたから……。血圧を下げる薬とか何種類か、飲んでいたとは思いますが、詳しいことは分かりません」

智子は携帯電話を取り出し、昨夜、撮影した錠剤を表示した。

「この薬に見覚えはありませんか」

慶子は小柄な体をさらに縮めるようにして、画面を覗《のぞ》き込んだ。しばらくそれを凝視していたが、ゆっくりと首を横に振った。

「母は一日分ずつ薬を小分けにして、忘れないように飲んでいたんです。私も小分けを手伝ったことがあります。白い錠剤があったような気がするんですが、これかどうかはっきりとは……」

そうかもしれないなと思う。薬なんて素人にはどれもが同じに見えるものだ。カラフルなカプセルなど、特に印象が強いものでない限り、覚えてはいないだろう。大きな期待を持っていたわけではない。それでも、落胆を抑えることはできなかった。智子は携帯電話をバッグにしまった。

「さっきの薬がどうかしたんですか？」

「調べていることがありまして」

平林への疑いについて話そうかどうか迷った。話したほうが誠実な気がした。でも、話せば彼女をさらに傷つけることになるかもしれないと思った。

「あの、何か母の死に不審な点でも？」

慶子の声は、少しかすれていた。それでも、気丈に智子の顔をきっちりと見つめている。

「いえ……」

「だったら、もうこれきりにしてください。これ以上、お話しすることもありませんし、迷惑です」

一気に吐き出すように慶子は言った。彼女にとっては精一杯の抗議なのだと思った。自分は甘いのかもしれない。でも、これ以上は粘れない。

「分かりました。お騒がせして申し訳ありませんでした」

背中をわずかに丸めながら、小走りで去っていく慶子の後姿を見ながら、智子は苦い思いを噛《か》み締めた。

そのとき、携帯電話が鳴り始めた。ディスプレーに大吾の番号が表示されていたので、急いで通話ボタンを押した。

「見つかった！」挨拶《あいさつ》もなしに、大吾が怒鳴った。「平林が診療所に現れた」

がたん、と音を立てて何かが動き始めた気がした。智子は電話を強く握った。

「話は……話は聞けたの？」

「いや、平林はこれから患者のところに行くそうだ。往診が終わる十五時ごろにクリニックで会う約束を取り付けた」

ハイヤーで来てよかった。高速を飛ばせば十分に間に合う。

「分かった。すぐそっちに向かう」

「よろしく！」

大吾の声は力に満ちていた。いよいよ勝負だ。智子は駐車場に向かって駆け出した。

ハイヤーを降りるのと同時にタクシーが目の前に停まった。大吾が巨体をかがめるようにして、這《は》い出してくる。目と目を交わす。

「いよいよだな」

「うん」

「松江には引き続き、患者を当たらせている。念のためにな」

「うん」

「どういう話になるかは分からないが、とにかくやってみよう」

大吾は自分に言い聞かせるように言うと、診療所の建物をぐっとにらみつけた。いつもはふてぶてしいと感じていた横顔が、今日は頼もしく見えた。凛々《りり》しいと言ってもいいほどだ。クリニックのガラス戸越しに、室内の蛍光灯の光が見える。平林はもう到着しているようだ。

「さあ、行きましょう」

智子はガラス戸を押した。入ってすぐのところに、事務所のような部屋があり、平林は奥まったところにあるデスクの前に座っていた。デスクから顔を上げ、軽くうなずくと会議用と思われる古びた丸テーブルにつくよう、二人を促した。

平林はごま塩頭をバリバリと掻《か》いた。鳥類じみた鋭い目つきは、以前会ったときと変わりないけれど、肌の色艶《いろつや》が悪かった。表皮の下に一枚、濁った皮の層が挟み込まれているような、不健康な色をしており、しかも脂じみている。目の下には、墨を含ませた筆でひと撫《な》でしたかのようなクマが浮かんでいた。

「昨夜は申し訳なかった。患者の具合が悪くて、帰れなくなってしまった。あんたの番号が登録されている携帯電話を忘れてしまったから、連絡もできなくてすまない」

「雨宮さんという方と会いました」

智子が言うと平林は「聞いている」というふうにうなずいた。

「で、昨夜、何を我々に話そうとしていたんですか？」

大吾が言うと、平林はふうっと息を吐き出した。智子はさりげなく膝《ひざ》の上でノートを広げた。一言も聞き漏らしたくなかった。一方で、やる気満々の姿勢を見せたら、平林が話しにくくなるのではないかと恐れた。

「私の患者が何人か亡くなったことを調べているんだろう」

「ええ」

もはや隠すことではない。智子は堂々と面を上げて言い放った。

「あんたたちの考えていることはだいたい分かる」平林は目を細めた。「私が昔書いた論文を読んだんだろう。あれは一つの意見を論文としてまとめ、発表しただけだ」

「ですが、取材した患者さんが、こうも立て続けに亡くなると気になります」

「ばかばかしい。はっきり言っておくが、私が彼らが死ぬのを手助けしたと疑っているのならそれは濡《ぬ》れ衣《ぎぬ》だ。世の中には偶然、というものがある。それに三人とも言っちゃあなんだがかなりの年寄りだ。大往生と言ってもいいぐらいの年齢だ。若い人間が三人立て続けに亡くなったら私だって何かおかしいと思うが……」

「それが偶然だったということを、確かめたいと思うわけです。納得できればそれでいいんです」

それまで黙っていた大吾が口を挟んだ。

「岩崎清三さん、梅田春江さん、そして片岡敬さん。三人の方の死因を詳しく教えていただけませんか？　死亡診断書をお書きになったのは、先生ですよね」

平林は大吾をじろりと見ると、「岩崎という人は知らん。あとの二人は心不全」と言った。

「お二人は心臓に持病があったんですか？」

「二人ともいい年だ。心臓に限らず、体のあちこちにガタがきているさ。老衰っていうのはそういうものだからな。とにかく、あんたのところがいろいろ嗅《か》ぎまわるのは迷惑千万だ。取材だからって何でもやっていいものではないだろう。患者やその家族の心に土足で上がりこむような真似《まね》は慎んでもらいたい」

「そういう話をするために、我々を呼び出したんですか」

「行き過ぎた取材をやめろと言いたかったわけだ。営業妨害みたいな真似をされてほうっておくわけにもいかないだろう」

床が小さく鳴り始めた。平林が貧乏ゆすりをしているのだ。大吾は腕組みをして、じっと平林を見つめている。そうすることによって彼の表情やしぐさから浮かび上がる何かを汲《く》み取ろうとしているようだ。

平林の言葉は一応、筋道が通っている。だが、何かすっきりしないものを智子は感じていた。留守番電話に残されていたメッセージを聞いたとき、平林は何かを打ち明けたがっているというかんじがした。こんなふうに、質問をのらりくらりとかわすために、自分を呼びつけたとは思えない。

「雨宮さんが持っていた抗がん剤。あれは何なんですか?」大吾が尋ねた。「昨日、我々と同じ時間に彼を呼んだということは、あの抗がん剤について何か話があったということですよね」

平林の頬《ほお》がぴくりと動いた。だが、それは見間違いだったかもしれない。平林はあくまでも落ち着き払った声で、患者の一人が医師でもないのにネットで個人輸入をしているのを見つけたと言った。

「そのことについても話しておきたかった。使い方を誤れば危険な薬が手に入るという現状をあんたたちに取材してもらいたかったんだ。見当違いのことを嗅《か》ぎまわるより、よほど有意義じゃないかと思ってね」

「ちょっと無理がある説明だと思いますが」

智子が言うと、平林は皮肉っぽく口元をゆがめた。

「では何かね、あんたは、俺があの抗がん剤を患者に飲ませて、死に至らしめたとでも言いたいのか？」

大吾がぐっと体を乗り出したが、平林は乾いた声で笑った。

「まったく話にならん。そういうふうに書きたいなら書けばいい。だが、覚悟しておけよ。名誉毀損で訴えてやる。まあ、要するにそういうことを私は昨夜、言いたかったんだ。急患が出てばたばたしてしまったので、失礼してしまったが」

しらを切っているのか。それとも、本心なのか……。平林の表情からは、どちらとも判断がつきかねた。そのとき平林の机の上に、黒革の鞄《かばん》が置いてあるのに気付いた。智子は昨夜、それが彼の寝室にあったことを思い出した。

「先生、昨夜はどこへ行っていたんですか？　急患っていうのは嘘《うそ》ですね」

「なんでそんなことで嘘をつく必要があるんだ」

「あの往診用の黒い鞄、昨夜先生の自宅にありました。診察に行くのに、鞄を持っていかないなんて、考えられません」

平林の喉仏《のどぼとけ》が、上下に大きく動いた。

「私の寝室に入ったのかね」

「鍵《かぎ》、開いていたじゃないですか。雨宮さんに聞きませんでしたか？　我々のほうが先に到着したんです。携帯電話にかけたら、部屋の中で鳴っていたから、もしかして先生が倒れているんじゃないかと思ったから、念のために寝室ものぞいたんです」

平林は能面のように無表情だった。だが、彼の頭の中で、さまざまな考えが飛び交っているであろうことは予測がついた。もう一息だ。智子は、一気に畳み掛けるつもりで、言った。

「誰に会ったんですか？　昨日の夜」

「診察だ！」うなるように平林が言った。「信じようと信じまいと、あんたの勝手だが、診察だ。いい加減にしてくれないか。あんたらの言うことは、何もかもが言いがかりに聞こえる。新聞記者っていうのは、そういうものなのか。人の周りをこそこそと嗅《か》ぎまわって、肝心のことが見えていない」

「おかしい、と思っているからこうやって食い下がっているんです」

「ふん、ばかばかしい。お引き取り願おう」

平林は立ち上がった。

「逃げる気ですか！」

智子はテーブルを叩《たた》いた。が、そのとき、大吾の手が肩に置かれた。大吾は首を横に振った。やめろ、ということらしかった。

「今日のところは引き上げますよ、先生。だけど、取材は続けますからね。話をしたくなったら、いつでも携帯電話に連絡をください」

大吾はそう言うと、平林に頭を下げた。平林は横を向いたままだ。唇の端がこれでもかというぐらい、下に曲がっている。薄い胸が大きく上下動をしているのが、シャツ越しに分かった。激情をこらえているように見えた。それを見ていると、智子も落ち着いてきた。突きつけてやれる事実をつかんでいない以上、平林が何かを隠しているとしても、彼の口を割らせるのは難しい。

平林が顔をこっちに向けた。

「何かあったら、連絡する。それでいいだろう」

意外な思いで、智子はその言葉を聞いた。やはり、彼は何かを知っている。もはやそれは確信に近い思いになっていた。もう一押しだと思ったが、大吾に手首をつかまれた。ここは引き下がろう、ということのようだった。確かにそうかもしれない。平林は絶対に口を割るまいと決めている。何か新たな材料を持ってこないと、話は平行線で終わるだろう。

「よろしくお願いします」

大吾が穏やかに言い、智子も頭を下げた。

「とりあえず、社まで戻るでしょう?」

「そうだな」

「じゃあ、社までお願いします」

運転手に告げるとハイヤーは静かに滑り出した。大吾は窓の外に目を向けている。道の両脇に並ぶのは、ファミリーレストランやガソリンスタンドなどありふれた建物ばかりで、見るべきものなど何もないのに、まるで何かを探しているかのように、外を見つめ続ける。

「絶対何かあるよな。というか、昨夜何があったのか気になる。死者は出ていないよな」

つぶやくように大吾が言う。

「そういうことは聞いていないけど……」

「どうするかな、これから。そういえば取材はどうだった?」

智子は河村慶子に話を聞いたときの様子を大吾に説明した。大吾は窓の外に目を向けたまま、しばらく考え込んでいた。いつの間にか車は首都高速に乗っていた。渋滞がすでに始まっており、はるか先まで車の列が続いている。

「松江が今、患者の自宅に行って、薬を見せてもらっている。あの抗がん剤が見つかれば、その事実をやつに突きつけてやればいいんだが」

「平林が私たちの動きに気づいて、薬を処分させたって可能性もあるよね」

「その場合、平林から患者のところに連絡がいっているはずだろう。松江があたってくれているから、後で報告を聞こう」

「片岡さんと岩崎さんの遺族にも、松江が当たっているんだっけ」

「あまり期待はできないけどな。おそらく河村さんと同じような反応じゃないかな」

次の一手を考えるべき時が来ているのかもしれない。だけど、何をどうやって取材すればいい？　考えるんだ、何かいい手を考えるんだ。

だが、アイデアが一つも湧《わ》いてこなかった。

自分の中に蓄積してきた論理だとか、理屈だとかが通用しない世界に自分は足を踏み入れている。足元がぐらつくような心もとなさを感じる。それでも考えるしかなかった。

智子は今朝から固形物を何一つ口にしていないことを思い出した。食欲はなかったが、何か食べなければ体力が持たないだろう。今日、決着がつかないとすると明日以降もストレスに押しつぶされそうな日が続くということだ。

「社に上がる前に、どこかで軽く食事をしていこうか」

賛成とも反対ともつかない短い返事が返ってきた。大吾は携帯電話の画面に集中していた。太い指でボタンを操作している姿は、小さな鞠《まり》をもてあそんでいる熊《くま》のようで、どことなく滑稽《こっけい》なかんじがする。

ようやくメールを打ち終わり、電話を二つ折りにして胸ポケットに入れた大吾に、「松江に連絡？」と聞くと首をすくめ、大きな眼をしばたたいた。

「悪い。ちょっと、娘にな」

結婚が早かった大吾は、今年小学二年生になる娘がいる。彼の席には、透明な樹脂カバーとデスクの間に、裏返しにした娘の写真が挟んであり、それをたまにひっくり返していることを智子は知っていた。

「親バカっぽいところを見られちまったなあ」と、大吾は決まり悪そうに笑った。「この間の休み、授業参観に行ってやれなかったら、へそを曲げられちゃってちょっと大変なんだよ」

「今日も朝帰りだったし」

「そうそう。女房と一緒になって、目を三角にしてやがんの」

ふっと笑いがこみ上げてきた。

「メールを出すぐらい、別にいいんじゃないの。気になって当然だよ」智子は心から言った。「どうせ待ち受け画面、娘さんの写真なんでしょ。ちょっと見せてよ」

大吾が照れくさそうに携帯電話を開いた。大吾とよく似た目の大きな少女がピースサインをしていた。

「結構、可愛いじゃないの」

「だろ」まんざらでもなさそうに、鼻の穴を膨らませていた大吾はふと真顔になった。

「そういや、麻倉さんは結婚しないの？」

「そういうこと聞く？　セクハラだよ」

大吾は腕を組んで首を傾けた。

「同僚として当然の会話だったと思うけどなあ。ナンなら紹介しようか？　大学の時、ラグビー部で一緒だったやつとか。やっぱり人間、家庭を持って一人前ってところがあるだろう。結婚すると世界観が変わるっていうか。そういうのも結構、この仕事をするうえでは役に立つような気がするんだけどなあ」

いよいよセクハラだ。でも、それをこの体育会男に理解させることは、取材よりも難しそうだ。とりあえず怒っておくことにした。

「余計なお世話ですっ。だいたいあなたの友達と私が合うわけないでしょうが」

大吾の友達なら思考回路もきっと似たようなものだ。無神経で猪突《ちょとつ》猛進。どうせ見てくれもたいしたことないだろう。

だが、智子はふと思った。今の自分も同じようなものではないか。平林が何をしたのか、あるいは何をしなかったのか。それを知りたいという思いに突き動かされ、ほかのことは頭から抜け落ちている。

でも……。智子は足元を見た。今日も動き回ることを覚悟して、かかとが太い不細工な靴を履いている。毎日こんな格好で歩くのはいかがなものか。あんまり素敵ではないと思う。それは分かっている。でも、好きな服を着ていても、こういう充実した気分を味わえなかったら意味がないような気もした。まあ、こんな靴を履かなければならない取材が三百六十五日続くわけではないから、あのリボンつきのピンヒールの出番もそのうちあるだろう。

前方に神田橋のインターチェンジの標識が見えてきた。社はもう近い。

「西口商店街の蕎麦屋《そば》に行こうか。商店街の入り口までお願いします」

智子は運転手に告げた。


夕方のデスク会を控えているせいか、社会部のスペースはあわただしく人が行き来していた。大吾は早速、夜番デスクの森下のそばに行った。原稿の集まり具合を確認しているのだろう。

席につくなり智子は蓑田に呼ばれた。何の用事かといぶかしみながら部長席に向かった。

「どうだ、調子は？　温泉でリフレッシュしてきたんだろ」

うっ。温泉旅館に泊まったのがばれている。でも、ちんけなビジネスホテルというか、旅館しかないところなのだから、しようがないだろう。

「す、すみません……」

蓑田が怒っている様子はなかった。むしろ上機嫌の部類に入るだろう。眼鏡の奥の細い目が珍しく柔和だ。

「いいって。それぐらいは役得だ。今度もアンカーやるんだろう？　期待しているよ」

「いえ……」智子は昨夜の松江の注進を思い出した。せっかく部長が声をかけてくれたのだ。企画のアンカーの件についてはここではっきりさせておいたほうがいい。

「今回はアンカー、小笹さんでいくはずです。私はちょっと原島記者と一緒にかかりっきりになっている取材があるもので。まだ報告できる段階ではないんですけど、そのうちびしっと行きますよ」

小さくガッツポーズをしてみせる。喜んでくれるとまでは思っていなかったけれど、少なくとも興味は示してくれると思っていた。だが、蓑田の反応はまるっきり逆だった。組んでいた脚を下ろすと、真顔になった。

「ええ、まだ的川君から聞いていないのか？　今回も君には全面的に頑張ってもらうよ。前回はあんな残念なことになったけど、今回はこっちも心してフォローするから」

「それ、へんですねえ。的川さんは、私はメモ出しだけやればいいと言っていましたけど。後で確認しておきますが、今回は小笹さんに頑張ってもらいたいです」

蓑田が口元を歪《ゆが》めた。また一言多かっただろうか。そのとき松江の姿が視界の隅に入った。取材先から帰還したようだ。すぐに報告を聞きたかった。蓑田の険しい表情が気にならないでもなかったが、大吾が立ち上がって手招きをしている。

「じゃ、私は打ち合わせがありますんで」

智子は蓑田に会釈をすると、飛ぶように自分の席に戻った。

颯爽《さっそう》ときびすを返して立ち去っていく麻倉智子の後姿を見ながら、蓑田はこみ上げてくる怒りを抑えるために、こぶしを強く握った。部屋を見渡したが、的川の姿は見当たらない。

的川のやつは、何を考えているんだ！　小笹から話を聞いた後、的川を呼びつけて麻倉には企画に専念するようにすぐに言えと言った。それを無視したらしい。今朝、川崎局次長の部屋を訪れた際、今回は麻倉智子を万全の体制でバックアップできているのだろうなと念を押された。的川だってそうするしかないことは、分かっているだろうに。あの男は部長ポストが欲しくないのか。そんなことはないはずだ。あの夜、彼の目は物欲しげに光っていた。

どんな手を使ってでも的川に言うことを聞かせなければならない。あの馬鹿がどうなろうと知ったことではないが、川崎局次長の意向に背《そむ》いて自分の立場を危うくすることだけは避けたかった。

経済部長の輪島の顔が脳裏に浮かんだ。あいつの風下になど絶対に立てるものか。あいつを蹴落《けお》とすためだったら、なんだってやる。

蓑田の脳裏に三十年近く前の輪島の顔が浮かび上がった。あの頃から気障《きざ》ったらしい嫌味なやつだった。

蓑田が入社したのは大日本新聞が毎朝新聞をはじめとする主要紙から、鼻も引っ掛けられない時代のことだ。新人研修の一環として輪島ら二十人ほどの同期とともに熱海の温泉宿に連れて行かれた。先輩記者の自慢話じみた説教と蓑田にとっては苦痛でしかない宴会がお開きになった後、部屋に戻って同室者たちとだらだらと話をしていた。

部屋に据え付けのビールを意地汚く飲みながら輪島は言い放った。

「新聞社だって会社だからねえ。一握りの幹部とその他大勢で構成されている。幹部になれるのは同期で一人かせいぜい二人ってところだね」

輪島の目は充血しており顔も真っ赤だった。すでに酒がかなり入っているようだった。だが、だからこそ本心を明かしているとも言えた。すっかりぬるくなったお茶をすすりながら、何気ないふりをして蓑田は輪島の言葉に耳を傾けた。輪島は周囲に一目置かれているようなところがあった。他の新聞社やＮＨＫの入社試験にも通ったのに、あえて大日本新聞に来たという噂《うわさ》だった。大手の試験に軒並み落ち、大日本しか引き取り手がなかった蓑田は彼に対してひそかに尊敬の念を抱いていた。輪島は髪形や服装も洗練されており、いかにもエリートという雰囲気だった。自分も給料が入ったら、輪島のような背広を買おうと思っていた。

「おいおい、嫌なことを言うなよ。仲良く行こうぜ、同期なんだから」

同室者の一人が苦笑いを浮かべながら言ったが、輪島は冷ややかな目つきを返した。

「友達を作るために会社に入ったわけ？　同期はライバルってことでしょうが。まあ、勝負は初めから決まっているようなものだけどね」

山形出身の男が、ずり落ちそうになる眼鏡の位置をしきりと気にしながら、のんびりと尋ねた。

「そりゃまた気の早い話だ。地方支局勤務の間にある程度、差は出るだろうけど、今はみんな同じスタートラインに立ってるだろ」

「そんなことないよ。支局にしたって過疎地で何にもないようなところと、首都圏に近いところとでステイタスは違うでしょ。僕は当然、横浜支局だけど。で、三年後には経済部に行こうと思ってる」

ほう、というように何人かがうなずいた。だが、蓑田は胸がむかむかしていた。蓑田が配属されるのは福島支局だった。

「これから日本で一番伸びるのは経済だろ。経済部はウチの社では弱小部かもしれないが、必ずこれから重要視される部になる。経済部で実績を上げていけば、役員の席はおのずと転がり込んでくる。図体がバカでかい社会部で上を目指すよりよほど確実だ。新聞社だって会社には違いないんだから、幹部にならなけりゃ意味なんてないね。さっきの研修で新聞記者は弱者の味方であるべきだ、自分は生涯一記者で頑張るとか言っていた社会部の人がいただろ? バカだよなあ。組織ってものが見えていない。三十年後には、子会社かどこかに飛ばされて寂しい人生を送っているだろうな」

蓑田はついに黙っていられなくなった。自分が生涯をかけようと思っている仕事が、輪島によって汚されていく気がしたのだ。

「それはちょっと違うんじゃないかな。権力者の不正を暴いて弱者を助けられるのが、この仕事の素晴らしさなんじゃないだろうか」

その場にいた何人かが、同意を示すように力強くうなずいたことに気をよくして、蓑田は続けた。

「地位やポストなんていうのは、記者としての仕事ぶりについてくるものだと思う。それよりも自分が興味があることを取材できるほうが、僕はありがたいけどね」

輪島の顔が歪んだ。口元は笑っているのに、目は蛇のように冷たく蓑田を見据えていた。

蓑田は切れ者に無謀にも挑みかかってしまった自分を悔いたが遅かった。輪島の口から飛び出してきた言葉は、蓑田の体を貫いた。

「田舎の人はやっぱり分かってないね。君、全体像が全く見えていないでしょう」輪島は蓑田に向かって人差し指を突き出した。「いいかい、権力者の不正と戦うにも地位やポストが必要なんだよ。末端の記者がぎゃあぎゃあ騒いだって、幹部がその気にならなければ記事なんて掲載されるものか。世の中、そういう仕組みになっているだろう。何かを変えたいと思ったら、変える権限がある地位やポストにつかないといけない。それを僕は目指すべきだと言っているんだ。きれいごとを並べて正義の味方ごっこをするのは楽しいかもしれないけどね。僕に言わせるとあまりにも子供じみている」

その場が静まり返った。誰もが、輪島の言葉に一理あると思ったのだと思う。だが、それにもろ手を挙げて賛成するものもいなかった。なにしろ、みな二十代の前半で、社会の荒波に放り出されたばかりの若者ばかりだ。理想や夢というものがもろいものであることをぼんやりと意識はしていても、それを自明の理として受け入れるには若すぎた。

「そういえば、蓑田、お前は福島支局だっけ」手酌でグラスにビールを注ぎ足すと輪島は薄く笑った。「まあ、頑張ってな」

それから自分がどうしたのか、蓑田は覚えていない。席を立って部屋を出たような気もする。その場で黙ってうつむいていた気もする。いずれにしても反論できなかったのは確かだった。

あれから三十年以上が過ぎたのだ。田舎から出てきた正義感あふれる青年は、社内の根回しに明け暮れるオヤジになった。

だが、少なくとも自分は精一杯、記者として働いた。生来の押しの弱さは勉強して蓄えた知識でカバーして、堅実に実績を上げてきた。新聞協会賞にノミネートされるような派手な特ダネこそなかったが、その時々できっちりと仕事をしてきた。

そして……。

蓑田は椅子に座りなおすと胸を張った。

自分は記者として評価されたから部長ポストを手に入れることができたのだ。局次長のポストも自分のような人間に与えられるべきだった。輪島のように手下の手柄を横取りしたり、ライバル記者の揚げ足を取ったりしながら、のし上がっていった人間など新聞社の中枢におくべきではない。だいたいあの男は仕事に対する愛がない。

どんな手を使ってでも、輪島を蹴落とさなければならない。その手というのが、あの麻倉智子を使うことというのが、ちょっと釈然としないのだが……。でもまあ、川崎局次長の意向なのだから仕方がない。

蓑田は、空席になっている的川の椅子を、苛々《いらいら》と睨《にら》みつけた。

予想していた通りではあった。だが、松江の報告を聞いて智子は気落ちを隠すことができなかった。患者や遺族の側からめぼしい情報は出てこなかった。松江の取材のやりかたが悪いとも思えなかった。

「平林の周辺で当たってみるべき人ってほかにいるかしら。平林のところを辞めた医療事務の女性にもう一度会ってみる手はあるけど」

「俺はあの雨宮とかいうおっさんが気になるな。平林から何かを聞いているかもしれない。自宅は大学の職員録かなんかを見れば分かるだろう。今夜行ってみようかな」

それぐらいしかないのか。

「また誰か亡くなるってことはないよね」

智子が言うと大吾はそっぽを向いた。彼の胸の中にも、同じような不安が渦を巻いているに違いない。だが、今の段階で騒ぎ立てることはできなかった。

「麻倉さんは、平林にもう一度当たってみてくれるか」と言うと、大吾は目を伏せるように「俺の失敗かもしれない」と言った。「平林は麻倉さんの携帯にかけてきたときには、何かを話したがっていたわけだろう。俺がいなければ、二人っきりだったら、こそっと話してくれたかもしれない」

「そんな……」

「いや、そういうもんだろう。俺の中に、あいつがやったんだろうっていう思い込みがあった。だから、一気にカタをつけたかった。だけど、冷静に考えてみると、もう一つ可能性があるんだ」

松江が固唾《かたず》を飲んで大吾を見つめていた。智子はペンを指先でもてあそんだ。こんな自信のない大吾を見るのは初めてだった。大吾らしくない。傲慢《ごうまん》なほど胸を張っていてくれなければ、頼りがいもないというものではないか。

大吾は弱々しく吐息をもらすと、「垂れ込み」とつぶやいた。

ああそうか。その可能性はある。

これまで自分たちは平林が老人たちの死にかかわっていたのではないか、という予測のもとに動いてきた。取材を始める発端が、平林の過去を記した雑誌の記事だったからだ。しかし、それはあくまでも予測に過ぎなかった。もし、平林が何かを知っていて、それを極秘裏に自分に伝えようと思っていたとしたら……。大吾というかにも押し出しの強そうな記者を連れて行ったことは、逆効果だった。

「終わったことを悔やんでもしかたないよ。とりあえず、平林の家に行ってみる」

「頼む」と片手拝みをしながら、大吾が言った。「松江は、今夜は早く帰れ。動きがあれば、呼び出すから。お前、ここのところ出ずっぱりだろう？　それに明日は確か泊まりだったよな。無理しないほうがいい」

松江がむっとしたように口を尖《とが》らせた。

「僕はこう見えても、大学のとき、体育会だったんです。卓球部ですけど、練習はそりゃあもう、ハードだったんです。だから体力はあるんです。それに、今日、一生懸命取材をしたんですよ。岩崎さんの遺族なんて、すっごくかんじが悪かったんですけれど、粘って話を聞きました」

大吾がうんざりしたように「逆三角形」と怒鳴ると、松江は椅子の上で小さく跳ねた。

「あの、僕も取材に出ます。もう一人、患者の遺族の住所を聞いてあるんで、アポを取ってそこに行ってみます」

「了解。一般の人だろ？　相手の迷惑にならない時間までに行けよ」

大吾が自分を励ますように、手を叩いた。それが打ち合わせ終了の合図だった。


部に戻ると、的川に呼び止められた。

「ちょっと社食で茶でも飲もう」

「私、夜回りに出るんですけど」

「いや、こっちの用件のほうが優先だ。先に行ってるぞ」

的川は智子の返事を待たずに、サンダルを引きずるように歩き始めた。すぐに何の用かは思い当たった。企画のアンカーの件だ。こんなときに、そんなくだらない話を聞かされたくない。無視をして、出かけてしまおうと思い、自分の席から鞄を取ってきた。すると、デスク席に座っている村沢が声をかけてきた。

「的川さんの言うとおりにしたほうがいいよ。面倒なことになるから」

のんびりとした口調だったが、思いがけず真剣な声音《こわね》だったことから、智子は村沢の横顔を見つめた。村沢はキーボードを叩き、記者の原稿を要領よく手直ししていく。

「どういうことですか？」

「とりあえず行ってきなよ。でないと後悔すると思うよ」

村沢は手直しを終えた原稿を出力して、「宮内庁クラブにファクス！」とアルバイトに声をかけた。そして即座に次の原稿のファイルを開いた。これ以上、自分と話をする気がないのだと分かった。少し迷ったが、村沢の言葉は気になった。彼は、まだ自分がこの部になじんでいない頃から、何かと気にかけてくれていた。

社員食堂のもっとも奥まったところにある喫煙席で、的川は紙コップ入りのコーヒーを飲みながら煙草《たばこ》を吸っていた。ああもう。どこまで自分勝手なんだ。嫌煙権について講釈したかったが、今はそんな場合ではなかった。

「少々面倒なことになってな」

的川は半分ほど吸った煙草をアルミの灰皿に押し付けた。

「企画のことですか。でも、私、今回はアンカーをやっている余裕、ないんです。今日明日の予定だって立たないんです」

「分かってるよ、そんなことは。大吾も、お前はよくやっていると言っている。だが……。小笹が文句をつけてきてな。あいつに原稿を書かせて、お前の名前で原稿を出そうと思っていたんだが、あてが外れちまった」

智子は、首を傾《かし》げざるをえなかった。と同時にある考えが浮かんだ。心臓を粗い布で撫でられたような思いがした。口に出すべきか、出さざるべきか。迷うところだったけれど、すっきりしない思いを抱えていては、今夜の取材にも影響が出てしまう恐れがある。智子は思い切って口に出してみた。

「私のこと、この部から追い出したいんですか？」

「はあ？　お前、何言ってるんだ？」

「的川さんとか、原島君とか社会部プロパーの人って、私のこと嫌いでしょう？　ダメ記者って言われているし。だから、私を企画で目立たせて、次の人事異動でほかの部から引き合いがくるようにしたいんじゃないんですか。そういう話、ちょっと聞いたことありまず」

口に出してみると、ダメ記者というのはなんだか楽しい響きの言葉だった。そう言われるたびにカリカリしていたけれど、実際にダメ記者だったんだからしようがない。

的川は苦笑いを浮かべながら、きっぱりと言った。

「違う、それは違う。少なくとも、俺と大吾は今のお前を買っている。見直したと言ってもいい。はっきり言って、この部に来たばかりのときには、頭でっかちなお嬢さんには、一刻も早くお引き取りを願おうと思っていた。だけど、今は違う。平林の件が、どういう結果になるのか分からないけれど、最後まできっちりやってほしいと思っている。そのために、アンカーを小笹に振ろうと思ったんだ」

本当にそんなふうに思っているのだろうか。疑う気持ちは残っていたけれど、もしそういうふうに考えてくれているのだったら嬉《うれ》しい。

「でも、小笹さんの立場がそれじゃあ。それに私、ヘンなふうに特別扱いされるのは嫌です。能力があっての特別扱いならいいんですけど。経済部にいたときはそうでしたが、この部では私、やっぱりまだダメですから」

「能力ねえ」的川がくしゃみを我慢するような顔をした。「まあとりあえず、小笹には後で借りを返せばいいと思ったんだ。あいつとお前は折り合いが悪いのか?」

「さあ」

「さあって、お前……」

「小笹さんを名実ともにアンカーにすればいいじゃないですか。私は全く異存ないです」

これで話は終わったと考えたのだが的川は難しい顔をして、煙草に火をつけた。

「それが、そうもいかなくてな。ちょっと話せないんだが……。アンカーはあくまで名前はお前にしないといけないんだ」

「そんな無理は通らないでしょう」

「らしいな。蓑田さんにもそう言われた」煙を大きく吐き出すと、的川は「出張のメモ、とりあえず俺にくれないか?」と言った。

「えっ、でも原稿は小笹さんが書くんじゃあ……」

「いや、俺が書く」

智子は思わずその場でのけぞった。デスクが原稿を書くなんて。大事件が起きたとき、過去の事例などを交え、解説的な記事を書くことがないわけではない。しかし、一記者が書くべき原稿をデスクが肩代わりするなど、聞いたことがなかった。

「取材は若いもんに指示してやらせて、俺がまとめる。だが、あくまでお前が書いたものとして上にあげる。若いもんからお前のところにメモが来るだろうから、それは全部、俺のところに転送してくれ。あくまで内密にな。で、出来上がった原稿をお前の端末に送信してやるから、それを出稿してくれ」

「ちょっと待ってくださいよ」そんな提案に、即座にうなずけるものではなかった。「ばれたらまずくないですか？　小笹さんをアンカーにすればすむ話のように思えるんですが」

的川の鼻の穴が大きく膨らんだかと思うと、雷が落ちた。

「だから、事情があるって言っているんだろうが！　お前は、思う存分やりたい取材ができる。俺は、面倒を避けられる。いろいろ考えたんだが、これが一番いい方法なんだよ」

やっぱり、原始人だ。旧石器時代の人間だ。怒鳴って言うことを聞かせようとするのはパワハラだ。

「文句があるっていうなら、お前を大吾のチームからはずすぞ」

そうくると思っていた。結局、この人はまともな話し合いができる相手ではない。見直しかけて損をした。でも今、平林の取材を降りたくはなかった。とはいっても悔しいので、せめて一発、この石頭にお見舞いしてやろうと思った。智子は、にやっと笑った。

「分かりました。小笹さんに気づかれないように、注意してくださいよ。的川さん、脇が甘いところがあるから」

的川の顔が赤くなった。雷が再び落ちてくる前に智子は退散した。


平林は自宅にいた。迷惑顔でドアを半分ほど開けた彼に向かって、智子はもう一度話を聞きたいと告げた。

「私がいろいろと調べまわっていたことが、不快でしたら謝ります。でも、どうしても気になるんです。先日いただいた電話で、先生は何か話したいことがあるような印象を受けました」

「昼間、言ったことがすべてなんだがね。疲れているんだ。休ませてくれないか」

閉じかけられたドアに手をかけると智子は強引に肩を割り込ませた。とっさに出た行動だった。自分にこんな荒っぽい真似ができるとは思っていなかった。

平林の舌打ちを軽く聞き流し、もう一度頼む。

「今日、私がここに来ることは、原島には言っていません。私の独断で参りました」

平林の表情がかすかに動いた。話す気があるのかもしれないという手ごたえを智子は確かにつかんだ。

「オフレコでということなら、それでもかまいませんから。記事、書くときに工夫して先生に迷惑をかけないようにしますから。なんとかお願いします」

何度も頭を下げた。卑屈に見えてもかまわないと思った。平林が腹を割って話してくれるというなら、土下座をしたってかまわない。

お願い、話して。私に話して。

そんな強い気持ちが通じたのか、平林は低い声で入るようにと言った。第一関門突破だ。飛び上がりたくなる気持ちを抑えて、靴を脱いだ。

ダイニングテーブルで向かい合うと、智子の気持ちは急速に冷えていった。平林は唇を引き結び、細い目を鋭く光らせているばかりだ。なんといって話を切り出せばいいのか、智子は自分の経験不足を思い知らずにはいられなかった。ノートを取り出そうと鞄に手を伸ばしたが、すぐに思い直した。再び平林と向き合う。彫像のような冷え冷えとしたまなざしを注いでくる。こっちの腹の中を見透かそうとしているようだ。

「教えてください、何があったのかを。私は知りたいんです」

平林は目をすぼめた。自分の感情を読み取らせないために、そうしているのではないかと智子には思えた。

「昼間、話したことがすべてとしか言いようがないんだがね」

「先生は、話をしたら自分が危険な立場に追い込まれると考えているのではないですか？だとしたら、その心配は杞憂《きゆう》です。私は先生から聞いた話だとは誰にも言いません。確認作業は必ずしますし、その際に、先生の名前を出すことはありません。取材源の秘匿、というルールを私は守ります」

平林の表情に動きはなかった。自分が見当はずれのことを話しているのではないかという思いはぬぐえなかったが、智子は続けた。

「垂れ込みっていうと、なんかいやらしいことのように思えるかもしれません。でも、黙って頬かむりをしてしまうよりよっぽど前向きだと思います。恥ずかしいことじゃないです」

粘りつくような吐息をもらすと、平林は言った。

「何が言いたいんだね」

「亡くなった方々が、あの抗がん剤を服用していたのではないか、と先生は考えているんじゃありませんか？　あるいは、あの錠剤を患者さんの自宅で見つけた。友人の雨宮さんに、錠剤の分析を頼んだのはそのためではないかと私は思っています。そのことを私に話そうと思ったのではないですか？　そう考えると、いろんなことがすっきりするんです」

一気にそれだけのことを言うと、智子は平林の表情を注意深く観察した。

ふいに平林が相好《そうごう》を崩した。目じりに深い皺《しわ》を刻み、喉の奥でくつくつと笑い始めた。

「よくまあ、そんなシナリオを考えたものだ。あんた、記者なんかやるより、小説でも書いたほうがいいんじゃないか？」

「突拍子もない話だと、私も思います。証拠だってありません。それでも気になるんです。なぜなら私の考えたとおりだとしたらあの錠剤を患者に渡したのは先生ではない別の誰かだということになります。そして、今夜、誰かがそれを飲むかもしれない。何があったのかを知って、記事を書きたい気持ちはあります。でも、それ以上に、私は怖いんです。私の追及が甘かったせいで、誰かが死ぬことになるかもしれないと思うと」

平林が笑みを引っ込めた。

「うぬぼれるのもいい加減にしろ」

「でも……」

「マスコミってやつは、そういうもんなのかね。ペンは剣よりも強し、とかいうけれど、私には全く理解できないね。何かをあんたが書いたら、それで世の中が変わるのか？　そんなことはないだろう。誰かを袋叩きにして、世間の喝采《かっさい》を浴びていい気になっているだけじゃないか、くだらない」

「そんなことはありません」

「寝ている間に亡くなったお年寄りが何人もいた。その事実を前に、私だったらどうしたらそういうお年寄りを減らせるかを考えて記事を書くね。社会正義っていうのはそういうものだろう。ところがあんたは妙なストーリーを自分の頭の中で組み立てて騒ぎ立てようとしている」

智子は唇をなめた。平林の声がなんとなく上ずっているかんじがしたのだ。目も落ち着きなく動いている。嘘を言っている？　あるいは本心ではないことを？　だが、平林がたった今口にした言葉に矛盾があるとは思えなかった。秋本がよく口にしているお題目と同じだ。

「さあ、もう話すことはない。今度こそ引き取ってもらおうか」

もう少し粘ろうかと思った。だが平林は一歩も引く気はないと言いたげに鋭い目をさらに細めている。

「また来ますから」

平林の返事を待たずに智子は立ち上がった。

エレベーターで階下に下りると、湿った夜風が体にまとわりついた。たちまち全身に汗が滲《にじ》み出す。少し離れた位置に停まっていたハイヤーの運転手が、智子の姿を見つけ、静かなエンジン音を上げながら近づいてきた。

智子は今しがた出てきた建物を振り仰いだ。平林の部屋の窓に、明かりがともっている。白っぽいカーテンの向こうに彼はいる。彼は何かを知っているはずだ。でも彼の口を割らせるには何か新たな材料が必要だ。運転手が車から降り、腰をかがめてすばやく後部座席のドアを開けてくれた。

「すみません……」

頭を下げて車に乗り込みながら、智子は次の一手について考えをめぐらせ始めた。

16

的川康弘は自分の机で企画の原稿の最後の一行を仕上げた。原稿を書くのが久しぶりだったせいか予想外に時間がかかってしまった。二時間ほど集中して端末に向かったせいか、肩がひどく張っていた。ツボと思われるところを親指で強く押すと、オッサンくさい声が漏れた。一応、周囲を見回した。森下はデスク席で夕刊の原稿と格闘しているし、村沢はぼうっとテレビを見ている。蓑田の姿はなかった。この分なら、自分が原稿を書いていたことは誰にも知られていないだろう。原稿ファイルをいったん閉じた。それを電子メールに添付して麻倉智子に送信した。この原稿を彼女が自分の端末からデスク端末へと送信してくれれば、それで事なきを得る。パソコンの蓋《ふた》を閉じたとき、アルバイトが的川の名を呼んだ。内線電話がかかってきたようだ。

「的川君か」蓑田の声は苛立《いらだ》っていた。「局長室に来てくれ。今すぐにだ」

電話は叩《たた》き切られた。的川は嫌な予感を覚えながら、舌打ちをした。企画の件でまた何かあったのだろうか。麻倉智子が書くべき原稿を自分が書いていることが、ばれたはずはなかった。だが、何かがあったのだ。面倒なことでなければいいのだが。

ソファから戻ってきていた村沢が、隣の席で大きく伸びをした。

「蓑田さん、何を怒っているんですか？」

受話器から漏れた声を聞きつけたようだ。

「知らん。局長室に呼び出されちまった」

村沢はふふんと鼻で笑った。

「また麻倉がらみじゃないですか。あいつのことは蓑田さんに一任したほうがいいですよ。やっかいな問題をいろいろ抱えている子ですからね」

的川は言葉につまった。もしかして、村沢は自分が書いていた原稿がなんであるか、覗《のぞ》き見をして知ったのだろうか。村沢は得体の知れないところがある。蓑田に告げ口をするとまでは思わないが、警戒は必要だった。

「まあ、あいつも最近、やる気を見せはじめたからな。それなりに面倒みてやろうかと思っているんだ」

「やる気ねえ。でも人には向き不向きってもんがありますよ。新人なら鍛えればなんとかなるかもしれないけれど、麻倉の年ではね」

「そうかもしれない。でも、せっかくだしよ」

自分が言い訳じみたことを言っているのに気付き、的川は嫌な気分になった。だいたい村沢は何が言いたいんだ。

村沢はすました顔で出口を指差した。

「的川さん、早く行かないと。部長が待ってますよ」

「おっ、そうだった」


局長室をノックすると川崎局次長の声が「入れ」と告げた。嫌な予感がする。回れ右をしたかったが、そうもいかない。おそるおそるドアを開けると、ソファセットに座っている三人がいっせいに的川に視線を注いだ。

「まあ、座りたまえ」

編集局長の宮野が細い体に似合わぬドスの聞いた声で言った。政治部あがりのやり手だ。川崎局次長も彼の前ではふんぞり返るわけにいかないようで、ソファに浅く腰をかけていたが、顔には不愉快極まりないといった表情が浮かんでいる。二人と向かい合うように座っている蓑田は気の毒になるぐらい体を縮めていた。

蓑田の隣に腰を下ろすと、宮野が白い封筒を投げ出すようにテーブルに置いた。

「今朝、こんなものが俺宛《あて》に送られてきた。読んでみてくれ」

封筒を手に取る。宛名は大日本新聞編集局長殿となっていた。的川は言われたとおりにワープロ書きの紙を取り出して読み始めた。麻倉智子という名が目に飛び込んできた。読み進めるうちに的川は頭を抱えたくなった。手紙は麻倉智子の行き過ぎた取材を告発するものだった。差出人の名前は書かれていないが、取材を受けた遺族のうちの誰かだと思われた。麻倉智子を放置するなら、この文書を週刊誌に送りつけて大日本新聞の姿勢を検証してもらうからそのつもりで、と結ばれてある。

「いったいどういう指導をしているんだ、君は!」

川崎局次長がたまりかねたように怒鳴った。

「遺族の家に押しかけて、亡くなった親が自殺したんじゃないかと聞くなんて、常軌を逸しているだろう。事件でもないのに」

「いや……」

説明をしかけたが的川は口をつぐんだ。平林に抱いている嫌疑については、蓑田に詳しくは話をしていなかった。まだ確信が持てずにいたからだ。それをここで口にしたら蓑田の顔に泥を塗ることになる。弱ったな、どうごまかすか……。こういうとき、的川は自分の要領の悪さが恨めしくなる。

「的川君、彼女は介護の企画班に入っているよな。これは企画の取材なのか?」

宮野が尋ねた。これには、答えを返さざるを得ない。冷や汗が的川の背中を流れ落ちた。

「企画とは別口でして……。麻倉は今、ある事件を追っているんです。まだ煮詰まっていないので部長には報告していないんですが」

蓑田の目が三角形になった。

「聞いていないぞ! なんで麻倉がそんなことをやっているんだ。僕は君に麻倉を企画に集中させるように指示したよな」

蓑田は派手に唾《つば》を飛ばしながら言うと川崎の顔をちらっと見た。川崎は無表情を装いながら蓑田の狼狽《ろうばい》が本物かどうかを確かめるように目を細めている。

的川の心の中で何かがはじけた。こいつらと同じ種類の人間に、自分はなりたくない。大きく息を吸い込むと、川崎をにらみ据えた。こんなヤツ、どう考えても自分の性に合わない。視線を蓑田に移す。こんなことぐらいでうろたえやがって、ただの我儘《わがまま》な白ブタじゃないか。いつも靴をテラテラと光らせやがって。俺たちは銀行員や商社マンじゃないんだぞ。

的川は太ももに両手を置き、腹に力をこめた。

「取材態度に多少、問題があったかもしれません。その点はよく指導しておきます。ですが、俺はあいつにこのまま取材を続けさせますよ。医師の不正がらみの話でうまくいけば特ダネだ。そんな手紙、ほうっておけばいいじゃないですか。落ち度は詫《わ》びるとしても、取材すること自体は間違っちゃいないんだ。この程度のことでオタオタするなんて、いつから我が社はそんな腰の引けた会社になったんですか」

「的川君っ！　麻倉はだな……」

蓑田の裏返った声が、的川の気持ちをいっそう奮い立たせた。

「MBAですか。少なくともウチの部では全く役に立っていないですね。記者は記者。あいつははっきり言ってダメです。でも、今はやる気を見せている。自分の殻を破ろうとしている。そういうときに上がケツを持ってやらないでどうするんですか」

何年かぶりに味わう爽快《そうかい》な気分だった。興奮しているけれど、頭の中はすっきりとしている。自分の言葉にも態度にも一点の曇りもない。的川は胸を張った。こうでなくちゃな。こうでなくちゃ、記者を怒鳴り散らす資格はない。

川崎が顔を真っ赤にして体を震わせている。蓑田は川崎を横目でうかがいながら泣き出しそうな顔で唇を嚙《か》んでいる。

どうだ。お前ら、反撃してみろ。的川は心の中で二人に向かって舌を突き出した。

「まあ的川君、独演会はそれぐらいにしておけ」

宮野が口を挟んできた。的川は宮野にも何か言ってやろうと思って身構えた。だが、宮野の目が笑っていることに気付いた。

「君の言い分はおおむね分かった。麻倉が面白いものを取ってこれそうならやらせてみよう。告発文が送られてくるなんてよくあることだ。俺も怪文書を撒《ま》かれたことがある。もちろん根も葉もない話だったがね」

宮野は白い封筒をつまむと指でぴんとはじいた。

「こういうのは向かい傷だ。気にすることはない。勲章だと思って大いにやればいい。何かあったら俺に言ってこいよ。俺だって、まだまだお前には負けんぞ。これでも昔は武闘派だったからな」

宮野はそう言うと、痛快このうえないといった顔で、豪快に笑った。的川は宮野に頭を下げた。こういう人も幹部にいるなら、この会社もまだ捨てたもんじゃない。こうでなくてはならない。そうでないと、やっていられるか。

「しかし……。麻倉は企画班にとって欠かせない人材です」

川崎が弱々しく反撃をしたが、すぐに宮野がそれを一蹴《いっしゅう》した。

「君は常々、活《い》きのいいニュースが欲しいと言っているじゃないか。一面アタマは独自ダネしか認めないんだろ。あれはなんだね、ポーズか？」

「いえ、それは……」

宮野は、話は終わったというようにソファから腰を上げた。的川も立ち上がった。川崎と蓑田が目を見交わし、何か言いたそうなそぶりを見せたがそれを無視して出口へ向かった。

部屋を出てドアを閉めると笑いがこみ上げてきた。部長のポストは遠のいてしまった。でも、まあいいじゃないか。娘の婚約者が週末、自宅に来ることになっていた。そのときまでに記事を出したいものだ。そうしたら、今日の武勇伝を面白おかしく語ってやろう。娘も婚約者もからっとした性格だ。大いに笑ってくれるだろう。

社会部に戻ると記者席で新聞を広げている麻倉智子の後姿が目に入った。相変わらずテレビタレントのような巻き毛を背中に垂らしている。だいたいなんだ、あの太いベルトは。ボクシングのチャンピオンベルトでもあるまいし。まあ、今日はがっしりとした靴を履いているからよしとしてやるか……。

「麻倉ぁ！　最近、報告が全然ないぞ！　どうなってんだ、お前っ！」

声を張り上げると、麻倉智子は小さく飛び上がり、直立不動の姿勢を取った。

「麻倉さん、明日の十四時は予定、入っている？」

隣の席から大吾が聞いた。智子は首を横に振った。朝と夜は平林の自宅へ行くつもりだったが、昼間は空いている。

「だったら、厚生労働省の記者会見に行ってくれ。森から連絡があって別の会見がかぶっていて行けないんだと。内容はよく分からないんだが、市民団体が在宅介護の現状についてレクをするらしい」

「了解。他の記者から不満が出始めているんじゃない？　私たち三人が通常取材を大幅に絞っているから」

自分だったら文句の一つも言うだろうなと思いながら、智子は言った。

「そこは的川さんに判断を任せよう」大吾は腕組みした。「それより平林は相変わらずだんまりか？」

「私の聞き方がまずいのかなあ」

今夜も八時ごろに平林の自宅に行ったが、インターホン越しにちょっと言葉を交わしただけで、追い払われた。進展はなしということだった。

「そう落ち込むなよ」と言いながら大吾が智子の肩を叩いた。だが、すぐにはっとしたように頭を下げた。「悪い。セクハラでした」

智子は苦笑した。別に嫌じゃない。励まそうとしてくれているのだと分かっている。

「ご飯、食べに行く？　作戦会議もかねて」

大吾はパソコンの画面に目をやった。明日の夕刊用に暇ネタを一本、用意しているようだった。誘ってしまって悪かっただろうかと思ったが、大吾はパソコンの蓋を落とした。

「いつものとこでいいよな。松江も連れて行こう」


すっかりなじみになってしまった焼き鳥屋の個室に落ち着くと、松江がビール、盛り合わせ、サラダなどを手際よく注文し始めた。大吾はネクタイを緩め、お絞りで首筋をぬぐっている。

「今日、雨宮さんに会ったんだよね。彼、富山出張から戻ってきたんでしょう」

大吾は喉《のど》を鳴らしてビールを飲むと、「ぱっとしない」と言った。「平林は俺たちにしたのと同じ説明をしたそうだ。雨宮さんが嘘《うそ》を言っているようには見えなかったな。彼も何かへんだと思っているようで、何か分かったら教えてくれと言われたよ」

大吾は壁に体を預けると、天井を仰いで大きなため息をついた。

「手詰まりかなあ。どうするべ」

そのとき器用な手つきで鶏肉を串から次々とはずしていた松江が口を開いた。

「患者を一人ひとり当たってみるしかないんじゃないでしょうか。麻倉さんが聞きだしてくれた患者はみんなつぶしてしまったので、とりあえず僕、取材したおばあさんにほかの患者さんを何人か紹介してもらったんです。明日にでもあたってみます」

大吾は怪訝《けげん》な顔を一瞬したが、すぐに相好《そうごう》を崩した。

「お前結構、やるじゃないか。患者から患者を紹介してもらうなんて、なかなかできないことだよ。実は俺も頼んでみたけど、剣もほろろに断られた。そういえばお前がメールでよこすメモ、やたらと細かいよな。お前ってもしかして、ジジババ殺し？　話がくどいから、気が合うのかね」

大吾が言うとおり、松江のメモは群を抜いて詳しかった。大半は家族や本人の愚痴めいた話で役に立つとは思えないのだが、よくそんなプライベートな話まで聞き出せたなと感心する内容だった。松江はほめられたのに、嬉《うれ》しそうな顔をするどころか不満そうだった。

小皿に持った肉を箸《はし》でつまんで口に入れ始めた。それを見ながら大吾が目を細めた。

「なるほど。そういう丁寧なところが、ジジババに受けるのかね。分からんでもないな。俺みたいに目つきが悪いおっさんとか、麻倉みたいなトウがたった美人は、年寄りには警戒されがちだよな。その点、松江ぼっちゃんは最強だね。お前、これからそういう方面を中心に取材しろよ。特ダネ連発できるかもしれないぞ」

「やめてくださいよ」

松江がたまりかねたように声をあげた。大吾は「おっ、お前でも怒ることあるのか」といって笑っていたがふいに真顔になった。

「メモのほかに気づいたことはないか？　あの薬を持っている人とか、もらった人がいないことは分かった。でも、ほかに薬に関係しそうなことで、引っかかっていることってないか？　細かいことでもいい」

「そうですねえ」松江は箸を置くと、眼鏡の位置を直し、考え込むように目を伏せた。

「何でもいいぞ。時間もあるし正三角形でも勘弁してやる」

松江は唇を尖《とが》らせた。だが、すぐに考え込むような目つきになった。

「そういえば、面白いなと思ったことがあって。年寄りって薬をそんなに飲み忘れるものなんですかね」

「どういうことだ？」

「今日、二人の患者のところに行ったんですが、どっちの患者もでっかいカレンダーを壁に貼っているんですよ。で、そのカレンダーに小さなビニール袋に小分けした薬をホッチキスで留めているんです。朝・昼・晩と一袋ずつ引きちぎって飲むんですって。一応、袋をいくつか開けさせてもらってあの薬が入っていないことは確認しましたが」

確か河村慶子も薬を小分けにするとか言っていた。そういえば亡くなった梅田春江の部屋にもボロボロのカレンダーが貼ってあった。

智子ははっとした。誰がどうやって薬を渡したのか、ずっと引っかかっていた。だが、カレンダーに貼ってある薬の袋をひとつすり替えるなら、誰でも簡単にできるはずだ。

「それ、アタリかも」

智子は自分の考えを二人に話した。声の震えを抑えられなかった。

「平林もそのことに気付いた可能性があるな。で、もしかするとどこかであの薬を見つけた。そして雨宮に分析を依頼した。それなら筋が通る」

大吾は落ち着いているように見えた。だが、テーブルを指で忙しく叩いている。智子は携帯電話を取り出した。

「片岡さんの家に、カレンダーがあったかどうか確かめてみる」

「うん、頼む」

片岡の息子はすぐに電話に出た。そして、父親も確かにカレンダーに薬を貼り付けていたと言った。

「そのカレンダー、まだありますか?」

「処分してしまいましたが、それが何か?」

礼を言って電話を切る。

「片岡さんの家にもあったんだな」

大吾は自分の頭を激しく叩いた。目が充血している。智子も、体中の血が騒ぎ出すのを感じた。重い扉をこじ開けたような気分だ。この扉の向こう側には何があるのか。知りたい。誰よりも先に知りたい。そして、それをみんなに伝えたい。

これがこの仕事の面白いところなのだ。今まで、こんな興奮を味わったことはなかった。アドレナリンが体の中を駆け巡っている。

「カレンダーの薬をすりかえられる人間となると、家族以外で一番可能性が高いのはヘルパーだと思う。動機は見当もつかないんだけど。でも、とにかくこのことを平林にぶつけてみようと思う。彼は何か知っていると思うの」

「俺も行く」大吾は脱ぎ捨ててあった上着をつかんだ。「松江、お前は社に戻って、連絡先が分かっている患者に片っ端から電話するんだ。薬を点検してくれって」

松江が緊張を浮かべ小さくあごを引くと、腕時計を見た。

「もう寝てるんじゃないですかね。年寄りは夜が……」

「そんなこと言ってられるかっ！　明日、誰か死体で見つかるかもしれないんだぞ」

松江が怯《おび》えたように体を引いた。

店を出ると左右を見回したが商店街の中なので、タクシーは見当たらない。大通りまで出るしかない。駆け出した。心臓がどきどきしている。足を踏み出すたびに、肩からかけたバッグが腰の辺りに打ち付けられる。

大通りに出ると、運よく客待ちをしているタクシーがいた。だが、運転手はシートを倒している。眠っているようだ。助手席の窓ガラスを手のひらで叩いた。びくっと体を震わせて運転手が体を起こす。すぐに後部座席の扉が開いた。乗り込みながら、平林の自宅がある街の名を告げた。大吾も巨体を丸めるようにしてシートに収まった。苦しそうに口で呼吸をしている。

「高速を使ってください」

タクシーが走り出すと、智子はすぐさま、携帯電話で平林を呼び出した。出ない。何度かけても出ない。

「さっきは自宅にいたんだろう?」

「うん。私の番号だから出ないのかもしれない。かけてみてくれる?」

大吾も電話をかけ始めた。だが、やはり応答はなかった。焦ってもしかたがないのだと智子は自分に言い聞かせた。それにあのカレンダーに意味があると、決まったわけではない。ルランプの連なりが見える。ランプの動きは緩やかだ。フロントガラスから赤いテーすべてが今のところ推測にしかすぎない。もし仮にヘルパーが薬をすりかえていたとしたら何の目的で? 単なる快楽殺人なのだろうか。でも、だとしたら平林は疑いを持った時点で、何らかのリアクションをするはずだ。

そして智子はさっきから、ある人物の顔をしきりと思い浮かべていた。秋本。動機があるとは思えなかったから彼に対しては何の疑いも持っていなかった。けれど、平林の患者と彼の法人がサービスを提供している人は、かぶっている。少なくとも梅田春江と片岡はそうだった。そして、今考えると秋本の自分に対する働きかけにも、違和感がある。福祉の世界で純粋に生きてきた人だから変わっているのだとしか思っていなかったけれど、何か目的があって自分に接触していたのではないか。

智子の携帯電話が鳴り始めた。平林かと思ってはっとしたが、画面に表示されているのは社の番号だった。

「おう、お前らどこで飲んでるんだ？　俺も合流するから店を教えろ」

的川は上機嫌で言った。

「原島記者と二人で平林の家に今、向かっているところなので」

「何かあったのか？」

的川の声が緊張を帯びた。

「えっと……」話し始めると、大吾の手が伸びてきて携帯電話を奪い取った。抵抗する間もなかった。

「ちょっと、あいまいな状況なんですが気になることが出てきたので、行ってきます。的川さん、悪いんですが残っていてもらえませんか」

しばらく大吾は口を閉じていた。車の振動音がうるさくて、的川の声は聞き取れなかった。

「大丈夫です。状況が分かり次第、連絡を入れます」

大吾は電話の通話スイッチを切り、それを手渡してきた。

「字になるかどうかも分からないのにいいの？　何もなかったらあの人、怒鳴り散らすわよ」

「今日の夜番は森下さんだ。あの人は絶対、無理に原稿を突っ込もうとはしない。部長は今夜出張でいないし……。ぎりぎりの時間に原稿を入れるとしたら的川さんを通さないと無理だ。あの人は、そういうことを嫌がる人でもないしな」

「でも的川さんって要領が悪いじゃない。時間が押すとパニくるし、原稿だって直すのヘタだし」

「原稿は森下さんが見るだろ。的川さんにはごり押し以外のことは期待していない」

「ええっ、でもあの人、他部の前ではからきしでしょ。私の原稿だって守ろうとする気は全くなかったよ」

「それ、ずいぶん前のことだろ。麻倉さんがまだダメ記者だったときの話」

むっとしかけた。自分で言う分にはかまわないけれど、やっぱり他人の口からダメ記者といわれるのは気分が悪い。だが、智子は言い返さなかった。確かに社会部に来た頃の自分は周囲が見えていなかった。自分の能力ややり方がどこでも通用すると思っていた。大吾にとってもずいぶんと鼻持ちならない女に映っていただろう。

大吾は視線をちらっと智子に向けた。

「デスクは信頼できる記者の原稿なら全力で押す。信用できないやつのためにリスクをとるのは誰だって嫌だろ。信用できるかできないかっていうのは、結局、付き合いの長さとかそれまでの実績とか……義理人情みたいなものもあるな。麻倉さんはそういうの嫌いだろうけど」

以前の自分なら、確かにそう言われたら反発していたはずだ。だけど、今は分かるような気がする。自分が平林の家に毎日通っていたのも、信頼を得たいという一心で、合理性のかけらもなかった。

「とりあえず今日は原島君と一緒だから安心ね。的川さんは私のこと信頼してないもの」

口に出すと不思議とすっきりした気分になった。こうやって走り回っていれば、デスクの信頼をいつしか勝ち取ることができるはずだ。そして、こうやって激流に身を任せて突っ走るのは、悪い気持ちではなかった。騒ぎを起こしたいわけではない。騒がなければならないことがあるのなら、大いに騒げばいい。

大吾が白い歯を見せて笑った。

「さっき的川さんに言われた。何かあったら絶対に麻倉に原稿を書かせろ。お前が横取りしたらぶん殴るぞって」

目の奥に熱いものが滲み出した。窓の外に視線を移してそれをごまかす。それに、これからが大事なところなのだ。感傷になどひたっていられない。高井戸のインターチェンジが見えてきた。智子は運転手に道順の指示を始めた。

大吾は平林の部屋のチャイムをひたすら鳴らし続け、さらにドアを叩いた。

「いるんでしょう、平林先生」

凄《すご》みの利いた声だった。近所迷惑だろうし、あらぬ誤解を招きそうだ。だが、平林には何が何でも出てきてもらわねばならない。智子も負けまいとして声を張り上げた。

「平林先生っ」

ようやく鍵《かぎ》が回る音がした。大吾と目と目を見合わせる。ドアが十センチほど開き、不機嫌な声が聞こえてきた。

「一体何時だと思っているんだ。迷惑だ、帰ってくれ」

大吾は腰をわずかにかがめると、両手でドアの端をつかんで一気に引いた。

「なっ」

煌々《こうこう》と灯《とも》る白熱灯の下でグレーの格子柄のパジャマを着た平林が、怒りに燃える目で二人をかわるがわるにらみつけた。

「無礼にもほどがあるっ」

頰《ほお》に飛んできた唾《つば》を指でぬぐうと、智子は低い声で言った。

「先生が雨宮さんに渡したあの薬、カレンダーに貼り付けてあったのではないですか？　患者さんの家でそれを見つけたから、雨宮さんに分析を頼んだのではないですか？」

平林は両目をむき出した。乾いた唇が言葉を発しようとして動くが、声になっていない。両目が泳ぎ始める。自分の予想が的中したことを、智子は確信した。大吾が体を玄関の中に滑り込ませた。智子もそれに続き、後ろ手でドアを閉めた。

もう逃がさない。逃がすものか。

「あの薬を持っている可能性がある患者に、今すぐ連絡してください。話はそれからだ」

平林は無言だ。じっと自分の足元を見つめている。だが、視線はせわしなく揺れていた。今、彼の脳の中ではめまぐるしく思考がめぐっているはずだ。でも言い訳は許さない。

「あなた、医者でしょう！」智子は叫んだ。「どうして黙っているのよ」

「犯人は他にいるんでしょう。なぜかばい立てをするんですか。いや、それより今は、患者の家から薬を回収することが先決です」

大吾の声は冷静だった。だが、彼も頭に来ているはずだ。大きな体から熱気のようなものを発散させていた。

平林が顔を上げた。先ほどまでの迷うような表情が消え、見慣れた無表情の仮面が現れた。鷲《わし》のような目が大吾と智子の間の空間をじっと見つめた。

「その心配はいらない」低いがしっかりとした声で平林は言った。「誰かが死ぬことはない」

「どういうことなんですか？　説明してください」

大吾が食い下がる。智子も平林をひたと見つめた。

「その必要はない。信じてくれ。あさってになったらすべてを話す。それまでは待ってくれないか」

「そんなことを言われて、はいそうですか、なんて言えるわけがないでしょう。とにかく今は患者だ。僕は先生の患者全員と連絡が取れるまで帰るつもりはありませんよ」

そのとき大吾の携帯電話が鳴った。胸のシャツのポケットからそれをすばやく取り出した。

「電話に出ないって？　あの家は息子さんが同居しているんじゃなかったか。息子さんも出ないのか？」

怒鳴るように大吾が言う。電話作戦を展開している松江が、連絡の取れない患者にぶち当たったのだ。大吾は大きな背中を傾けるように、電話に耳を押し当てている。ときどき、短く相槌《あいづち》を打つ。智子はじりじりとしながら、大吾が電話を終えるのを待った。

「分かった。それはこっちのほうから伝えておく。後はメールをくれ」

電話をポケットにしまいながら大吾は平林をにらみすえた。

「先生、これから桂木さんのところに一緒に行ってもらいます」

連絡が取れない患者というのは桂木だったのか。凛《りん》としたたたずまいの老人と、無骨だが芯《しん》の強そうな息子の顔が、眼前によみがえる。

「すぐに支度をお願いします」

「必要ないね」

「桂木さんが電話に出ないんです。夜勤中の息子さんの携帯電話にはつながった。息子さんは桂木さんは家にはいるはずだし、枕元に電話があるので鳴れば出るはずだと言っています。息子さんは夜勤を早退して、すぐに帰宅すると言っている。彼の職場は埼玉ですからタクシーを飛ばしてきたって一時間やそこらはかかるでしょう。息子さんは先生にも様子を見てきて欲しいと言っているわけです」

大吾は唇をなめた。平林がかすかにため息をついた。

「息子さんの依頼とあらば、行くしかないでしょうな」

「平林先生、桂木さんのお宅の鍵は持っていますか？」

平林ではなく大吾が答えた。

「息子さんから松江が銀愛会とかいう介護事業者の事務所を聞いている。住所をメールで送ってくるって。鍵はそこに預けてあるんだと。息子さんがあらかじめ電話を入れておいてくれるそうだ」

大吾が言い終わるのと同時に、メールの着信音が鳴った。

「おっ、きたきた」

大吾が電話のボタンを押して、画面を確認した。智子も小さな画面を覗《のぞ》き込んだ。そのとき、頭の上から、平林の声が降ってきた。

「銀愛会というのは間違いないのか？」

声の調子は明らかに違っていた。生の声だという気がした。肉食獣のような鋭い目がいつもより強く輝いていた。猛《たけ》り狂う手負いの獣みたいだ。智子は知らず知らずのうちに思わず大吾の大きな体に身を隠すように後ずさりをしていた。

「畜生っ！　待ってろ、着替えてくる」

平林は部屋の中に駆け込んだ。止める間もなかった。

「おいおい、どういうことだよ」

信じられないというように大吾が首を振った。平林の思いがけない動転ぶりをどう受け止めていいのか分からないようだった。智子もそれは同じだったが、平林が桂木の家に行く気になったことは確かなようだ。

ようやく平林が出てきた。実際には彼が姿を消してから一、二分しかたっていないかもしれない。だが、途方もなく長い時間、待たされたような気がした。

「あんたたちも来るのか?」

見覚えのある黒い鞄《かばん》を持った平林は、迷惑を隠そうともしない声で言った。

「もちろんです」

大きくうなずくと、大吾と二人で平林を真ん中に挟むようにして、ドアを出た。三人の足音が、前衛的なジャズのように廊下に響く。こんな空気の中に身を置くのは初めてだった。犯人を連行している刑事にでもなった気分だなあ、などと間の抜けたことを考えたが、すぐに気持ちを引き締めた。

平林はマンションの裏の駐車場に停めてあった軽自動車に乗り込んだ。すぐに助手席のキーを解除してくれた。智子は助手席のシートを倒し、後部座席に乗り込んだ。大吾は助手席に納まった。

「先生、銀愛会の事務所の住所……」

「そんなもの必要ない」

平林は乱暴に車をバックさせた。

車が走り出すとすぐに、智子は運転席の背もたれをつかんだ。桂木のことが気になったが、確かめておかねばならないことがある。

「銀愛会が今回の件に絡んでいるんですね」

平林はまっすぐ前を向いたまま、ハンドルを握っている。智子の脳裏には相変わらず一人の人物の顔がちらついている。秋本。まるで少年のような透明感を感じさせるくせに、粘着質で押し付けがましい男だった。そういえば平林を自分に紹介してくれたのも彼だった。

証拠がないのに口に出すべきではないかもしれない。だが、知りたいという気持ちを抑えられきれなかった。扉を開くのは自分でありたい。

「秋本でしょう。違いますかっ！」運転席をつかんで揺さぶっていた。「あの人がお年寄りたちの薬をすり替えたのではないですか」

平林は唇をまっすぐに引き結び、ハンドルを握っている。否定しないということは、智子の推論が間違ってはいないということだ。大吾が後部座席を振り返った。

「秋本って介護事業者のヤツだったよな。逃走の恐れがあるなら、すぐにそいつのところに行ったほうがいいな。桂木さんは平林先生にお任せして」

それまで黙っていた平林が口を開いた。

「その必要はない。着替えている間に事務所にいる本人から電話がかかってきたよ。鍵を持って桂木さんの家に直行するそうだ」

「えっ」

介護事業所は二十四時間体制でスタッフが詰めているはずだ。秋本は夜勤だったのかもしれない。だけどなぜ……。秋本が薬をすり替えていたとしたら、鍵を持っていそいそと駆けつけてくるはずがない。

事件の真相にたどり着いたように思えたのは錯覚だったのだろうか。それに……。やっぱり動機が分からない。秋本は彼なりに高齢者の置かれた現状を憂えていた。押し付けがましいことを言っていたのも、彼が理想とする環境を作りたいからだということは分かった。彼の気持ちに嘘は感じられなかった。そんな彼が、お年寄りを手にかけなければならない理由なんて、あるとは思えない。

「平林先生、どういうことなんですか？」

「秋本の口から直接聞くといい」

平林はそう言うと、車のスピードを上げた。

団地の群れが見えてきた。闇《やみ》の中に林立するそれは、古びた外観のせいかゴーストタウンのように見えた。いくつかの窓には明かりがともっているが、温かみは感じられない。

車から降りると平林はトランクを開け、小型のトランクのようなものを取り出した。建物の前に他に停車している車はなかった。秋本はまだ到着していないようだと思ったとき、闇の中でヘッドライトがまぶしく光った。光はまっすぐこっちに近づいてくる。

「お出ましだな」

隣にいた大吾がつぶやいた。

「麻倉さん。あんた、これをちょっと持っていてくれないか」

智子は平林が差し出すトランクを受け取った。機械か何かが入っているようでずっしりと重かった。ボディーに銀愛会のロゴマークがついた軽自動車がすぐそばで停まった。運転席が開き、ひょろりとした男が出てくる。秋本だ。智子が口を開こうとした瞬間、黒い影が動き、バシッという乾いた音が響いた。

秋本が蒼白《そうはく》な顔をして頬を押さえている。平林が彼の顔を張ったのだと分かるまで、数秒かかった。平林はトランクを受け取るために手を突き出してきたが、鋭い目は秋本に向けられたままだった。

「だましやがって。一発では全然足りないが、桂木さんが先だ」

秋本は強張《こわば》った表情を浮かべるとかすかにうなずき、建物の入り口へ向かって歩き出した。平林がその後に続く。大吾と智子は二人の背中を追いかけた。

建物にエレベーターがなかったことを思い出した。二階で早くも息が切れてきたが、他の三人はなんでもないようにリズミカルに駆け上っていく。いや、なんでもなくはないかもしれないけれど、少なくとも智子の目にはそう見えた。

心臓が破裂しそうだ。太ももの筋肉が悲鳴を上げ体中から汗が噴き出した。こんなに過酷な運動をしたのは、ずいぶん久しぶりだ。それでも遅れをとるわけにはいかなかった。

智子は歯を食いしばり、脚を動かした。

ようやく五階の踊り場が見えてきた。平林がチャイムを押す。反応がないことを確認すると、秋本が鍵をドアに差し込んだ。

部屋になだれ込む。体中の筋肉がもうこれきりにしてくれと泣いている。智子は泳ぐようにして大吾の大きな背中を追った。もう何がなんだか分からない。でも、遅れを取りたくなかった。この目で何が起きているのかを確かめたかった。奥のふすまを平林が開き、手探りで電気のスイッチを押した。

その瞬間、目の前に映し出された光景を智子は生涯忘れないだろう。

桂木は、布団から這《は》い出すような格好でうつぶせに倒れていた。やせ衰えた体は地面に叩きつけられたヒキガエルのようにひくひくと震えている。人間のものとは思えないようなうなり声が漏れている。智子の体も震えだした。

「救急車を呼んでくれ」

秋本がはじかれたように部屋を出て行く。平林はその場にひざまずき、そっと桂木を仰《あお》向《む》けにすると脈を取った。厳しい表情になる。

ダメなのか。死んでしまうのか。

智子は大吾の腕をつかんでいた。大吾の腕も強張っていた。そして、細かく震えていた。

平林は先ほどのトランクを開くと、ノートパソコンほどの大きさの黄色い機械を取り出した。本体に白いパットがついた二本のコードを差し込む。桂木のパジャマの前を開くと二枚のパットを胸に乗せて、機械のスイッチを押した。

「心室細動を起こしている。こいつはポータブルの除細動器だ。電気ショックを与えて心臓のリズムを正常にする」

桂木の手首を持ったまま平林が言った。智子はその場にしゃがみこんだ。大吾も腰を落とした。背後でかすかな音がした。秋本が戻ってきたようだった。

「先生、助かるんですよね。大丈夫ですよね」

「何もしないよりはましだ」

「そんな……。助けてください。だって私……」

智子は涙をぬぐった。

目の前で一つの命が消えようとしていることが信じられなかった。信じたくなかった。仕事で泣いたのは初めてだ。これまでにも心を動かされる場面に出くわさなかったわけではない。でもそれはどこか他人事だった。今、自分の目の前にあるのは生身の人間の世界で、桂木の苦しみがまるで自分の身内のことのように胸に響く。

「べそべそ泣くな。それでもプロか」

平林が怒鳴った。そのとき、救急車のサイレンが聞こえてきた。

「秋本さんよ、あんた救急隊員たちのために玄関を開けてやってくれ」

「はい」

秋本がひっそりと部屋を出て行った。

救急隊員たちはあわただしく入ってきて、桂木を担架に載せた。彼らに続いて智子たちも玄関へ向かった。平林は靴を履きながら、三人の顔を見た。

「俺はひとまず病院に行く。息子さんには俺から電話しておく。ところで秋本さん、あんたちゃんと話すんだろうな」

「分かっています」

秋本がつぶやくように言うと、平林は担架のあとを追った。ドアが閉まる。三人は静寂とともにその場に残された。

「とりあえずあっちの部屋に行きましょうか、秋本さん。あなたから話を聞きたい」

大吾が言うと秋本はかすかに首を動かして茶の間に入った。

秋本は胡坐《あぐら》を組んで座った。幾分、頬に血の気が戻っているが、唇は白く乾いていた。ベージュのポロシャツに綿パンという軽装のせいか、前よりも若くなった気がする。大吾が目配せをしてきた。質問の口火は智子が切るようにということらしかった。智子は目の前に座っている優男《やさおとこ》に視線を戻した。秋本の体はもはや震えていなかった。ひっそりと、まるで置物のように座っている。だが、座卓の表面を見据えている大きな目には強い光が宿っていた。

「あなたが桂木さんに抗がん剤を渡したんですか」

秋本は唾を飲み込むように喉仏を動かした。そしてゆっくりとうなずいた。

「桂木さんを……殺すつもりで？」

秋本は再びうなずいた。

「梅田春江さんと、片岡敬さんはどうなんですか？　あるいはほかの人は？」

秋本が顔を上げた。そして、ひたと智子を見据えた。

「桂木さん、梅田さん、片岡さんの三人だけです。私は彼らの薬を抗がん剤とすり替えました」

静かな声だったが、凄《すご》みがあった。この男はなぜ、こんなに冷静なのだろう。人を殺したと告白しているにしては、秋本の声はあまりにも穏やかだった。態度にも少しも昂《たか》ぶったところがない。平林に殴られた右頰が赤くなっているが、目はあくまでも澄んでいる。

彼は二人の命を奪った。そしてもう一人が、死にかけている。そのことを思うと、かっと熱いものが胸に広がった。

「どうしてそんなことを……」

声を荒らげかけたが、かろうじて自制した。話を聞くべきだった。自分の仕事はこの男を糾弾することではない。何があったのかを聞き、それを世に示すことだった。

「私の話を聞いてください。聞いてくれたら、警察に行きます。自首します。ですが、その前にどうしても話さなければならないのです。分かっていただかないといけないんです」

「伺いましょう。録音させてもらいますよ」

大吾が内ポケットからICレコーダーを取り出し、スイッチを入れた。秋本はレコーダーをちらっと見ると、「記録をとってもらえるのはむしろありがたい」と言った。

「どこからお話しすべきなのかよく分からないんですが……。あの抗がん剤は五年前にヘルパーをしていた時、介護サービスを利用していた患者さんから入手しました。その患者さんはがんでした。在宅で療養していたんです。辛《つら》い治療はもう嫌だとおっしゃっていましたが、家族がどうしても治ってもらいたいといって、海外の抗がん剤を医者に処方してもらっていたんです。患者さんは、家族に気付かれないように抗がん剤を別の薬とすり替えて欲しいと私に……。悩みましたが、私は患者さんの言うとおりにしました。高価な薬を飲んでも治る見込みは薄いし、生きながらえていても家族の負担が増すばかりだ。もう十分に自分は生きたからあの世に行きたいという彼の言葉を受け入れることにしました」

智子はノートにペンを走らせた。今、時刻は二十三時過ぎ。原稿を突っ込むつもりだった。録音データを聞きなおしている時間はない。

「同じような形のビタミン剤を探してきてあげたんです。それを渡したとき、患者さんは涙を流して私に手を合わせました。それからまもなく患者さんは亡くなりました。悪いことをしたとは思いませんでした。薬のすり替えには誰も気付きませんでした」

「その抗がん剤というのは今回使用したものですか」

「ええ。心臓が弱い人が一度に二錠以上を服用すると、発作を起こす確率が高く危険であることは文献を検索して調べました」

「今回も患者、あるいは家族の側から、希望があったんですか」

秋本は肩をちょっとすくめてみせた。

「梅田さんはいつも死にたいと口にしていました。娘さんも辛そうだった。片岡さんは認知症だったから死にたいとは言わなかったけれど、息子さんの負担があまりにも大きかった」

「誰かから依頼を受けたわけでもないんですね」

秋本ははっきりとうなずいた。智子は息が止まるかと思った。大吾も顔をこわばらせている。これは自殺幇助《ほうじょ》ですらない。殺人だ。しかも連続殺人。二人、もしかしたら三人を手にかけた殺人鬼が目の前に、静かに座っている。こんなの信じられない。信じたくない。

だが、秋本は穏やかに続けた。

「私は正しいことをしたと思っていますよ。あんなに介護度が重い人を自宅に置いておくなんてそもそも無理なんだ。家族の生活がめちゃくちゃになるし、本人のためにもならないことは明白でしょう。麻倉さん、あなたは岩崎さんのことを覚えていますか？」

記憶を手繰《たぐ》る。ああ、最初にこの男と二人で取材したお年寄りだ。

「念のために申し上げますが、岩崎さんの死には僕はかかわっていません。岩崎さんのようなケースはたくさんありますからね。施設あるいは病院に入れたほうがいいのに無理に在宅療養させるから誰もが不幸になってしまうケース。あのとき、僕はあなたに期待したんですよ。これをきっかけに、あなたが孤独死や老老介護の問題を記事として取り上げてくれるんじゃないかって」

何度もねちっこく取材を勧められた。それを自分は、まともに受け止めなかった。秋本の正義感ぶりに辟易《へきえき》としていた。大事なことだなどと口先では言いながら、「自分の記事」の材料を集めるために奔走していた。

「記事にしてほしかったのは、僕たち現場の人間がいくら声を上げても、国にはなかなか届かないからです。このままでは、この国の経済は破綻《はたん》する、医療費、介護費用の削減が最優先課題だという声に、僕たちやお年寄りたち、彼らを支える家族の声はかき消されてしまう。草の根運動を一生懸命しました。役所にも何度も陳情に行きました。でも、耳を傾けてもらえない。そんな状況を変えるためには世論を盛り上げるしかないんです。具体的にはですね、『ああいう死に方を自分はしたくない』と国民一人ひとりに思ってもらわないといけないわけです。世論が盛り上がったら、国が療養病床群を減らす愚策を止め、特別養護老人ホームの整備を急ぐかもしれない。そうしたら、岩崎さんのような、悲しい亡くなり方をする人は減るはずだ。そして、世間の関心を集める効果的な方法を僕は教えてもらったわけです」

心臓をわし摑《づか》みにされたような気分に襲われた。息が苦しかった。空気が薄くなってしまったみたいだ。秋本と交わした会話が、断片的によみがえってくる。深い意味があって発した言葉ではなかった。仕事を効率よく進めるための方便だったかもしれない。

まさか……。そんなことがあるのか? 智子は瞬《まばた》きもできずに、秋本の顔を凝視した。

そんな智子の反応を楽しむかのように、秋本はうっすらと笑った。

「あなたは言いましたよね。一人のお年寄りが孤独死したぐらいでは、ニュースにはならないとね」

やっぱりそうだった。智子は小さく悲鳴を上げた。目の前を火花が飛び散った。気が狂いそうだ。この男の殺意を引き出したのは、自分が不用意に発した言葉だったというのだろうか。まさかという思いだった。だが、秋本の澄んだ目は、それが真実だと告げている。胸がむかむかとしてきた。顎《あご》も震えだした。

「おい、麻倉!」

大吾が手をつかむのが分かった。ダメだ。もう限界だ。智子は声を上げて泣いた。もうどうでもいい。原稿なんてどうでもいい。一刻も早くこの場を離れたい。どこか遠くへ行きたい。そして、今耳にしたことをすっかり忘れてしまいたい。

「すみません、ちょっと言葉が過ぎました」なだめるように秋本が言った。「麻倉さん個人のせいだと言うつもりはないんです。麻倉さんとの会話は、今回のことを思いつくヒントになったといえばそうなんですが、遅かれ早かれマスコミのからくりに自分は気付いていたと思います。一生懸命、どうやったら世論を盛り上げられるのか考えていたものですから」

智子はスーツの袖口《そでぐち》で鼻をぬぐった。嗚咽《おえつ》をこらえなければと思った。そしてペンだ。秋本の言葉を自分はきちんと聞き取らなければならない。

「自分の考えが形になったのは、札幌で小学生の列に飲酒運転の車が突っ込んで五人が死亡する事故があったときです。あの時、僕は今回の計画をはっきりと頭に描いたんです。飲酒運転による死亡事故なんて、毎日のようにどこかで起きている。取締りを強化するなり、量刑を重くするなりの対策が必要なのは分かりきっているのに、なんでそうしないんだろうと思っていたので。あれは極めて分かりやすいケースでした。悲惨なことが連続して起きると、マスコミはいっせいに騒ぎ出す。そうなったらようやく政治家や官僚が動く。そういう仕組みなんです。ならば、私が国を動かそうと思ったらやるべきことはひとつじゃないですか」

「秋本さん、あなたがやったことは殺人ですよ。許されるものではない」

大吾が厳しい声で言った。

「分かっています。ですが、考えてみてください。死にたいと言っている人、あるいは親が死んでくれたら息をつける家族がいる。彼らに私は手を差し伸べたんです。そして結果としてマスコミは動く。マスコミが動けば世論が盛り上がり、苦しい立場にいる他の何千人、あるいは何万人の人が救われる。私はやらなければならなかったんです」

「私のせいだっていうんですか。詭弁《きべん》だわ！　そんな勝手な理屈が通るわけがないじゃない」

「だから、あなたのせいにするつもりはないと言ったではありませんか。そのことはもう忘れてください。それより、教えてくださいよ。僕はどうすればよかったんでしょうか？　苦しんでいる人を黙ってみていればいいと？　僕にはそんなことはできない。残念ながら僕は、あなたがたマスコミの人たちほど無責任じゃないものでね」

秋本の目は粘りを帯びた輝きを放っていた。興奮しているせいか、頬がばら色に染まっており、ますます少年じみて見える。でもこの男は狂っている。自分が聖戦士にでもなったつもりなのだろうか。信じられない思いで、智子は秋本の大きな目を見つめた。強い視線に負けてしまいそうだ。だけど、負けてはいけない。彼の言っていることは、絶対に正しくなんかない。

「桂木さんはどうなのよ。あの人は死にたいとは口にしていなかったでしょう。息子さんも大変だけど、一生懸命やっていた。桂木さんを殺す理由はないじゃない」

秋本が初めて苦しそうな表情を浮かべた。視線を落とし、座卓に載せた両手を組み合わせた。

「僕もできれば殺人罪で服役などしたくなかった。このことは誰にも知られてはいけなかったんです。ですが、平林先生に気付かれてしまった。これは大きな誤算でした。平林先生は片岡さんの死因に疑いを持ったんです。片岡さんは心臓が悪いほうではなかったから。妙だと思った先生が薬を調べたところ、見覚えがないものが混ざっていることに気付いた。で、僕を呼び出したというわけです」

「それで」と大吾が先を促した。

「僕は始めはシラを切るつもりでした。僕は知らない、だけど、息子さんはたいそう苦労しているから、親に危ない薬を飲ませたんじゃないのか、息子さんの気持ちは分かるから、そっとしておいてやろうといったんです。ところがこれも誤算だった。片岡さんの息子は、親父さんのために民間の老人ホームを探していて、平林先生が協力していたんです。入居の際の一時金を払い込む直前だった。なので、親をどうかするなんていうことはあり得なかったんです。そして、平林先生は僕に疑いを持った。さらに運が悪いことに、ある患者の家で先生は薬を見つけてしまった。そして、僕がその患者のために薬を小分けにしてカレンダーに貼り付けてあげたことまで家族に聞きだした。そうなるともう逃げられません。観念しました。でも、僕はどうしても自分の考えを先生に分かってほしかった。先生だって、家族を苦しめてまで生きたくないという年寄りの気持ちはよく分かっている。そういう論文を発表していましたからね。だから、話せば分かってくれるかと思って、あの人にこっちから連絡を取ったんです」

おそらくあの夜だ。雨宮と自分たちを自宅に呼びつけたくせに戻ってこなかった夜。智子は息をつめて、男にしては赤い唇が動き出すのを待った。

「僕は、今、話したようなことを全部、平林先生に打ち明けました。コスト削減の大号令のもとに、本来は施設や病院で預かるべき人が家に送り返されている。理屈上は民間ホームに入ればいい、在宅サービスを充実させればいいということになりますが、現実にはそうはいかない。本人だけでなく家族までが不幸になっていく。そんな流れに歯止めをかけるには現場を知っているものがアクションを起こさなければならない。そしてマスコミを動かす必要がある」

「それを聞いて平林先生は殺人もやむなしと言ったんですか？」

秋本は寂しそうに首を横に振った。

「自分も国の施策には憤りを感じているけれど、何があっても人を死に至らしめることはできない、それは犯罪だといわれました。僕にできることといったら、すでに薬を置いてきた家からそれを回収すると約束することと引き換えに、僕を告発するのをあさって以降にしてもらうということだけでした」

「なぜあさってなんですか？」

「明日、僕は厚生労働省の記者クラブで会見を開くんですよ。有志で作ったグループがありまして、記者クラブに会見を申し込みました。施設に入れず、在宅で苦労している患者や家族を対象に実施したアンケートの結果を発表するとともに、梅田さん、片岡さんらのケースを紹介するつもりでした。立て続けに亡くなっている人がいるのだから、興味を持ってもらえるでしょう。僕は会見にだけは、どうしても出たかった」

平林はそれを了承したのだ。死んだ人間は帰ってこないから、それぐらいは見逃してやろうと思ったのではないか。

「今日のこと、つまり桂木さんのことは平林先生には？」

「言っていませんでした。カレンダーの薬はおととい、昨日、今日とすり替えてありました。夜の分だけです。昼間、ヘルパーがいるときなどに発作を起こして助かってしまったらコトなので夜だけにしていたんです。今夜死んでくれればありがたいと思っていました。会見の当日に死者が出ていれば、インパクトが大きいですからね。今週は息子さんが夜勤だということも分かっていましたから、うまくいきそうな気がしたんです」

智子は唇を強く噛んだ。秋本の言うとおりだった。もし、その日に死者が出ていれば関心を引くことは間違いない。

マスコミのあり様がこの男の犯行を誘発してしまったのだろうか。そして自分もそれに一役買ったということなのだろうか。

無力感が突き上げてきた。自分はいったい何をやっていたのだろう。間違ったことはしていないつもりだ。だけど、こんなことになるなんて……。考えがうまくまとまらなかった。まるで呆《ほう》けてしまったみたいだ。

大吾が拳《こぶし》で座卓を叩いた。

「マスコミがなんだのと御託を並べているが、あんたは殺人者なんだ。分かっているのか」

秋本は薄笑いを浮かべた。

「それでも一石を投じることはできました。記事をこれから書くんでしょう? きちんと私の動機も書いてくださいよ。そうすれば、世論は動くかもしれない。裁判のときにもしつこく主張しますからね。私のことを殺人鬼とののしる人と、私の主張に共感してくれる人。どちらが多いか見ものですね」

大吾の顔がみるみる赤くなった。

「僕の考えはだいたい分かってもらえたと思います。もう観念しています。自首をしたいと思うんですが、どうすればいいでしょうか」

秋本は澄んだ目をしていた。大きな仕事を終えて満足したものの目だ。智子は気圧《けお》されていた。そうと認めたくはなかったけれど、秋本が吐き出す妖気《ようき》のようなものに、自分が呑み込まれそうになっているのを感じる。

「出頭すればいいでしょう。付きそいましょうか」

大吾が言うと、秋本はあっさりうなずいた。


的川康弘はソファで寝そべっていた。午前零時三十分を回った。この時間まで連絡がないとなると、動きはもうないだろう。遅番の森下には特ダネが入る可能性があるということをデスク会で報告するように言ってある。医師がらみの殺人事件だということも伝えた。原稿が来るかどうかは時の運だが、こういうときは大げさに吹いておいたほうが、後がやりやすい。もし来なければ、自分が頭を下げればいいだけの話だ。

大吾に電話をしてみるかと思った瞬間、電話が鳴った。それを受けたアルバイトが的川の名前を呼んだ。のっそりと体を起こし、自分の席に戻る。

「最終版で一面を確保してください」

大吾が短く言った。

「見出しは？」

「要介護老人殺人未遂。介護職員が自首、逮捕へ」

「うえっ」

的川は取り落としそうになった受話器をあわてて握りなおした。話が違う。平林という医者が犯人ではなかったのか。だが、容疑者が自首するということは、とりもなおさず大吾らの取材が実を結んだということだった。

「僕たちは今、犯人と一緒にいます。これから警察に自首するそうです。被害者は心不全を誘発する薬を飲まされて二十三時ごろに入院。予断を許さない状況です。ほかにも同様の手法で二人殺したと言っています。殺人容疑で再逮捕という流れになりそうです」

的川は時計をもう一度見た。嫌な時間だ。原稿を差し替えさせるのは簡単ではないだろう。でも、絶対に差し替えさせてみせる。そうでなければ、大吾と麻倉智子のこれまでの頑張りが、何の意味もなくなってしまう。彼らは彼らの仕事をやり遂げた。そして自分の出番がきた。サッカーみたいなものだ。二人はフィールドを駆けずり回り、ボールを持ってきて、いい位置にパスを出してきた。ゴールを確実に決めなければならない。それができなければ、彼らの信頼を失う。細胞の中で縮こまっていたアドレナリンが、血液中に一気に染み出してきた。

「原稿は何時に出る?」

「一時には出稿します。今、麻倉が書いています。犯人のツラは俺がすぐ伝送します」

「了解。書けるだけ書いて送ってこい。あとはなんとかしてやる」

的川は電話を切ると、森下に声をかけた。

「あいつら、取ったぞ」声が上ずっていた。「ただし加害者は医者ではなくて介護職員」

森下がその場で立ち上がった。水面に鼻先を出した鯉《こい》のように口を動かしている。記者席にいた松江が駆け寄ってきた。松江も最高の顔をしていた。気持ちが張り詰めているせいか、背筋までぴんと伸び、目はきらきらと輝いている。

「この時間からですか……」

森下が思案するように時計を見た。何を迷うことがある。

「当たり前だろう！　お前、何を考えているんだ」的川は怒鳴った。「遠慮なんていらないんだよ、特ダネなんだから」

森下は、頬をこわばらせた。デスクになって以来、彼を怒鳴ったのは初めてだった。だが、この機会に覚えておけばいい。要領がいいだけでは、人の心はつかめない。

「中央テーブルには俺が言う。麻倉から一時メドで原稿が来るから、お前はそっちの面倒をみてやれ。松江は大吾から加害者のツラがメール送信されてくるから、それを受けて出稿しろ」

「分かりましたっ！」

松江が外部からのメールを受信する共用パソコンに張り付いた。森下も緊張した面持ちでデスク端末に向かった。臨戦態勢が整ったことを確かめると、的川は廊下に走り出た。

中央テーブルでは印刷所から届いたばかりの版を広げ、川崎局次長と経済部の旗田デスクが顔を突き合わせていた。国内最大手の半導体メーカーが中国に巨大な工場を新設するというニュースがトップを飾っている。

「川崎さん、デスク会でうちの森下が言っていた特ダネ、最終版に突っ込んでください。お願いします」

的川は思い切り頭を下げ、大吾からさっき聞いた見出しを伝えた。

「この時間からか?」

川崎が難色を示すように顎を撫《な》でた。「年寄り一人の殺人未遂で、大騒ぎすることはないんじゃないですか」と旗田も言う。おそらく、そういう反応があると思っていた。森下もそれを予想したから、難色を示したのだろう。だが、ここでどう粘るかがデスクの腕の見せ所だ。

「この男はあと二人、同じ手口でやったとほのめかしているんです。うちの記者が加害者とサシで話を聞いたので間違いありません。これから自首するそうです。今夜突っ込まないと、明日の夕刊で各社同着になりますよ」

川崎は腕組みをすると目を閉じた。この間のことを根に持っているのか。そのとき的川はふと、川崎が麻倉智子を企画で活躍させたがっていた理由を思い出した。こんなときだというのに笑いがこみ上げてきた。ならば、それを存分に使えばいい。

「この特ダネを取ったのは麻倉智子なんです。彼女、さすがですね。社会部でも通用するまさにオールラウンドな記者ですよ。僕も勉強させられました」

「……麻倉の原稿なのか」

突然、彼女の名前が出てきたことに、川崎は明らかに戸惑っていた。分厚い肉がついた白い頬をゆがめて、思案するように目を細めている。

「明日以降、各社は当然追っかけますよ。高齢化社会に一石を投じるような事件ですから、扱いはでかいでしょう。編集局長賞は確実でしょう」

「分かった。なんとかやってみよう」川崎は重そうな体を持ち上げると、整理部の方向に向かって怒鳴った。「おーい、整理部！　最終版で一面の原稿を一本差し替える。四十行だ。大至急」

フロアが動き出した。整理部の一画から血相を変えて記者が飛び出してくる。他の部からも人が集まり始めた。このざわめきが的川は好きだった。だが、不満はあった。

「もう少し大きくしてもらえませんか」

できればアタマで大きく行きたかった。それは時間的に無理だと分かっていたがもう少しがんばりたい。大吾と麻倉も同じ気持ちだろう。だが、川崎は鼻をふんと鳴らした。

「この時間からでは背景まで詳しく書き込むのは無理だろう」

「ええ……」

「中途半端に出してもしようがない。それより明日の夕刊一面のアタマで発表を受けた原稿を作って、受けを社会面で全面展開しろ。明日作る朝刊の総合面でもやる。高齢化社会にどういう一石を投じるのか書け。識者取材とかいろいろ織り交ぜてな。第一報でリードしておいて、第二報以降も確実に他社に差をつけろ。一勝したからっていい気になるなよ。連戦連勝が俺の基本方針だ」

嘯《うそぶ》くように言う川崎の顔をまじまじと見つめた。なるほど、そのほうが効果は高い。知恵の回る白ブタだ。

「名数チェックをしっかりな。くだらない訂正出してミソをつけるなよ」

「了解です」

的川は一礼すると、きびすを返した。旗田が面白くなさそうに、自分が出稿した原稿に赤鉛筆で線を引っ張っていた。

「ああ、明日の解説は麻倉に書かせろよ。署名入りでな」

背中から川崎の声が飛んできた。


秋本は大吾の電話によって駆けつけてきた記者二人に伴われて警察に出頭した。平林から入った連絡によると桂木は死線をさまよっており、容疑は殺人未遂。梅田春江、片岡敬については取り調べの後、殺人容疑で逮捕となる手はずのようだった。

手錠をかけられ、警察に引き立てられる秋本を横目で見ながら智子はノートパソコンのキーボードを叩いた。時間がないのは分かっている。こういうときはとにかく書けるだけのことを書いて送らなければならない。それなのに、原稿が頭の中でまとまらない。何をどう書いていいか分からなかった。こんなことは初めてだった。

秋本に言われたことを自分の中で消化できないことがその原因だ。梅田春江らが殺されたのは自分のせいなのだろうか。自分があんなことを言わなければ、秋本は……。

ダメだ。今、そのことを考え始めたら、原稿は一行も先に進まない。智子は拳をちゃぶ台に打ち付けた。

玄関先まで秋本らを見送った大吾が戻ってきた。

「今、何行？」

「ダメ……。私、書けない」と、つい泣き言が漏れた。

「何をお前、甘えたことを言っているんだ。淡々と事実だけ書け。雑報なんだから、機械的に書けばいいだろ。難しいことは、まず雑報を出してから考えろ」

大吾が背後から端末の画面を覗き込んだ。

「うわっ、まだ一行も書いていないのかよ。やばいぜ。ほれ、早く打て。警視庁杉並警察署は三日未明、要介護高齢者に殺害目的で副作用の強い医薬品を服用させたとして同署に自首した秋本直己（43）を殺人未遂の疑いで……」

大吾が口述するとおりに指を動かした。何も考えられなかった。画面に表示された文字が、白々しく見える。こんな無味乾燥な話ではない。秋本直己という男が引き起こした事件は、こんな紋切り型の言葉で語りつくせるものではない。心の中で智子は叫んでいた。だが、時間は刻々と過ぎていく。とにかく原稿を書き上げなければならない。それが今、自分がしなければならない仕事だ。大吾はよどみなく原稿を口述していく。

「とりあえずそれで送れ。時間がない」

携帯電話にパソコンをつないで原稿を送信した。大吾は携帯電話で的川に連絡を入れている。虚脱感が胸に広がった。一仕事を終えたという高揚した気分は、自分の中のどこを探してもみつからない。喉がからからだった。台所で水を飲ませてもらおうと思って腰を上げたとき、携帯電話が鳴った。平林からだった。桂木はどうなったのだろう……。結果を聞くのが怖かったが、震える指で通話ボタンを押した。

「麻倉です」

「ああ、桂木さんは助かった。一時危険な状態だったが、処置を早くできたから」

平林の声には、安堵《あんど》が滲み出していた。智子も胸のつかえが一つ取れたような気がした。その場に突っ伏したくなった。

「あんたたちが動いてくれなかったら、桂木さんは亡くなっていた。ありがとう」

「いえ、そんな」

「で、秋本から話は聞いたか?」

「はい。彼はついさっき自首しました。原稿も送りました」

「そうか……終わったんだな、すべてが」平林は深いため息をついた。「私からも話をしたほうがいいだろうな。朝になれば警察の事情聴取を受けることになる。そうなると身動きが取れないだろう。これから会えないか」

取材を続ける気力が自分に残っているとは思えなかった。でも、平林の話は聞いておくべきだった。新聞は明日もあさっても発行される。今日で終わりではないのだ。平林の視点からこの事件を語ってもらえば、記事を書くうえで大いに役立つ。

「お願いします」

平林は車を取りに戻るので、桂木の部屋で待っているようにと言うと電話を切った。大吾の電話もちょうど終わったところだった。

「一面ワキ。名数だけ念のためにもう一度、確認な」

「はい」

智子はパソコンの画面を見つめた。体が重かった。そのままごろりと横になりたい。

「なんでそんなに落ち込んでいるんだよ。明日、他紙は大騒ぎだろうな。局長賞ぐらいは出るぜ」

大吾は上機嫌で言った。

局長賞。そんなものはどうでもよかった。許されるなら帰ってベッドにもぐりこみたい。何もかも忘れて眠ってしまいたい。だが、自分にはまだやるべきことが残っていた。そして大吾にも。今夜はほとんど眠れないだろう。そして、怒濤《どとう》のような明日が待っている。

「これから平林の話を聞くんだけど……」

「おお、それがあったな。明日の夕刊に使えそうだな。任せていいか？　俺は社に上がって明日の紙面をどうするか的川さんと相談しようと思う」

「……うん、そうね」

大吾は智子の肩をどやしつけた。

「おい、しっかりしろよ。余計なことを考えるもんじゃない。こういうときは瞬発力。何も考えずに動き回ったものが勝つんだ」

相変わらず無神経な言い方だ。大吾には今の自分の気持ちは絶対に分からない。

智子は肩を落とすと自分の手元を見つめた。指先のマニキュアがはげている。それも一本ではなく両手で四本も。きっと、顔もひどいことになっているだろう。マスカラが溶けているかもしれない。

無神経でないとやっていられないのかもしれない。そして、今の自分に選択肢はない。自分を責め、こんな事態に巻き込まれたことを悲しみ、自己憐憫《れんびん》に浸っていてはいけない。扉は開いた。自分と大吾がこじ開けた。その先にあるものすべてを白日の下にさらさなければ、自分の仕事は終わらない。智子は両手で自分の頬をぴしゃっと叩いた。

「おーし、気合を入れていけよ」

大吾が背中を強く叩いた。無神経なばかりでなく、手加減っていうものを知らない。全くこの野蛮人は……。文句を言いたかったが、泣き笑いのような表情を浮かべるしかなかった。

翌朝、体は鉛のように重かった。目の奥が痛い。完全な寝不足だった。平林の取材を終えて帰社したのが午前三時。それから的川、大吾らと夕刊紙面の構成を考えた。朝が来るのと同時に被害者遺族や識者、厚生労働省など関連する取材先を駆け回り、取材、取材、取材。合間に夕刊原稿を出稿した。夕方社に戻ってからは、朝刊総合面用の原稿を書いた。

今、智子が手にしているのは、最終版の大刷りだった。デスク席の隣で赤ペンを握り、最後の見直しをしていた。

当事者である秋本と平林の取材ができたのは大日本新聞だけだった。絶対に他紙より深い内容だという自信があった。

遅番の的川は紙面検討会で大絶賛されたといって鼻高々だった。大吾も久しぶりに余裕のある表情で耳掻きを使っている。松江は的川から遺族のコメントがよくできていると褒められて、頬を染めている。

だが、智子の気分はすっきりしなかった。いまさら大きな直しを入れることはできないと分かっていたが、これでよかったのだろうか、と気になってくる。

紙面を見る限り、自分は結局、秋本が期待した通りに動いたことになる。動機を書く際に、施設にも病院にも入ることができず、たいへんな思いをしながら親を介護している人たちがいることに触れないわけにはいかなかった。その事実自体は書くべきことだ。でも、これではまるで秋本に操られているような気分だ。

もちろん秋本が犯した犯罪については徹底的に叩いてある。だが、秋本がこの紙面を目にしたら、自分の言ったとおりになったといって、ほくそ笑むだろう。それがどうにもやりきれない。殺人容疑での逮捕というあまりにも大きな代償を払ったとはいえ、彼は目的を遂げたのだ。

自分が原稿を書くことを拒否しても、大吾が書くと思ったから書いた。それに、他社だってどうせ同じような切り口で記事を書いてくるはずだ。水がいったん流れだしたら、誰にも止められない。たぶん、これからしばらく孤独死や老老介護などにスポットを当てた記事が各社の紙面をにぎわすだろう。国会では野党を中心に、現制度への批判が高まるだろうし、経済優先の風潮が変わるかどうかまでは分からないけれど、秋本の思惑通り、一石を投じることにはなるはずだ。

目を閉じたが、眠気は一向に襲ってこなかった。

「麻倉、直しはないか。もうそろそろタイムリミットだぞ」

赤い目をした的川が言う。さすがに疲れた顔をしていた。指でかき回しすぎたせいか、髪がほつれている。大きくはだけたシャツの襟元《えりもと》にも汚れが目立った。

「大丈夫です」とうなずく。頬に手を当てると脂でべたべたしていた。きっと今の自分は的川に負けないぐらいひどい顔をしている。

「問題ないな」

的川が念を押した。

「はい」

的川は整理部に電話をすると、デスク端末の電源を落とした。

「的川さん、ここの後始末は俺がやっておきますから、引き上げてください。昨日、帰れなかったんでしょう」

遅番に入っていた村沢が言った。的川はまぶたを指でもみながら、「うっ」と返事をした。

智子も腰を浮かせた。とにかく横になりたかった。いったん頭の中を白紙に戻したかった。そのとき大吾が的川の名を呼んだ。

「飲みに行きましょうよ。一応、打ち上げってことで。明日の夕刊の予定稿は送ってあるし」

「そうだな。俺もそう思ってた」

智子は思わず二人の顔をまじまじと見てしまった。

どういう体力をしているのだ、この人たちは。もう二時に近いし、昨日からまともに寝ていないというのに、これから飲みに行くだって？　明日が休みというわけではなかった。

大吾がソファで寝ている松江を起こしにいった。

「麻倉も当然、行くだろ？」

的川が上着をつかみながら言う。

どうしようか迷った。でも、苦笑しながらうなずいた。たぶんこのまま家に帰っても、自分のやったことが正しかったのかどうか、鬱々《うつうつ》と考え込んでしまってどうせ眠れない。うかつに眠ったら起き出せない恐れもある。だったら、パッと飲んで騒いだほうがいい。とにかく一度、頭も切り替えなければ。明日はさっきのように、べそべそと泣くわけにはいかない。悩む隙《すき》を作らないほうが、きっといいのだ。

それに、的川とも飲んでみたかった。大吾、松江も一緒に。彼らはこの苦しい戦いを一緒に乗り切った仲間だった。一人ではここまでたどり着けなかった。

割り切れない思いは残っている。でも、今回の取材で自分は変わった。地に足をつけた取材というのが、どういうものなのか肌身で分かった気がする。それは泥臭くて合理的ではない。専門知識なんて全く関係ないし、正直言って辛い。好きな服や靴さえ身に着けられない。だけど、面白い。自分はこの部の仕事が案外、好きみたいだ。そして今度はきっともっとうまくやってみせる。大吾から学んだこと、松江から教えてもらったこと。そして、秋本に思い知らされたこと。そういうものを全部自分の中で消化して、いい仕事をしてみせる。

世の中には、ほかにも理不尽なことがたくさんある。数字を読み解くだけでは見えないものが埋もれている。それを掘り起こしていくのだ。そのために必要とあらば、警察担当だってやってみたい。ダメ記者だと馬鹿にされたってかまわない。もう慣れてしまったから。

赤線だらけになった大刷りを小さく折りたたんでゴミ箱に放り込むと、智子は的川に笑いかけた。

「行きましょう。焼き鳥屋にしますか？　奥の個室が空いているかどうか電話で確認しましょうか」

「おっ、よろしく！」

的川は両手を頭の上で組み合わせ、盛大な伸びをした。

17

的川康弘は寝室の押入れに首を突っ込んだまま、台所にいる妻を呼んだ。

「俺のコート、どこにしまってあるんだよ」

朝のニュースで今日はこの秋一番の冷え込みだと言っていた。今夜は電車で帰宅するつもりだったから、コートが欲しかった。

エプロンで手を拭《ふ》きながら妻が部屋に入ってきた。

「衣装ケースの中だけどたぶんしわくちゃよ。アイロンかけないと着られないと思うわ」

十月の末だというのに、コートの用意をしておいてくれない妻に腹が立った。だが、しようがないかと思い直した。この一週間、娘の結納のことで頭が一杯だったのだ。

「今からアイロン、かけましょうか」

「いや、いい。上着の下に薄手のセーターを着ていくから。セーターを出してくれないか」

妻は衣装ケースを引っ張り出すと、いそいそと中を改め始めた。

外に出ると的川は身震いをした。やっぱりアイロンをかけてもらえばよかった。夜になったら冷え込みはいっそうきつくなるだろう。深夜零時まで適当に時間をつぶしてタクシーで帰ろう。

的川はポケットに両手を突っ込むと、駅に向かって歩き始めた。鼻腔《びこう》をくすぐる金木犀《きんもくせい》の香りに心が少し和んだ。

ここのところ平穏な日々が続いている。介護の企画も第三部が無事に終わった。大きな事件も発生していない。来年の春になったら、さらに平穏になるだろう。おそらく自分は地方支局に支局長として出ることになる。

麻倉智子の取材の行き過ぎを告発する手紙が届いたときの一件を蓑田は根に持っていた。あれ以来、まともに話をすることはなくなった。自分が部長に昇格することはまずない。だが、それが格別、残念だとも思わなかった。あの時はっきり自覚したのだが、地方で自由にやるほうが自分の性に合う。異動の希望を調査する自己申告シートにも、地方支局を希望すると記載しておいた。これは今後の交渉次第になるのかもしれないが、どうせなら海の近くの街がいい。うまい魚をつまみに酒を飲みながら、若者をどやしつけてやろうと思う。それだって仕事のうちに違いない。

多少、自信もある。麻倉智子は異動してきた当初の無気力ぶりがうそのように、児童虐待や生活保護などいろんな方面に首を突っ込んでいる。なにしろピントがずれているから無駄足を踏むことも多いようだ。そのくせ怖いもの知らずに突っ込んでいくものだからひやひやさせられる。実際、大吾は毎度振り回されて苦労をしているようだ。でも、まあ本人が張り切っているのだからかまわないと思っていた。

初めは本当に虫が好かなかった。でも、今はわりといいヤツだと思う。勘違いはしているけれど、彼女の心根はまっすぐだ。欲しいものをストレートに欲しいと言い、自分に足りない部分は努力で補おうとする。感情がすぐに顔に出るから何を考えているかすぐ分かる。

電車を乗り継いで社に着いたときには、十一時を回っていた。早番のデスクが忙しそうに電話をしている。

ソファに座っていた男が立ち上がった。その顔を見て、的川は思わず声をあげた。

「なんだ、来てたのか」

神戸支局長で同期の小森が小柄な体をゴムまりのように弾ませながら近づいてきた。

「昼から支局長会議があってな。誰かと飯を食いたいなと思って早めに来たんだ。的川は忙しいの？」

「いや、一時間ぐらいどうってことない」

「じゃあ、欧州カレーに付き合ってくれよ。あそこのチーズカレーが懐かしくてな」

小森は屈託のない顔で笑った。

雑居ビルの二階にあるそのカレー屋は、まだ人が少なかった。奥まったところにある四人がけのテーブルで小森と向かい合う。

「チーズカレー大盛りね！　食後にコーヒーをつけて」

「あ、じゃあ俺も同じで」

紙タオルで手をぬぐいながら、小森は「最近、どうよ」と尋ねた。

「まあ、相変わらずだな。忙しいって言えば忙しいけれど」

「いいじゃないか、来春からいい思いができるんだし。関西じゃもっぱらそういう噂《うわさ》だぜ」

「ああ。希望を出しているからな。福井とか金沢とかそっちのほうの支局に行きたい。空きが出るのって、どのあたりだっけ」

小森が小さな目を見開いた。

「それは違うぞ。お前は大阪の社会部長って話になってるぞ」

飲んでいた水が喉《のど》につかえて思わずむせた。

「聞いたことないぞ、それ。だいたい、東京から部長を出すケースなんかないじゃないか」

「最近、大阪ではジェントルマンなデスクが多くてな。他紙に結構、やられてるんだ。で、お前を送り込んで、びしっと立て直してもらおうってことらしいぞ」

「誰がそんなことを……」

小森はクスクスと笑った。

「武闘派を自認しているお方だよ。宮野編集局長に気に入られているそうじゃないか。どうしようもない女の子を武闘派に引き入れたんだって？　麻倉とかいう子。大阪の若い奴《やっ》らは、お前が来たら相当絞られるだろうって戦々恐々としている」

なるほど。的川は苦笑いを浮かべた。

大阪社会部長か。自分がその仕事をやりたいのかどうか分からなかったが、命じられればやるしかないのだろう。嫌だと思ってもやってみれば案外、自分の性に合うことだってある。

「俺は、ちょっと貧乏くじだなあ。これはまだ決まってはいないんだが、来春、医療、介護、年金なんかを扱う新部ができるだろう？　そこの部長のセンが今のところ濃厚なんだよな」

「蓑田さんは留任か」

「あの人、経済部長の輪島さんと局次長のポストを争っていただろ。二人とも残留だってさ。輪島さんはミソをつけたらしいしな」

「えっ、聞いてないけど何があった？」

「馬鹿な記者がいたんだよ。俺も詳しいことは知らないんだが、なんでも社内の別の部署の記者を中傷するような怪文書を編集局長に送りつけたらしい」

「うへっ、そりゃあとんだ災難だな」

相槌《あいづち》を打った瞬間、的川はそれが自分に関係のあることだと気付いた。麻倉智子の取材方法に問題があるといって送られてきた怪文書。あれのことだ。経済部の記者が送ったということらしい。ただし、麻倉たちの取材について彼らがあそこまで詳しく知っているはずがない。となると、部内で誰かが経済部の記者にちくったのだ。それが誰なのか、なんとなく想像がついた。今度、徹底的に問い詰めてやろうと思った。

だが、怪文書について小森に話すつもりはなかった。社内の事情に通じているということは、そういう話が好きだということだ。身内の恥を流布する必要はない。

「でもまあ、お前は東京に戻って部長なら万々歳なんじゃないの？　確か今、単身赴任だったよな」

「東京に戻れるのは嬉《うれ》しいけどね。うち、子どもがまだ高校生だからいろいろ難しくてさ。でも、ニュース出稿部から離れるのはちょっと複雑だよ。解説とか企画がメーンの仕事になるからな」

小森は運ばれてきたカレーをほおばりながら、寂しそうな目つきをした。

「陣容って決まってるのか？　お前が部長ってことは、うちの部主導になるってことだよな」

「うん。今日はその話もちょっとあってな。筆頭デスクは村沢に決まっている。新部を作るべきだって提案したのは、村沢らしいんだ。あいつは昔、支局で宮野さんの下にいたんだ。妙に宮野さんとはウマが合うらしくてたまに一緒に飲んでいるらしい」

初めて聞く話だった。

「で、社会部からは麻倉っていう女の子を連れて行きたいと彼は言っているよ。女の子っていってもキャップに次ぐ次席ってことだから結構、責任は重そうだけどな。宮野さんも川崎さんも賛成しているようだ。特に川崎さんは、ＭＢＡがどうとかいって、妙に彼女を後押ししていたな」

小森はそう言うと、にやっと笑った。

「村沢も人が悪いよなあ。麻倉は優秀だけど使いにくくてしようがないし、自分の手に負えそうもなかったから、的川さんに性根を叩《たた》きなおしてもらったとか言っていたぞ」

的川は髪に指を入れてかき回した。なるほど、そういうことか。苦笑が漏れてくる。だが、ひとつ問題があると思った。麻倉智子は異動を望まないだろう。援護射撃をしてやるかなと思った。とりあえず、彼女に自分が置かれている状況を伝えてやろう。

「でも、記者だった頃がよかったなあ。編集委員や論説委員になったとしても現場の第一線には俺たちはもう出られないんだよな」

空になったカレーの皿を小森は押しやると、遠くを見るような目つきをした。

「俺たち、定年まであと十年ぐらいはあるんだぜ。最後はどこで終わるんだろうな」

「ま、どこでもいいよ、俺は。自分が好きなようにやるから。その結果、どこで終わってもかまわんね」

小森がほう、というように口をすぼめた。

強がりではなかった。今回は宮野のおかげで思わぬポストを手に入れることができたとしても、いつか自分は上とぶつかる。それはもう避けようがない。でも、黙るまい。川崎たちを罵倒《ばとう》した日のことを思い出して、的川は一人でくつくつと笑った。

麻倉智子は的川が口にした言葉が信じられなかった。

「絶対に嫌です、新部に行くなんて。しかもサブキャップだなんて、絶対に無理です。来年はここで警察担当にしてもらいたいと思っているんです」

的川はビールを飲みながら、苦い表情を浮かべている。いつもの焼き鳥屋の個室だった。

「だから俺が言っているわけじゃないって。そういう話があるから、どうしようか考えてみろと言っているんだ。お前が嫌なら、俺が部長や村沢に話をしてみてもいいと思っている」

智子は肩の力を抜いた。そうだった。的川は味方になってくれようとしているのだ。

「大吾はどう思う？　お前は来春から警察だ。麻倉を連れて行くか？」

大吾は考え込むように目を伏せた。

「私、原島君の下でかまわないよ。警察は初めてなんだし、最初は命令してもらったほうがありがたいぐらい」

「そうだな。指揮系統ははっきりさせるぞ。麻倉を育ててやるつもりで、やってみる気はないか？」

的川も言う。だが、大吾はゆっくりと首を横に振った。智子は胸がきゅっと縮まる思いがした。大吾とは、考え方の違いはあっても、お互いを尊重し合える仲になったと思っていた。だが、それは自分の独りよがりだったということなのだろうか。

「麻倉さんの希望は分かります。でもこの部にはほかにもたくさん記者がいるんですよ。たとえば松江とか……。彼ははっきりとは口に出さないけれど、警察をやりたがっているようです。ちょっと気は弱いですがやる気はあるし、俺はいいんじゃないかと思うんですがね」

「やる気だったら私にだって」

大吾はがっしりした肩をぐるっと回して智子の顔を見た。

「それは分かる。でも、年次の問題があるだろ。麻倉さんが松江と同じ年次だったら、俺は高く評価する。だけど、俺たち同期じゃないか。自分と同じ年次の記者で指導が必要となると、それはやっぱり実力不足としか言いようがない」

大吾の言葉は智子の体を貫いた。すっかりぬるくなってしまったビールをすする。頑張ってきたつもりだ。しかも、楽しかった。だけど、それだけではダメだということなのだろうか。

「それなら警察じゃなくてもいいです。でも、この部を出るのは嫌です。だいたい私が来てからまだ一年も経《た》っていないんですよ。的川さん、なんとかなりませんかね」

「分かってるって。俺だって今のお前だったら……」

的川の言葉を大吾が遮った。

「新しい部について俺はよく知らないんだけど、企画とか解説とかが中心だろ。そっち方面だったら、麻倉さんはたぶん俺よりうまくやれるだろう。上のほうもそう思っているから来て欲しいといっているわけで、だったらそっちに行ったほうが、自分のためにも会社のためにもいいと思う」

的川が胡坐《あぐら》を組み替えると、大きなため息をついた。

「大吾、お前、リアリストだなあ。もっと人情ってもんが分かるやつかと思っていたんだが。麻倉の熱意を買ってやれよ」

大吾は苦笑いを浮かべた。

「いや、人情ってなると、俺は松江のことを気にしてしまいますね。的川さんは、自分が関心がある記者にしか肩入れしないところがあるから。でも、松江だって地味ながら最近、頑張っているんですよ。あいつの活躍ぶりをちゃんと見てやってくださいよ」

「うわっ、ひでえこと言うな」

的川がむくれる。そのとき、部屋の入り口に人影が立った。

「村沢さん、どうしたんですか？」

座敷に上がると、村沢はコートを脱ぎながら、「どうせみんなここだろうと思ったから」と言って、的川の隣に腰を下ろした。的川は顔をしかめながらも、自分の前のグラスや小皿をどけて、村沢のためにスペースを作ってやっている。

「小森さんに、ちょっと話を聞いたもので。的川さんが、麻倉にヘンなことを吹き込みそうな気がしましてね」

的川が目を三角にして村沢を睨《にら》んだ。

「お前、その言い方はないだろう。だいたいずるいぞ、小森に聞いたけど」

「その話は置いておきましょう」と言いながら、村沢は運ばれてきたお絞りで手を拭《ふ》き始めた。智子は村沢のグラスに早速、ビールを注いだ。この人にもある意味、世話になった。

村沢は当然という顔つきで酌《しゃく》を受けると、智子の目をまっすぐに見た。

「麻倉、話、聞いたんでしょ。一緒に行こうよ。楽しいよ、きっと」

「でも、私は……」

村沢は喉を鳴らしてビールを飲んだ。

「まあ、気持ちは分からないでもないけどね。あなた、秋本に言われたことにこだわっているんでしょう。事件が起きないとマスコミは動かないっていうあの台詞《せりふ》。そうではないことを証明しようとして、この何ヶ月間かあちこち走り回ったんだよね。結構、感心していたよ」

熱いものがこみ上げてきた。

村沢の言うとおりだった。同じような過ちを二度と繰り返したくなかった。いろんな人たちが抱えるいろんな悩みを知り、理不尽なことを拾い上げようとしてきた。答えが見つからないことが分かっていても、そうせずにはいられなかったのだ。

「でも、結局どこの部だって同じなんだよね。どの部にいようと関係ないって。部署や担当を細かく希望するヤツは分かってないんだと思うよ、俺は」

「どういう意味ですか？」

大吾が尋ねる。

「取材なんて基本的にはどの部署にいても同じだよ。あなたにも私にも関係があるかもしれないことを書く。そして、あなたにとっても私にとってもいい世の中にしたいですねって思いながら書く。ニュースだって、企画だって、結局そこに尽きるでしょう。社会部だって経済部だって政治部だって地方支局だってその部分はみんな同じだよ。難しく考えることなんかないし、担当や部署にこだわるのは馬鹿馬鹿しいね」

智子は村沢の言葉を頭の中で何度も繰り返した。

――あなたにも私にも関係があるかもしれないことを書く。あなたにとっても私にとってもいい世の中にしたいですね。

あまりにも単純。そんなふうに考えたことはなかった。だけど、その通りだと思った。

「ね、的川さんもそう思いませんか。どの部にいたって、やりたいことをやるヤツはやるってことでしょう」

的川の皿に載っていた焼き鳥の串をつまみながら、村沢が言う。的川は首をひねりながら、髪の毛をかき回した。

「なんか村沢にはいつもごまかされているような気がするんだがなあ」

村沢が首をすくめながら、煙草に火をつけた。

「記者の異動が正式に決まるのは年明けだから、麻倉はそれまでによく考えてみればいいんじゃないの。必死で仕事をすればひょっとすると社会部になくてはならない人材ってことになるかもしれないし」

「そうですね」と大吾がうなずく。「麻倉さんがあと何ヶ月かの間に、俺をうならす記者にならないとも限らないわけだし」

おちょくられているような気がした。間違いなくそうだった。大吾の鼻の穴が笑いをこらえるように膨らんでいる。

「麻倉ぁ！」

久々に的川の雷が落ちた。反射的に背筋を伸ばしてしまう。

「お前の一面原稿、最近、全然見ていないぞ。どうなってんだ」

がっくりしてしまう。夏以降、かなり頑張ったつもりだけれど、この程度の評価しか自分は得られていないのか。自分では結構、いい線をいっているような気がしていたのに。こういう楽観的なところがダメなのかもしれない。周囲には空回りしていると映っているのかもしれない。熱意だけでは仕事はできない。学歴やプライドも役に立たない。話を聞き、背景を調べ、記事を書いて世に問う。それを地道に繰り返す以外にない。そうしていくうちに、少しずつ評価は定まっていくものだ、きっと。

腰をすえて飲み始めた三人を眺めた。みんななんてダサいんだ。服はくたびれているし、髪の毛だって手入れをしているようには見えない。冴《さ》えないオッサンばっかりだ。この人たちとテーブルを囲み、腹を割って話せる日が来るとは、思えなかったのに、今はこの空気にすっかりなじんでいる。服装まで彼らに合わせて冴えなくするつもりはない。でも、市井の人たちの声を拾い上げる作業に、派手な衣装やヒールの高い靴は向かないことが、この数ヶ月の取材でよく分かった。派手な服装は、自分と相手との間に見えない壁を作ることがある。自分はテレビの画面から見えない相手に向かって語りかけるアナウンサーではない。人と一対一で向き合う記者だ。取材がない日だけ、とっておきの服を着て、あとは地味なパンツスーツで通すつもりだった。色と形さえ地味なら、ブランドは好きなものを選べばいいわけだし。

「ビールを追加しましょうか。なんだかみんなで私に説教を始めそうな雰囲気なんで」

「それより焼酎にしようぜ」という的川の提案に「おっ、いいですねえ」と大吾が即座に応じた。「確か的川さんのボトルが入ってますよ。それ、空けちゃいましょう」

「そうだったか？　でも今日は村沢がボトルを入れるべきだろ」

「俺ですか？」

「そうだ。松江を呼びましょう。あいつをからかうと面白いんですよ」

本当にしようがない人たちだ。合理的じゃない。時計の針は午前三時に近かった。松江はもう帰ってしまったか、タクシー乗り場に下りていこうとしている頃あいのように思われた。

まあいいか。この場に皆で集まっていることを知ったら、彼も呼んでほしいと思うのではないかと思った。

「松江の携帯を鳴らしてみます」

智子は携帯電話を取り出した。

本書は、ハルキ文庫のための書き下ろし作品です。なお、この物語はフィクションであり、実在の人物・団体等とは一切関係ありません。

Haruki Bunko
ハルキ文庫

せ 2-1

終《つい》の棲家《すみか》

著者 仙川環《せんかわたまき》

2007年5月18日第一刷発行

発行者 大杉明彦

発行所 株式会社角川春樹事務所
〒101-0051東京都千代田区神田神保町3-27二葉第1ビル

電話 03(3263)5247(編集)
03(3263)5881(営業)

印刷・製本 中央精版印刷株式会社

フォーマット・デザイン 芦澤泰偉
表紙イラストレーション 門坂 流

ISBN978-4-7584-3287-0 C0193 ©2007 Tamaki Senkawa Printed in Japan
http://www.kadokawaharuki.co.jp/[営業]
fanmail@kadokawaharuki.co.jp[編集]　ご意見・ご感想をお寄せください。